DONGSUH MYSTERY BOOKS 100

LAST BUS TO WOODSTOCK

우드스톡행 마지막 버스

콜린 덱스터/문영호 옮김

동서문화사

옮긴이 문영호(文永浩)

서울대학교 공과대학 졸업. 육군사관학교 교수·파스칼세계대백과사전 편찬위원 역임. 옮긴책 아처 《한푼도 용서없다》 퀸 《꼬리아홉의 여우》 등.

DONGSUH MYSTERY BOOKS 100

우드스톡행 마지막 버스

콜린 덱스터 지음/문영호 옮김

초판 발행/1977년 12월 1일

중판 발행/2003년 6월 1일

발행인 고정일/발행처 동서문화사

창업 1956. 12. 12. 등록 16-345(윤)

서울강남구신사동 540-22 ☎ 546-0331~6 (FAX) 545-0331

www.epascal.co.kr

＊

편찬·필름·제작 일체 「동판」 자본으로 이루어짐에 따라

출판권 소유권자 「동판」에서 제조출판판매 세무일체를 전담합니다.

사업자등록번호 211-90-02201

ISBN 89-497-0185-5 04840

ISBN 89-497-0081-6 (세트)

우드스톡행 마지막 버스
차례

등장인물

실비아 케이   생명보험회사의 타이피스트

파머   같은 회사 지배인

제니퍼 콜비   실비아의 동료

수 위도슨   제니퍼의 룸메이트

메리   제니퍼의 룸메이트

버나드 클로저   대학의 영어 강사

마거릿   버나드의 아내

피터 뉴러브   버나드의 친구

존 샌더스   인테리어 자재 가게의 종업원

게이 맥피   '블랙 프린스'의 호스티스

메이벨 저먼   미망인

루이스   부장형사

모스   경감

프렐류드

"좀 더 기다려봐." 짙은 감색 바지에 밝은 여름 코트를 입은 아가씨가 말했다. "금방 올 거야."

그러나 확신이 없었기 때문에, 벌써 세 번째, 그녀는 5번 정류장의 직사각형 시간표를 보기 위해 돌아섰다. 하지만 그녀의 마음은 선과 숫자 사이를 하릴없이 헤매고 있었다. 왼쪽에서 옆으로 머뭇머뭇 움직이는 손가락이, 분명치 않은 수직선을 위에서 아래로 더듬는 손가락과 만날 가능성은 없어보였다. 옆에 서 있는 아가씨는 답답하다는 듯이 다른 다리로 몸무게를 옮기면서 말했다.

"뭐하고 있는 거야?"

"잠깐만, 잠깐만 기다려." 그녀는 다시 해당란에 초점을 맞췄다. 4, 4A(18시 이후 없음), 4E, 4X(토요일만). 오늘은 수요일이야. 그렇다면…… 2시가 14시니까, 즉…….

"그럼 있잖아, 넌 너 하고 싶은 대로 해. 난 아무 차나 얻어 탈 테니까."

모든 어미의 t를 빼버리고 발음하는 실비아의 버릇은, 무척 헤픈 느낌을 주었다. 그녀의 '잇'은 가장 모호한 모음보다 더 명확하지 않았고, 마지막 자음은 전혀 들리지 않았다. 더 친해지면 주의를 줘야지.

지금 몇 시지? 6시 45분. 그러니까 18시 45분이네. 그녀는 가까스로 이해했다.

"있잖아, 금방 얻어 탈 수 있을 거야. 남자들은 약하잖아, 미니스커트에."

실제로 실비아의 낙관적인 생각을 의심할 이유는 전혀 없어 보였다. 마음씨 좋은 운전자가 그녀의 미니스커트와 아름다운 다리의 매력에 끌리지 않을 리가 없었다.

두 아가씨는 잠시, 어느 쪽이 먼저라 할 것 없이 말없이 서 있었다.

한 중년 부인이 이따금 걸음을 멈추고 돌아서서, 석양에 물든 옥스퍼드 중심가로 향하는 길을 살펴보면서 그녀들 쪽으로 걸어왔다. 여자는 아가씨들한테서 몇 야드 떨어진 곳에 서서 쇼핑백을 내려놓았다.

"실례합니다." 첫 번째 아가씨가 말했다. "다음 버스, 언제 오는지 아세요?"

"2, 3분 있으면 올 거예요."

중년 부인은 어스름이 깔린 먼 곳을 다시 내다보았다.

"우드스톡으로 가요?"

"아뇨, 가지 않아요——얀톤까지만 가요. 얀톤에서 돌아오죠."

"네에." 그녀는 도로 중앙을 향해 발을 내밀며 고개를 뺐다. 그러다가 차가 몇 대 다가오자 뒤로 물러섰다. 땅거미가 짙어져서 몇몇 운전자는 벌써 차폭등을 켜고 있었다. 버스는 보이지 않았다. 그녀는 불안해지기 시작했다.

"걱정 마." 실비아가 지루한 듯이 말했다. "내일 아침에는 농담거리가 될 테니까."

다시 차가 왔다. 또 한 대. 그리고 다시 따뜻한 가을날 석양의 정적으로 돌아갔다.

"넌 너 좋을 대로 해. 난 갈 테야." 그녀의 동행은 실비아가 200야드(약 180미터) 정도 떨어진 로터리 쪽으로 걸어가는 모습을 지켜보았다. 그곳은 히치하이커에게는 과히 나쁘지 않은 장소였다. 교통량이 많은 로터리를 빠져나가기 전에, 모든 자동차는 그곳에서 속도를 늦추지 않으면 안 되기 때문이다.

그때서야 다른 한 아가씨도 마음을 정했다. "실비아, 기다려!" 그녀는 장갑을 낀 한쪽 손으로 여름 코트의 깃을 누르며, 어색한 팔자걸음으로 실비아의 뒤를 쫓아갔다.

중년 여성은 5번 정류장의 버스를 살피고 있었다. 그녀는 자신의 처녀 시절과는 모든 것이 변했다고 생각했다.

그렇지만 메이벨 저먼 부인은 오래 기다리지는 않았다. 부인은 멍하니 밑도 끝도 없는 생각을 하고 있었다. 이제 금방 그녀는 집으로 돌아갈 것이다. 나중에 돌이켜보았을 때, 부인은 실비아의 긴 금발과 될 대로 되라는 식의 도발적이고 육감적인 자태에 대해 상당히 자세하게 얘기할 수 있었다. 또 한 명의 아가씨에 대해서는 특별히 기억나는 것이 없었다. 밝은 색 코트에 검은 바지, 그런데 머리는 무슨 색깔이었더라? 밝은 갈색이었던 것 같은데.

"저먼 부인, 잘 생각해 보세요, 매우 중요합니다. 부인이 기억해주지 않으면……."

부인은 몇 대의 자동차와, 바퀴가 없는 차체를 엄청나게 많이 실은 거대한 트레일러가 지나간 것을 기억해냈다.

남자는? 혼자 차를 운전하고 가는 남자를 보지 않았나요?

부인은 기억을 되살리려고 노력했다.

네, 그런 사람을 몇 명 봤어요. 부인은 자신 있게 말했다. 그런 차가 여러 대나 지나갔어요.

7시 10분 전에 가늘고 긴 핑크색 그림자가 나타나더니 점차 또렷하게 보인다. 부인은 백을 집어 들었다. 붉은 승합 버스가 조금 떨어져 있는 어둠 속의 정류장으로 다가왔다. 곧 운전 기사 좌석 위에 있는, 굵은 흰색 글씨를 알아볼 수 있었다.

뭘까? 부인은 똑똑히 보기 위해 눈을 가늘게 떴다. 우드스톡. 어머나! 부인은, 젊은 아가씨가 공손한 말씨로 다음 버스에 대해 물었을 때 잘못 가르쳐주었던 것이다. 그렇지만, 이젠 어쩔 수 없는 일이다. 아가씨들은 그리 멀리 가지는 않았을 것이다. 차를 얻어 타거나, 버스를 알아보고 다음 정류장, 또는 그 다음 정류장까지 가서 잡아탈지도 모른다.

"저면 부인, 아가씨들이 간 뒤 얼마나 지나 있었습니까?"

부인은 버스 정류장에서 조금 뒤로 물러섰다. 우드스톡행 버스의 운전 기사가 가볍게 목례를 하고 지나갔다. 그 버스가 시계에서 사라지려 할 때, 수백 야드 뒤에서 다음 버스가 나타났다. 그녀가 탈 버스가 틀림없었다. 버스라는 건 꼭 이렇다. 이젠 오지 않으려나 보다 하고 생각하면, 세 대고 네 대고 연달아서 온다. 부인도 그것이 과장이라는 것을 알고 있었다. 그렇지만 옥스퍼드 버스의 비능률적인 운영은 유명해서, 그것에 대한 불만은 생면부지의 과묵한 승객들까지 열띤 토론에 끌어들일 정도였다. 2층 버스가 오자 부인은 손을 들었다. 7시 2분이 지나 그녀는 집에 도착했다.

저면 부인은 미망인으로, 두 아이는 이미 성인이 되어 결혼했다.

부인의 집은 두 채가 맞붙어 있는 소박한 연립 주택이기는 했지만 그
녀에게는 진정한 집이었다. 고독한 생활에도 좋은 점은 있었다. 부인
은 혼자 호화로운 저녁 식사를 만들어 먹고, 설거지를 한 다음 텔레
비전 스위치를 켰다. 부인은 텔레비전 프로그램이 왜 그렇게 시끄러
운 비판의 대상이 되고 있는지 도무지 이해가 되지 않았다. 그녀는
모든 것이 너무 재미있어서, 두 개의 채널을 동시에 볼 수 있었으면
좋겠다고 생각할 때가 있다. 10시에 부인은 주요 뉴스를 본 뒤 텔레
비전을 끄고 잠자리에 들었다. 그리고 10시 30분쯤에는 깊은 잠에
빠졌다.

같은 시각 10시 30분, 우드스톡의 한 가게 마당에서 젊은 아가씨
가 쓰러져 있는 것이 발견되었다. 아가씨는 참혹하게 살해되어 있었
다.

제1부 아가씨를 찾아라

1

옥스퍼드 중심의 세인트저일스 거리에서, 소리굽쇠처럼 구부러진 두 줄기의 도로가 평행하게 북쪽으로 달리고 있다. 모두 옥스퍼드 북쪽에서 순환고속도로를 가로질러 간다. 그 고속도로는 스피드광들이 끊임없이 질주하고 있지만, 다행히 오래된 대학가를 피해 가고 있어서 그 정적을 어지럽히는 일은 없었다. 동쪽길은 밤베리라는 마을에 이른 뒤, 거기서 단조로운 코스를 지나 중부 공업 지대의 중심을 향한다. 서쪽길을 가면 머지않아 옥스퍼드 북쪽 약 8마일(약 13킬로미터)에 있는 작은 마을 우드스톡으로 들어갔다가, 거기서 다시 스트랫퍼드온에이번으로 통한다.

옥스퍼드에서 우드스톡까지 가는 드라이브는 무척 즐겁다. 여유있게 넉넉히 깔린 양쪽의 잔디가 드넓은 느낌을 준다. 겨우 2, 3마일 떨어진 얏턴 마을에서는 중앙에 가로수가 서 있는 분리대가 있는 도로로 바뀜으로써, 공항 부근의 교통의 흐름을 빠르게 하여 예전의 교통 정체를 해소하고 있다. 우드스톡에 도착하기 직전의 반마일 남짓에는, 아름답고 광대한 부지를 가진 블레넘 궁전의 동쪽 경계를 이루는 잿빛 돌담이 왼쪽에 이어지고 있다.

블레넘 궁전은 앤 여왕이 전쟁에서 큰 공을 세운 장군인 초대 말버러 공작 존 처칠을 위해 지은 것이다. 묵직한 철문이 있는 정면 입구에 들어서면 둥근 정원이 있다. 여름에는 관광객들이 위엄 있고 호화로운 방을 둘러보며, 마르프라케와 아우데나르데산 플랜더스의 태피스트리 앞에서 발길을 멈추고, 나중에 처칠 집안의 후손인 위대한 윈스턴 처칠이 태어난 방을 구경한다. 그는 지금은, 가까운 블래든 마을에 있는, 옛날에는 조용했던 교회 묘지에 잠들어 있다.

오늘날 이 블레넘은 우드스톡을 지배하고 있다. 그러나 처음부터 그랬던 것은 아니다. 대로에 늘어서 있는 튼튼한 잿빛 집들은 오랜 시대를 목격해 왔고, 각각의 역사를 지니고 있다. 그러나, 지금은 대부분이 말끔하게 개조되어 선물과 골동품, 기념품을 파는 가게와 여관으로 바뀌었다. 옛날부터 좋은 여관은 늘 있었지만, 지금 도로변에 늘어서 있는 아담한 몇몇 호텔과 여관은 오랜 전통을 자랑할 뿐만 아니라, 노란색 간판에는 자동차협회에서 추천하는 검은 별표지가 붙어 있다.

'블랙 프린스'는 북쪽으로 가는 도로에서 왼쪽으로 도는 넓은 샛길을 반쯤 간 곳에 있다. 유서를 중시하는 우드스톡의 사회 속에서, 그 것은 자랑할 만한 전통을 가지고 있지 않았고, 또 에드워드 3세의 왕자인 흑태자(블랙 프린스)가 그 집에서 큰 소리로 웃고 떠들거나, 술을 마시고 여자와 잤다는 등의 고사가 있는 것도 아니었다. 사실은 약 10년 전에 낡은 집과 마구간 등 일체를 사들인 런던의 한 회사 중역이, 그리 신빙성이 없는 안내서를 읽고, 이 부근 어딘가에서 흑태자가 태어났다는 것을 알게 되었다.

중역은 이 행운의 조사와, 흑태자의 이름이 아직 우드스톡의 전화번호부에 등재되어 있지 않은 것을 발견한 공로로, 이사회에서 큰 찬사를 받았다. '블랙 프린스'는 이렇게 하여 탄생했다. 첫 번째 지배인의 재치 있는 딸이, 어린이 백과사전에서 흑태자의 다소 로맨틱한 일대기가 짤막하게 적힌 오래된 사본을 복사하여, 어머니가 쓰는 오븐에 450도로 맞춰 30분 동안 넣어두었다. 그 결과, 정말 오래된 물건인 것처럼 갈색으로 변한 그것을, 싸구려이기는 하지만 예쁜 액자에넣어 칵테일라운지 벽의 잘 보이는 곳에 장식했다. 낮은 들보에 튼튼하게 건 옥스퍼드 대학의 방패와 함께 그것은 이 가게에 격조와 품위를 부여했다.

게이는 지난 2년 반 정도 이 '블랙 프린스'에서 '호스티스'로 일해왔다. '여급'은 약간 품위가 없다고 지배인이 생각한 것이다. 그것은옳았다. 게이에게 "아가씨, 맥주 한 잔 갖다 줘." 하고 주문하는 사람은 좀처럼 없었고, 그런 손님을 그녀는 프롤레타리아로 생각하게되었다. 발랄한 젊은이들은 라임이 든 보드카를, 미국 관광객은 맨해튼 칵테일을, 옥스퍼드의 선생은 진 앤드 프렌치——소량의 이탈리안 베르무트를 첨가한——를 주문하는 일이 많았다. 그녀는 바 뒤에죽 늘어선 반짝반짝 빛나는 병을 집어 들어 익숙한 손놀림으로 그런음료를 만들어냈다.

두꺼운 카펫이 깔려 있고, 오렌지색 커버를 씌운 아늑한 의자와 소파가 놓여 있는 라운지는 부드럽고 엷은 빛에 싸여서, 흡사 렘브란트의 그림을 연상시키는 키아로스쿠로(명암법)적인 효과를 자아내고있다. 게이는 다갈색 머리의 매력적인 여자로, 수요일인 오늘 밤에는검은색 바지에 하얀 프릴이 달린 블라우스를 입은 단정한 차림을 하고 있다. 왼손의 검지와 중지에서 빛나는 보석반지는 풋내기 플레이

보이에 대한 은근한 경고이자, 누군가가 말한 것처럼 돈 많고 세련된 플레이보이에 대한 계산된 유혹인지도 몰랐다. 실은 그녀는 한번 결혼한 적이 있었지만, 지금은 이혼하여 어린 아들과 어머니와 함께 살고 있다. 어머니는, 물론 그녀로서는 당연한 일이지만, 그런 '돼지 같은 남자'와 불행한 결혼을 한 소중한 딸의 약간 느슨한 생활에 불만을 느끼고 있었다. 게이는 자신의 직업과 이혼한 상태에 만족하고 있었고, 그 둘을 앞으로도 계속 유지할 생각이었다.

수요일 밤에는 늘 그렇듯이 무척 바빴다. 10시 25분에 그녀는 약간 안도하면서, 정중하고 또렷한 목소리로 마지막 주문을 받았다. 바 구석의 높은 의자에 앉아 있던 젊은 남자가 위스키 잔을 앞으로 내밀었다.

"같은 걸로."

게이는 의아하다는 듯이 초점이 분명치 않은 그 사람의 눈을 힐끗 쳐다보았지만, 아무 말도 하지 않았다. 그녀는 손님의 잔을 위스키 병 아래에 잠시 밀어 넣었다가 오른손을 뻗어 잔을 카운터 위에 놓고, 왼손으로 계산서에 자동적으로 기입했다. 젊은 남자는 취한 게 분명했다. 그는 느릿느릿 호주머니를 뒤져 돈을 찾아낸 다음, 술을 한 모금 마시고 기세 좋게 의자에서 내려가, 몽롱한 눈으로 출입구를 찾은 뒤, 취한 사람치고는 비교적 똑바로 걸어갔다.

옛날, 옥석 위에 말발굽 소리가 울렸던 오래된 안마당은, 좁은 아치길을 통해 거리에서 들어갈 수 있도록 되어 있는데, 그것은 '블랙 프린스'에는 귀중한 자산이었다. 차가 많이 들어오지 않는 도로에도 한두 줄의 노란 선이 그어져 있어서, 그것을 무시했다가는 즉시 벌금을 물기 때문에, 어쩔 수 없이 법을 지키지 않을 수 없다. 그리고 '손님 외의 차는 사양합니다'라는 게시문을 붙인 가게는 어김없이 번창하고 있었다. 오늘밤도 여느 때와 다름없이 안마당은 늘 정해진 볼보

와 로버로 가득했다. 아치 위의 전등이 안마당으로 가는 입구에 충분치 못한 조명을 던지고 있는 외에는 어둠에 싸여 있었다. 젊은 남자는 안마당 구석 쪽으로 휘청휘청 걸어갔다. 그리고 가장 끝에 있는 차 뒤에 희미하게 무언가가 있는 것을 보았다. 그는 시선을 모으며 손으로 더듬었다. 공포가 목구멍까지 차오른 순간, 그는 잠겨 있는 마구간 문을 붙잡고 격렬하게 토하기 시작했다.

2

9월 29일 수요일

'블랙 프린스'의 지배인 스티븐 웨스트부르크는, 사체가 발견되자 즉시 경찰에 연락했고, 경찰은 칭찬받아 마땅할 정도로 신속하게 움직였다. 템스밸리 경찰의 루이스 부장형사는 즉각 지배인에게 명쾌한 지시를 내렸다. 경찰차는 10분 이내에 '블랙 프린스'에 도착할 것이다. 지배인은 아무도 가게 안에서 나가거나 안마당에 들어가지 않도록 하고, 만약 그래도 돌아가려는 사람이 있으면, 그 사람의 이름과 주소를 적어둘 것. 사건에 대해 물으면 있는 그대로 대답하라고 말했다.

그날 밤의 밝은 분위기는 공기 빠진 풍선처럼 시들어버렸고, 사람이 살해됐다는 얘기가 퍼지자, 사람들은 서로 소리를 죽여 소곤거리고 있었다. 돌아가려는 손님은 한 사람도 없었고, 전화를 걸고 싶어 하는 사람이 두세 명 있을 뿐이었다. 손님들은 모두 순식간에 취기에서 깨어났다. 젊은 남자도 새파랗게 질린 얼굴로 지배인의 방 안에 서 있었고, 거의 입에 대지 않은 그의 위스키는 칵테일 라운지의 카운터 위에 아직 그대로 있었다.

루이스 부장 형사와 두 사람의 사복 경관이 도착했을 때는, 반대쪽 보도에 구경꾼들이 작게 무리지어 있었다. 그들은 경찰차가 안마당으로 들어가는 입구에 주차되어 효과적으로 출구를 막고 있는 것을 알았다. 5분 뒤에 다른 경찰차가 도착하자, 사람들의 시선은 차에서 내리는 검은 머리의 호리호리한 남자에게 쏠렸다. 그는 바깥을 경계하고 있는 경관과 짧은 대화를 나눈 뒤, 고개를 몇 번 끄덕이며 블랙 프린스로 들어갔다.

　　검은 머리 남자는 루이스 부장 형사를 약간 알고 있을 뿐이었지만, 곧 루이스의 냉정하고 유능함에 만족했다. 두 사람은 거침없는 태도로 얘기를 나누기 시작했고, 곧 예비 수사에 대해 의견의 일치를 보았다. 루이스는 한 명의 경관과 함께, 가게 안에 있는 모든 사람의 이름과 주소와 차번호를 조사하고, 오늘밤 어디에 있었는지, 앞으로 어디로 갈 것인지에 대해 간단한 진술을 받기로 했다. 조사해야 할 사람이 50명도 넘었기 때문에, 모스는 시간이 제법 걸릴 거라고 예상했다.

　　"루이스, 몇 사람 지원을 부탁할까?"

　　"둘이면 충분합니다."

　　"그래? 그럼, 시작하게."

　　블랙 프린스의 옆문은 안마당으로 통하고 있었다. 모스는 그 문에서 기세 좋게 밖으로 나가 마당을 둘러보았다. 그는 한정된 공간에 주차해 있는 차를 13대까지 헤아렸다. 그런데 가장 멀리 차가 있는 곳은, 높고 검은 담장 아래라 어두컴컴했기 때문에 한두 대쯤은 빠뜨렸을지도 몰랐다. 그는 술에 취한 운전자들이 어떤 고난도 기술을 사용하여, 저 비좁은 출구를 차에 상처를 내지 않고 빠져나가는지 신기하게 생각되었다. 그는 주의 깊게 손전등으로 주위를 비춰 보면서 천천히 안마당을 돌아보았다.

맨 마지막에 안마당 왼쪽에 주차한 운전자는, 좁은 공간에 차를 용케도 후진시켜 담장과의 사이에 불과 1야드(약 91센티미터) 남짓한 여유밖에 두지 않고 있었다. 바로 그 공간에 젊은 아가씨가 쓰러져 있었다. 그녀는 몸 오른쪽을 아래로 하여 옆으로 누워 있었는데, 머리는 거의 담장에 닿을 정도였고, 긴 금발은 처참하게도 피로 물들어 있었다. 후두부를 강타당해 살해되었음을 이내 알 수 있었다. 시체 뒤에 길이 18인치(약 46센티미터), 폭 1인치(약 2.54센티미터)쯤 되는 납작하고 무거운 타이어스패너——새로운 타이어 수리 방법이 채용될 때까지 널리 사용되던 끝이 물결 모양으로 된 것——가 뒹굴고 있었다. 모스는 잠시 서서 발 아래의 처참한 광경을 내려다보았다. 살해된 아가씨는 최소한의 의류——매우 짧은, 짙은 감색의 미니스커트와 하얀 블라우스를 입고 웨지힐 구두를 신고 있었다. 그것 말고는 아무것도 입고 있지 않았다. 모스는 손전등으로 그녀의 상체를 비춰보았다. 블라우스 왼쪽이 찢어져 있었다. 위의 두 개의 단추는 벗겨져 있고 세 번째 단추는 아예 뜯겨나가 가슴이 완전히 노출되어 있었다. 모스는 손전등을 움직여 없어진 단추를 곧 찾아냈다. 하얀 진주층의 작은 원반이 옥석을 깐 지상에서 그를 향해 반짝이고 있었다. 모스는 성범죄를 마음속 깊이 증오했다. 그는 안마당 입구에 서 있는 경관을 큰 소리로 불렀다.

"부르셨습니까?"

"아크등이 필요한데."

"있으면 도움이 되겠지요."

"구해주게."

"제가요?"

"그래, 자네가!"

"어디에 가서?"

"내가 그걸 어떻게 알아!" 모스가 소리쳤다.

12시 15분 전에 루이스는 일을 마치고, 지배인 사무실에서 〈타임스〉를 앞에 놓고 위스키 같은 것을 마시고 있는 모스에게 보고했다.

"아, 루이스." 그가 신문을 내밀었다. "세로 14를 보게. 딱 들어맞지?"

루이스는 세로 14를 보았다. '학사를 하숙시킨다고(테이크 인 배철러)? 좋지(3자)' 루이스는 모스가 적어 넣은 문자를 보았다. BRA. 뭐라고 말하면 좋을까? 그는 지금까지 모스와 함께 일한 적이 한 번도 없었다.

"어때, 정교한 열쇠 아닌가?"

이따금 커피를 마시면서 〈데일리 미러〉의 십자말풀이를 풀어보는 정도인 루이스는 도무지 생각이 나지 않았다.

"'학사'의 약칭은 BA네. 'take(하숙시키다)'는 'r'이 되지. 라틴어로는 recipe이거든. (take in bachelor는 recipe(R) in bachelor(BA) 즉, 'R' in BA(BA 속의 R)니까 BRA라는 답이 나온다) 라틴어를 배운 적 있나?"

"없습니다."

"루이스, 시간 낭비라고 생각하나?"

루이스는 머리가 좋고 상당히 솔직한 데다 성실한 남자였다. "예."

붙임성 있는 미소가 모스의 입가에 떠올랐다. 그는 두 사람이 잘 해나갈 수 있을 거라고 생각했다.

"루이스, 나와 함께 이 사건을 담당해보지 않겠나?"

부장 형사는 모스의 날카로운 잿빛 눈을 직시했다. 그리고 기꺼이 협력하겠다고 말했다.

"그럼 건배를 들어야겠군. 지배인!" 웨스트부르크가 방 밖에 있다가 금방 들어왔다.

"더블위스키." 모스가 잔을 내밀었다.

"당신도 마실 겁니까?" 지배인이 주저하면서 루이스에게 물었다.

"루이스 군은 근무중이오, 웨스트부르크 씨."

지배인이 돌아오자, 모스는 그에게 가게 직원도 포함하여 전원을 가장 큰 방에 모아달라고 부탁했다. 그런 다음 잠자코 위스키를 마시면서 신문의 나머지 페이지를 넘겼다.

"루이스, 자네 〈타임스〉를 읽나?"

"아닙니다. 저는 〈미러〉를 봅니다."

그것은 약간 부끄러운 고백이었다.

"나도 가끔 읽네." 모스가 말했다.

12시 15분에 모스는 모두가 모여 있는 식당으로 들어갔다. 게이의 눈이 방으로 들어오는 그의 시선과 마주쳤고, 짧은 동안이지만 서로 뒤엉켰다. 게이는 강한 충격을 느꼈다. 그녀가 알고 있는 남자들이 대부분 그렇듯 그가 마음속으로 그녀를 발가벗기고 있는 것이 아니라, 이미 그녀를 알몸뚱이로 만들어버린 것 같았다. 게이는 흥미를 느끼며 모스의 애기에 귀를 기울였다.

모스는 모든 사람의 인내와 협조에 감사했다. 시간이 무척 늦어 있었기 때문에, 그는 더 이상 그들을 붙잡아둘 생각은 없었다. 그들도 지금은 경찰이 나타난 이유를 알고 있었다. 안마당에서 금발의 아가씨가 살해된 것이다. 안마당에 있는 모든 차가 아침까지 움직여서는 안 되는 이유도 그들은 이해할 것이다. 그래서 집으로 돌아갈 수 없는 사람을 위해 택시가 불려왔다. 아무리 작은 일이라도 수사와 관계가 있거나 가치가 있는 것을 모스나 루이스 부장 형사에게 얘기하고 싶은 사람이 있으면 남아주기 바라고, 그 밖의 사람들은 돌아가도 좋다고 그는 말했다.

게이에게 그것은 기대를 벗어난 것이었다. 살인 현장에 함께 남아 있을 수 있는 것은 정말 스릴 있는 일인데. 이 시간에 집에 돌아가면 어머니와 아들은 깊은 잠에 빠져 있을 것이다. 또 자고 있지 않다 하더라도 그리 할 얘기도 없었다. 경찰이 온 지 벌써 1시간 반이나 지났지만, 사건의 수사 상황은 홈즈나 포아로를 읽은 그녀의 예상과는 일치하지 않았다. 홈즈와 포아로라면 지금쯤 이미 상당히 중요한 용의자들을 만나, 참으로 하잘 것 없는 사실에서 놀라운 추론을 이끌어 냈을 것이 틀림없었다.

모스의 짧은 얘기 뒤의 웅성거림이 가라앉자, 대부분의 손님들은 코트를 찾아 입고 방에서 나갔다. 게이도 일어섰다. 그녀는 뭔가 관련이 있는 일 혹은 가치가 있는 것을 보지 않았을까 하고 그날 밤의 일을 돌이켜 보았다. 물론 아가씨의 시체를 발견한 청년이 있었다……. 그녀는 전에도 그를 본 적이 있다. 그렇지만, 그가 언제 누구와 함께 왔는지는 기억나지 않았다. 잠시 뒤에 그녀는 생각해냈다. 금발 머리였다! 금발의 아가씨가 그와 함께 바로 지난주에 왔었다. 그런데 최근에는 머리를 탈색하는 여자가 드물지 않다. 어쨌든 얘기해볼 만한 가치가 있지 않을까? 그녀는 그럴 가치가 있다고 생각하고 모스에게 다가갔다.

"살해된 여자가 금발이라고 하셨죠?" 모스는 그녀를 쳐다보며 천천히 고개를 끄덕였다. "지난 주 이곳에 온 여자인 것 같아요. 오늘밤 시체를 발견한 남자와 함께 왔어요. 두 사람을 이곳에서 봤어요. 전 라운지에서 일하고 있어요."

"크게 참고가 되겠군요, 미스?"

"미세스예요. 미세스 맥피."

"실례지만 맥피 부인, 당신이 그 반지를 끼고 있는 건 치근거리는 남자들을 쫓아내기 위해선가요?"

게이는 발끈했다. 불쾌한 남자다.

"성함이 뭔지는 모르겠지만, 전 도움이 될지도 모른다고 생각했어요. 만약 당신이……."

"맥피 부인." 모스가 노골적인 눈길로 그녀를 보면서 조용히 말을 가로막았다. "내가 만약 이 근방에 살고 있다면, 매일 밤 당신을 보러 오겠소."

오전 1시 조금 지나, 구식이지만 상당히 밝은 몇 대의 아크등이 안마당 주위에 설치되었다. 모스는 루이스에게 안마당을 더욱 자세히 조사할 때까지 살해된 아가씨를 발견한 청년을 붙잡아두라고 지시했다. 두 사람은 지금 눈앞에 보이는 현장을 조사하고 있었다. 엄청난 양의 피가 흘러 있었다. 시체를 바라보면서 루이스 부장 형사는, 폭력과 잔인한 살인에 극도의 혐오를 느꼈다. 모스는 밤하늘에 더 흥미가 있는 것 같았다.

"자네는 별에 대해 공부한 적이 있나?"

"점성술에 대해서는 읽은 적이 있습니다."

모스는 제대로 듣고 있지 않는 것 같았다.

"난 백만 개의 성냥개비를 모으려 한 초등학생들에 대한 얘기를 들은 적이 있네. 아이들은 학교 전체를 성냥개비로 가득 채울 때까지 모으려고 했지."

루이스는 무슨 말이든 해야 한다고 생각했지만, 적당한 말이 떠오르지 않았다.

잠시 뒤 모스는 좀 더 현실적인 문제에 주의를 돌렸고, 두 사람은 다시 여자의 시체를 바라보았다. 스패너와 한 개뿐인 하얀 단추는 아까 모스가 본 장소에 그대로 있었다. 마른 피가 선을 이루며 검은 담장 한쪽에서 거의 다른 쪽 끝까지 이어지고 있는 것 외에는 별로 볼 것이 없었다.

청년은 지배인의 사무실에 앉아 있었다. 그의 어머니는 아들이 늦을 줄 예상은 하면서도, 지금쯤 걱정하고 있을 것이다. 청년 자신도 걱정이 되기 시작했다. 모스는 1시 30분에 방에 들어왔다. 경찰의와 사진 담당, 지문 담당이 안마당에서 작업을 계속하고 있었다.

"이름은?" 모스가 물었다.

"샌더스, 존 샌더스입니다."

"자네가 시체를 발견했나?"

"예."

"그때의 상황을 얘기해주게."

"별로 얘기할 것도 없습니다."

모스는 미소지었다.

"그럼 자네를 오래 붙잡아둘 필요가 없는 셈이군?"

청년은 안절부절못하는 기색이었다. 모스는 맞은쪽에 앉아서 그를 가만히 쳐다보며 기다렸다.

"그러니까, 제가 안뜰로 걸어가 보니 그녀가 쓰러져 있었습니다. 몸에는 손대지 않았지만 죽었다는 것을 알 수 있었습니다. 저는 곧 돌아가서 지배인에게 알렸습니다."

모스는 고개를 끄덕였다.

"그뿐인가?"

"예."

"언제부터 속이 거북해졌나, 샌더스 군?"

"그랬습니다. 속이 울렁거렸습니다."

"그게 그녀를 보기 전인가, 뒤인가?"

"뒤입니다. 시체를 보고 놀랐기 때문입니다. 일종의 쇼크인 것 같습니다."

"어째서 사실 대로 말하지 않지?"

"무슨 말씀이신지?"

모스는 한숨을 쉬었다.

"자네는 이곳에 차를 가지고 오지 않았지?"

"차를 가지고 있지 않습니다."

"자네는 집으로 돌아가기 전에 언제나 그렇게 안마당을 어슬렁거리나?"

샌더스는 아무 말이 없었다.

"오늘밤에는 얼마나 마셨나?"

"위스키 두세 잔 정도, 취하지는 않았습니다."

"샌더스 군, 누군가 다른 사람을 통해 자네에 대해 조사하는 게 좋겠나?"

샌더스의 태도로 보아 그가 그것을 원치 않는다는 것은 명백했다.

"자네가 이곳에 온 시간은?" 모스는 계속해서 물었다.

"7시 반쯤입니다."

"그리고 술에 취해 밖으로 나갔고 속이 거북해진 거로군."

샌더스는 마지못해 그것을 인정했다.

"항상 혼자 마시는가?"

"항상은 아닙니다."

"누구를 기다리고 있었지?"

샌더스는 대답하지 않았다.

"그녀가 오지 않았나?"

"예." 그는 생기 없는 목소리로 대답했다.

"하지만 그녀는 왔어, 그렇지?"

"아닙니다. 거짓말이 아닙니다. 저는 내내 혼자 있었습니다."

"그녀는 왔어, 그렇지?" 모스는 조용히 되풀이했다. 샌더스는 기가 꺾여 있었다. "그녀는 왔네." 모스는 여전히 조용한 태도로 말했다. "그녀는 왔어, 그리고 자네는 그녀를 보았네. 안마당에서 그녀를 보았지. 그녀는 죽어 있었고."

청년은 고개를 끄덕였다.

"얘기를 좀 더 나누는 게 좋을 것 같군, 자네하고 나하고."

모스는 거침없는 태도로 말했다.

3

모스는 실비아 케이의 침실에 혼자 서서 약간 안도하는 기분을 느끼고 있었다. 그날 밤의 힘든 일은 모두 끝났고, 그는 자신의 마음을 자연스러운 방어 자세로 바꾸었다. 그는 도로시 케이 부인의 경악과, 카울리 자동차공장 용접부의 야근에서 불려온 그녀의 남편을, 그리고 어리석고 비열한 책임 전가와, 참혹한 불행에 처한 그들의 정신적 고통을 잊을 수가 없었다. 실비아의 어머니는 진정제를 먹고 잠듦으로써 한탄과 슬픔을 뒤로 미뤘다. 루이스 부장 형사는 경찰본부에서 실비아의 아버지로부터 사정을 듣고 있었다. 그는 그 아버지의 얘기를 몇 페이지에 걸쳐 주의 깊게 기록했지만, 그것이 과연 도움이 될지는 의문으로 생각되었다. 그는 30분 뒤에 모스를 만나기로 되어 있었다.

그 침실은, 우드스톡 거리에서 2, 3분 떨어진 곳에 낡은 나무울타리가 늘어선 초승달 모양의 광장 잭두 코트에 있는, 아담한 연립주택의 세 개의 방 가운데 하나였다. 모스는 좁은 침대에 앉아 주위를 둘러보았다. 그는 침대를 깔끔하게 정리한 것은 아가씨의 어머니일 거라고 생각했다. 방의 다른 부분이, 살해된 처녀의 단정치 못하고 게으른 생활 모습을 그대로 보여 주고 있었기 때문이다. 팝아티스트의 컬러 사진이 가스 난로 위쪽에 아무렇게나 붙여져 있었다. 모스는 자신에게 10대의 아이가 있다면 젊은 사람들을 좀더 이해할 수 있을지도 모른다고 생각했다. 하지만 아름다운 아가씨의 진정한 모습은 베일에 싸여 있어서, 모스가 아무리 자부심을 가지고 있다 하더라도 그는 영원히 이해하지 못할 것이다. 몇 장의 속옷들이 테이블과 의자에 걸쳐져 있었는데, 그 테이블과 의자, 그리고 하얀 나무옷장만이 값나가는 가구였다. 모스는 의자 위에 있는 얇고 검은 브래지어를 가만히 집어 들었다. 그의 마음은 실비아 케이를 처음 본 순간으로 돌아가 거기서 한동안 머뭇거리다가, 불쾌한 지난 몇 시간의 꼬불꼬불한 길을 천천히 더듬었다. 몇 권의 여성 잡지가 창틀 위에 삐뚤빼뚤 쌓여 있었다. 모스는 화장하는 요령과 신상 상담, 별점 페이지를 팔랑팔랑 넘겨보았다. 포르노에 가까운 소설도 대충 훑어보았다. 그는 옷장문을 열고, 지금까지보다 약간 흥미를 보이며, 늘어서 있는 스커트와 블라우스, 바지, 드레스를 살펴보았다. 청결하지만 어지럽게 널려 있었다. 구두가 산더미처럼 있었다. 최첨단 유행의 구두, 웨지힐 구두, 오래된 구두 등 다양하다. 그녀는 돈에 궁하지는 않았던 모양이다. 테이블 위에는 하얀 호텔과 푸른 바다 사진, 보험 지불액과 천연두 예방 주사의 주의 사항 등이 실려 있는, 그리스, 유고슬라비아, 키프로스를 순회하는 단체 여행 팸플릿, 실비아의 고용주가 보낸, 복잡한 세금 계산에 대한 설명이 들어 있는 편지, 그리고 일기가 놓여 있었다. 일기에는 한달에 단 한 번 '춥다(콜드). 〈라이안의 처녀〉를 보러 갔다'고 적혀 있을 뿐이었다.

루이스가 침실문을 노크한 뒤 들어왔다.

"뭔가 나왔습니까?"

모스는 밝은 기색의 부장 형사를 마음에 안 든다는 듯이 바라보며, 아무 말도 하지 않았다.

"좀 봐도 될까요?" 루이스가 일기 위로 손을 뻗으며 물었다.

"물론이네." 모스가 말했다.

루이스는 9월의 페이지를 주의 깊게 넘겼다. 아무것도 적혀 있지 않았지만, 그는 꼼꼼하게 처음부터 끝까지 조사했다.

"하루밖에 쓰지 않았군요."

"그래도 나보다는 나아."

"'콜드'라는 건 춥다는 뜻일까요, 감기에 걸렸다는 뜻일까요?"

"모르겠네." 모스는 퉁명스럽게 대답했다. "어느 쪽이든 상관없지 않을까?"

"1월의 첫 주에 어디서 〈라이안의 처녀〉를 상영하고 있었는지는 조사하면 금방 알 수 있습니다."

"그래, 알 수 있겠지. 일기장 가격이 얼마였는지, 누가 그것을 그녀에게 주었는지, 볼펜은 어느 가게에서 샀는지 하는 것도, 루이스! 우리는 살인 사건을 수사하고 있네, 문구점을 하고 있는 게 아니라고!"

"죄송합니다."

"하지만 자네가 말한 것도 도움이 될지도 모르겠군."

모스가 덧붙였다.

"실비아의 아버지한테서는 별다른 정보를 얻을 수 없었습니다. 직접 만나보시겠습니까?"

"아니야, 그냥 두는 게 좋겠어."

"그럼, 그다지 진전이 없는 셈이군요."

"글쎄. 미스 케이는 하얀 블라우스를 입고 있었지?"

"예."

"자네 부인은 하얀 블라우스를 입을 때 브래지어는 어떤 색으로 하나?"

"옅은 색을 선택할 것 같은데요."

"검정 브래지어는 하지 않겠지?"

"비쳐 보이니까요."

"그렇지. 그런데 어제 저녁의 점등 시간을 알고 있나?"

"갑자기 물으시니 모르겠군요." 루이스는 대답했다. "하지만 곧 알아낼 수 있습니다."

"그럴 필요까지는 없네. 자네가 지금 본 일기에 의하면 어제 즉 9월 29일은 성미카엘 축일로, 점등 시간은 오후 6시 40분이었네."

루이스는 상관을 따라 좁은 계단을 내려가면서, 다음에는 무슨 말이 나올까 하고 생각했다. 현관에 도착하기 전에 모스가 반쯤 뒤돌아보았다.

"루이스, 여성 해방에 대해 어떻게 생각하나?"

오전 11시에 루이스 부장형사는, 하이스트리트의 담배가게 2, 3층에 있는 타운 앤드 가운 생명보험회사의 지배인을 만나고 있었다. 실비아는 1년 남짓 이 회사에서 근무하고 있었다. 그녀에게는 첫 직장이었다. 그녀는 타이피스트였다. 학교를 졸업한 뒤 2년 동안 비즈니스 칼리지에서 비서가 되는 공부를 했지만, 그녀의 속기는 글씨가 서툴러서 종종 알아볼 수가 없었고, 구술된 편지와 내용이 다를 때가 많아서 좋은 성적을 올릴 수 없었다. 하지만 타이프 쪽은 상당히 정확하고 보기 좋아서, 회사는 그녀에게 불만이 없었다고 지배인은 말했다. 그녀는 시간을 잘 지키고 조심스럽게 행동했다.

"매력이 있는 편이었나요?"

"글쎄요——뭐, 그런 편이었다고 생각합니다."

지배인은 대답했다.

루이스는 수첩에 적어 넣으며, 모스가 있었으면 좋았을 텐데 하고 생각했다. 모스 경감은 목이 마르다며, 거리 반대쪽의 '민스터'로 가 버렸다.

"실비아는 다른 두 아가씨와 함께 일했다고 하더군요." 루이스가 말했다. "가능하면 그 두 사람과 얘기해보고 싶은데요."

"그러시죠." 지배인인 파머 씨는 조금 안도하는 것 같았다.

루이스는 두 아가씨에게 상당히 오랫동안 질문을 했다. 두 사람 다 실비아와 친한 사이는 아니었다. 그녀들이 아는 한, 실비아에게는 정해진 남자 친구는 없었다. 이따금 섹스에 대한 얘기를 자랑삼아 한 적은 있었지만, 그것은 대부분의 아가씨들이 하는 얘기였다. 그녀는 사교성은 있었지만 속을 터놓고 지내는 사이는 아니었다.

루이스는 그녀의 책상 속을 살펴보았다. 하찮은 것들뿐이었다. 깨진 거울 조각, 몇 가닥의 금발이 붙어 있는 빗, 어제 일자의 〈선〉지, 많은 연필, 지우개, 타이프라이터의 리본, 카본지 등. 실비아의 책상 뒤쪽 벽에는 타이핑한 직원들의 휴가 일정표와 나란히 오마 샤리프의 사진이 붙어 있었다. 루이스는 실비아가 7월 후반에 2주일의 휴가를 낸 것을 보고, 두 아가씨에게 그녀가 휴가를 어디로 갔었느냐고 물었다.

"그냥 집에 있었던 것 같아요." 두 사람 중 나이가 많고 침착하며 진지한 얼굴을 한 20대 전반의 아가씨가 대답했다.

루이스는 한숨을 쉬었다.

"아가씨들은 그녀에 대해 아는 것이 별로 없는 것 같군요."

아가씨들은 잠자코 있었다. 루이스는 좀 더 그녀들의 협조를 얻어내려고 노력했지만 성공하지 못했다. 그는 정오 조금 전에 회사에서 나와 '민스터'를 향해 걸어갔다.

"가엾은 실비아." 그가 나간 뒤에 연하의 아가씨가 말했다.

"응, 정말 불쌍해." 제니퍼 콜비가 대답했다.

루이스는 간신히, 그리고 다소 놀라움을 느끼면서, '민스터' 안의 '신사 외에는 사절'인 바에 있는 모스를 발견했다.

"아, 루이스!" 그는 일어서서 빈 잔을 카운터 위에 놓았다. "뭘로 하겠나?" 루이스는 비터로 하겠다고 대답했다. "고급 비터 두 잔." 모스는 카운터 안의 남자에게 밝은 목소리로 말했다. "그리고 자네도 한 잔 하게."

루이스는 그가 갈 때까지 경마가 화제였음을 알았다. 모스는 〈스포팅 라이프〉를 집어 들고 루이스와 함께 구석자리로 갔다.

"루이스, 자네, 경마 하나?"

"더비나 그랜드 내셔널에 몇 실링 거는 일은 있지만, 보통은 하지 않습니다."

"그게 좋아." 모스는 진지한 투로 말했다. "하지만, 이걸 보게. 어떻게 생각하나?" 그는 경마신문을 펼치고, 챕스토의 3시 15분 경주에 나가는 한 마리를 가리켰다. 블랙 프린스라는 이름이었다. "1파운드쯤 걸 만한 가치가 있다고 생각하지 않나?"

"묘한 우연의 일치군요."

"10대 1이네." 모스는 비터를 쭉 들이켰다.

"그걸 사시려고요?"

"벌써 걸었어."

모스는 나이가 지긋한 바텐더 쪽을 힐끗 보면서 말했다.

"그건 불법 아닙니까?"

"나는 그쪽의 법률은 공부한 적이 없어."

도대체 이 살인사건을 해결할 마음이 있는 걸까 하고 루이스는 생각했다. 모스는 그의 마음을 읽은 것처럼, 피해자의 타운 앤드 가운에서의 근무에 대해 보고하라고 요구했다. 루이스는 가능한 한 상세하게 설명했고, 모스는 중간에 끼어들지 않았다. 그는 오히려 비터

쪽에 신경을 쓰고 있는 것처럼 보였다. 얘기가 끝나자, 루이스에게 본부로 돌아가서 보고서를 타이핑한 다음, 집에 돌아가서 자라고 말했다. 루이스는 반대하지 않았다. 그는 파김치가 될 정도로 지쳐 있었고, 수면은 여간해서 누릴 수 없는 사치처럼 생각되었다.

"다른 일은 없습니까?"

"내일 아침 7시 반 정각에 내 방에 와주게. 지금은 할 일이 없네. 자네가 블랙 프린스에 걸 마음이 없다면."

루이스는 호주머니를 뒤져 50펜스를 꺼냈다.

"양다리를 걸치는 겁니까?"

"블랙 프린스가 1등을 하면 발을 동동 구르며 분해할 걸."

모스가 말했다.

"그럼, 1등에 50펜스 걸겠습니다."

모스는 50펜스를 받았다. 루이스는 가게를 나가면서 바텐더가 그 돈을 호주머니에 넣으며, 속을 알 수 없는 경감을 위해 비터를 한 잔 더 따르는 것을 보았다.

4

10월 1일 금요일

이튿날 아침, 7시 반 정각에 루이스는 경감의 방문을 두드렸다. 대답이 없어서 가만히 손잡이를 돌리고 문틈으로 들여다보았다. 아무도 없었다. 그는 현관으로 돌아가 접수부의 경사에게 모스 경감은 아직 나오지 않았느냐고 물었다.

"난 못 봤어."

"7시 반에는 나와 있을 거라고 했는데."

"그 경감님, 그런 줄 몰랐나?"

나도 알았으면 좋았을 걸 하고 루이스는 생각했다. 그는 자신의 방으로 가서 어제 오후, 힘들게 타이핑한 보고서를 집어 들고 주의 깊게 읽었다. 루이스는 최선을 다했지만, 그래도 성과는 없었다. 그는 식당에 가서 커피를 주문했다. 루이스가 잘 알고 있는 딕슨 순경이 베이컨과 토마토를 먹고 있었다.

"살인사건은 어떻게 돼갑니까? 부장님."

"아직 한참 멀었어."

"모스 씨 담당이죠?"

"그래."

"좀 이상한 사람 아니던가요?"

루이스는 대답하지 않았다.

"전 딱 한 가지만 알고 있습니다." 딕슨이 말했다. "그 양반, 간밤에 자정이 넘도록 서에 있었습니다. 그 자리에 있던 사람들 대부분이 그에게 혹사당했지요. 서의 모든 전화통에 불이 붙는 줄 알았습니다. 마음만 먹으면 맹렬하게 일하는 양반이에요."

루이스는 조금 부끄러워졌다. 그는 어제 저녁 6시부터 오늘 아침 6시까지 실컷 잤던 것이다. 모스가 늦잠을 자는 것도 무리가 아니라고 생각하며, 그는 자리에 앉아서 커피를 마셨다.

10분 뒤, 모스가 이제 막 수염을 깎은 환한 얼굴로 식당에 들어섰다.

"아, 여기 있었군, 루이스. 늦어서 미안하네." 그는 커피를 주문하고 맞은편에 앉았다. "자네한테는 나쁜 소식이네만." 루이스는 날카로운 눈으로 올려다보았다. "자네는 손해 봤어. 블랙 프린스가 2등을 했거든."

루이스는 웃음지었다.

"전 아무래도 괜찮습니다. 경감님이나 큰 손해를 보지 않았으면 좋 겠군요."

모스는 고개를 저었다.

"아, 아니야. 난 손해 보지 않았어. 사실은 몇 파운드 벌었지. 양 다리를 걸쳤으니까."

"하지만……." 루이스는 말을 하려다 말았다.

"자." 모스가 재촉했다. "어서 커피 마시게. 일이 있어."

그리고 4시간 동안, 그들은 모스가 전날에 띄운 각 방면으로의 조 회에 응하여 밀려든 보고서를 검토하느라 정신없었다. 정오쯤에는, 루이스는 실비아 케이에 대해 자기 아내에 대한 것보다 더 잘 알고 있는 듯한 느낌이 들었다. 그는 각각의 보고서를 세심한 주의를 기울 여——모스의 명령에 따라——읽었다. 그리고 많은 사실이 마음에 자리잡기 시작했다고 느꼈다. 모스는 놀랄 만큼 빨리 보고서를 섭렵 했다. 마치 따분한 소설을 비스듬하게 속독하고 있는 것 같았다. 그 래도 그는 가끔 묘한 보고가 있으면, 빨려 들어갈 듯이 열심히 다시 읽었다.

"어떤가?" 모스가 마침내 입을 열었다.

"대체적으로 알았다고 생각합니다."

"좋았어."

"한두 가지 보고에 상당한 흥미를 가지시는 것 같더군요."

"내가?" 모스는 놀란 것 같았다.

"비즈니스 칼리지에서 온 보고서는 반 페이지에 불과한데, 경감님 은 10분이나 읽으셨습니다."

"관찰력이 상당히 날카롭군, 루이스. 하지만, 유감스럽게도 잘못 짚었어. 그런 끔찍한 보고서는 지난 몇 년 동안 한 번도 본 적이 없네. 문법적으로 이상한 데가 10줄 가운데 적어도 12군데는 되더군. 경찰도 예전만 못한 것 같아. "

루이스도 난처한 일이라고 생각했지만, 그만의 방식으로 찾아낸 오류를 조사할 용기는 없었다. 그는 다른 것을 질문했다.

"수사에 진전이 있다고 생각하십니까? "

"의심스러워. " 모스가 대답했다.

루이스는 반드시 그렇다고는 생각하지 않았다. 수요일의 실비아의 행적은 확실한 것처럼 보였다. 그녀가 오후 5시에 하이 스트리트에 있는 회사에서 나가, 100야드 가량 걸어서 대학의 칼리지 밖에 있는 제2 버스 정류장에 간 것은 거의 틀림없었다. 오후 5시 35분에는 집에 도착하여 저녁을 맛있게 먹었다. 그녀는 어머니에게 늦게 들어올지도 모른다고 말하고 오후 6시 30분쯤 집을 나섰다. 옷은──확인한 바에 의하면──시체로 발견되었을 때와 같은 것이었다. 그녀는 아무튼 우드스톡까지 갔다. 이런 것들은 유력한 출발점으로, 몇 가지의 예비 수사를 해야 한다고 루이스는 생각했다.

"버스 회사에 가서 우드스톡행 운전 기사들을 만나 볼까요? "

"이미 만나봤네. " 모스가 말했다.

"수확이 없었습니까? "

루이스의 목소리에는 실망이 드러나 있었다.

"그녀는 버스를 타지 않았던 것 같아. "

"그럼 택시인가요? "

"택시도 아닐 거네. "

"그럴까요, 그리 요금이 많이 나오지는 않을 텐데. "

"그건 그렇지만, 나는 그녀가 택시를 타지 않았을 거라고 생각하네. 만약 택시를 탔더라면 그녀는 집에서 전화를 걸었을 거야. 그녀의 집에는 전화가 있으니까. "

"전화하지 않았나요? "

"하지 않았어. 케이의 가족 중에 어제 전화를 사용한 사람은 아무도 없더군."

루이스는 자신감 상실이라는 위험에 부닥쳐 있었다.

"저는 별로 도움이 되지 않는 것 같군요."

모스는 그 말을 무시했다.

"루이스, 옥스퍼드에서 우드스톡으로 가는 데 자네라면 뭘 이용하겠나?"

"자동찹니다."

"그녀는 차를 가지고 있지 않았네."

"친구에게 태워달라고 하는 건 어떨까요?"

"자네 보고에도 적혀 있을 텐데. 그녀에게는 여자 친구가 별로 없었어."

"남자 친구를 생각하십니까?"

"자네는?"

루이스는 잠시 생각했다.

"그녀가 남자 친구와 데이트를 한 거라면 좀 이상하군요. 어째서 남자가 그녀의 집에 가서 태워가지 않았을까요?"

"그러게 말이야, 어째서일까?"

"그녀의 집에 데리러 간 사람은 없었습니까?"

"없었네. 어머니가 그녀가 걸어가는 것을 보았다니까."

"어머니를 만나 보셨습니까?"

"음, 간밤에 얘기를 들었네."

"상태가 괜찮던가요?"

"자제심이 강한 여자더군, 루이스. 난 호감을 느꼈네. 물론 그녀는 충격을 받고 어쩔 줄 몰라했어. 하지만, 예상했던 만큼 비탄에 잠기지는 않았네. 사실은 아름다운 딸이 그녀에게는 짐이 되고 있었던 게 아닌가 하는 느낌조차 들더군."

모스는 큰 거울 앞에 가서 빗을 꺼내더니, 숱이 적어진 머리카락을 손질하기 시작했다. 그는 후두부의 넓게 벗어진 부분에 주의 깊게 머리카락을 쓰다듬어 붙인 뒤, 빗을 주머니에 넣고, 난처해하는 루이스 부장 형사에게 어떻게 보이느냐고 물었다.

"그런데 루이스, 실비아가 버스도 택시도 남자 친구의 차도 타지 않았다면, 어떻게 우드스톡에 갈 수 있었을까? 우드스톡까지 걸어가지는 않았을 텐데."

"틀림없이 히치하이크를 했을 겁니다."

모스는 아직도 거울 속의 자신을 바라보고 있었다. "맞아, 나도 그렇게 생각하네. 그러니까……." 그는 다시 빗을 꺼내 옆으로 삐져나온 머리카락을 새로 빗었다. "내가 오늘 밤 텔레비전에 나가려고 생각한 것도 그 때문일세." 그는 수화기를 집어 들고 경정을 연결해달라고 부탁했다. "루이스, 가서 점심을 먹고 오게. 나중에 할일이 있네."

"경감님 것도 주문할까요?"

"아니야, 난 비만을 조심해야 하니까."

실비아 케이의 죽음은 〈옥스퍼드 메일〉의 목요일 석간에, 그리고 금요일 아침에는 전국의 신문에 크게 다뤄졌다. 금요일 밤에는 BBC와 ITV의 뉴스 시간에 모스 경감의 인터뷰가 방송되었고, 그 속에서 모스는 9월 29일 수요일 저녁 6시 40분부터 7시 15분 사이에 우드스톡 로드에 있었던 사람들의 협조를 구했다. 그는 국민에게, 경찰은 언제 다시 범행을 되풀이할지 모르는 매우 위험한 남자를 찾고 있으며, 실비아 케이를 살해한 범인이 법의 심판을 받을 때는, 모살뿐만 아니라 강간죄까지 추궁받을 것이라고 설명했다.

루이스는 모스가 카메라 앞에 서 있는 동안 뒤에 대기하고 있다가,

인터뷰가 끝나자 그에게 다가갔다.

"정말 지독한 바람이군" 하고 모스가 말했다. 그의 머리카락이 바람에 불려 부수수해져 있었다.

"정말로 범인이 다시 살인을 저지를 거라고 생각하십니까?"

"그런 일은 없을 거네."

5

10월 1일 금요일

버나드 클로저 씨는 매일 밤 거의 예외 없이, 9시 40분쯤 노스옥스퍼드 사우스다운로드에 있는 작은 단독주택을 나선다. 그의 루트는 늘 똑같았다. 작은 잔디밭을 에워싸고 있는 하얀 문을 꼭 닫은 뒤, 오른쪽으로 돌아 도로 끝까지 가서, 그곳에서 다시 오른쪽으로 돌아 약간 빠른 걸음으로 '플레처스 암스' 라운지 바에 가는 것이다. 말을 분명하게 하는 편이며, 론스데일 칼리지에서 영어를 가르치고 있는 그는, 잡다한, 그러나 호감을 주는 낯익은 단골들이 모이는 이 평범한 술집의 어디에 매력이 있는 건지, 눈총을 보내는 아내는 물론 자신조차도 정확하게 그 이유를 설명할 수 없었다.

그런데 10월 1일 금요일 밤, 클로저는 밖으로 나가 문을 닫은 뒤 몇 초 동안 그대로 서 있었다. 그는 무슨 큰 걱정거리라도 있는 것처럼 시선을 내리깔고 불안해하는 모습이었다. 그리고, 습관과 마음의 방향과는 반대로 왼쪽으로 돌았다. 그는 도로 끝까지 천천히 걸어갔다. 왼쪽에 여러 군데 늘어서 있는 황폐한 차고 옆에 공중 전화부스가 있었다. 자신에게 편리한 시간을 선택하고 싶었지만, 그것이 잘되지 않아서, 그는 서성거리며 시계를 들여다보거나 부스 안의 뚱뚱한 여자에게 화가 난 듯한 시선을 던지기도 하면서, 초조하게 기다리고 있었다. 여자는 눈앞의 낯선 새 전화기와, 비협조적인 교환원, 한 손으로 지갑에서 필요한 동전을 찾아 꺼내는 삼중고 앞에서 어쩔 줄 몰라하고 있는 것 같았다. 그렇지만 그녀는 분발하고 있었다. 클로저는 얼마간 동정심을 느끼며, 남편이 야근으로 집을 비운 사이에 아이가 급한 병에 걸려 도와줄 사람이 없는 건지도 모른다고 생각했다. 그러나 그녀의 용건이 자신이 걸려고 하는 전화만큼 중요한지는 의심스러웠다. 뉴스 프로는 아무리 하찮은 것이라도 그의 주의를 끌었지만, 오후 9시 BBC 뉴스는 하찮은 것이 아니었다. 그는 경감이 사용한 말 한 마디 한 마디를 전부 다 기억하고 있었다. "만약 운전자한테서 정보를 얻을 수 있다면……." 그는 정보를 제공할 수 있었다. 무섭고 참혹한 일련의 사건에서 역할을 연기했기 때문이다. 하지만 무슨 말을 하면 좋단 말인가? 진실을 말할 수는 없다. 아니, 진실의 반도 말할 수 없다. 그의 허약한 결의는 무너지기 시작했다. 저 혐오스러운 여자를 1분만 더 기다려 주자, 1분뿐이다. 그 이상은 기다릴 수 없다.

그날 밤 9시 50분에 루이스 부장 형사가 흥분한 목소리로 모스 경감에게 전화를 걸어왔다.

"운이 좋았습니다. 행운이 찾아왔어요!"

"그래?"

"예, 증인이 나타났습니다. 메이벨 저먼 부인이라고 하는데, 살해당한 아가씨를 만났다고 합니다……."

모스가 말을 가로막았다.

"그러니까 살해되기 전에 그 아가씨를 만났다는 얘기군."

"그렇습니다. 지금이라도 자세한 진술을 들을 수 있습니다."

"아직 듣지 않았단 말인가?"

"5분 전에 전화가 왔습니다. 곧 그녀의 집으로 갈 겁니다. 이곳 사람인데, 경감님도 가시겠습니까?"

"아닐세." 모스는 말했다.

"그래요? 그럼 모든 진술을 타이핑해서 내일 아침에 보여드리겠습니다."

"그러게."

"정말 행운 아닙니까? 또 한 아가씨에 대해서도 알 수 있을 겁니다."

"또 한 아가씨라니?" 모스는 조용히 말했다.

"그러니까, 즉……."

"저먼 부인의 주소는?" 모스는 하는 수 없이 침실용 슬리퍼를 벗고 구두로 손을 뻗었다.

"오늘 밤에는 좀 늦으셨군요, 버나드 씨. 뭘로 하시겠습니까?"

버나드는 '플레처스 암스'에서는 환영받는 손님이었고, 언제나 돈을 잘 썼다. 단골들은 모두 그가 훌륭한 학자라는 것을 알고 있었다. 그러나 그는 남의 얘기를 잘 들어주는 편으로, 새로운 농담을 들으면 다른 손님들과 함께 크게 웃어주었다. 그 자신도 이따금 정부의 어리석은 정책과 한심스러운 옥스퍼드 유나이티드 축구팀에 대해 열변을 토하며 공격할 때가 있었다. 그러나 오늘 밤의 그는 그 어느 쪽에 대해서도 말이 없었다. 10시 25분까지 그는 평소에 하던 대로 비터를 세 잔 마시고 일어섰다.

"한 잔 더 하시죠, 버나드 씨?"

"아닐세, 됐네. 오늘 밤엔 이거면 충분해."

"또 부인이 무서우신 거군요?"

"그야 언제나 그렇지."

그는 천천히 집을 향했다. 그는 침실의 불이 켜져 있으면 아내 마거릿이 침대에서 책을 읽으면서 자신이 돌아오기를 기다리고 있는 것임을 알고 있다. 만약 불이 켜져 있지 않으면 그녀는 아마 텔레비전을 보고 있을 것이다. 그는 소년 시절 가장 가까운 가로등까지 자동차와 경주했을 때와 똑같이, 어리석은 결단을 내렸다. 그녀가 침대에 들어가 있으면 그대로 집으로 들어가자. 그녀가 아직 일어나 있다면 경찰에 전화를 거는 거다. 그가 모퉁이를 돌자, 이내 침실에 불이 켜져 있는 것이 보였다.

저먼 부인은 약간 흥분한 기색이었지만 또박또박 증언했다. 그녀의 기억은 놀랄 만큼 또렷했고, 루이스 부장 형사의 수첩은 금세 정보로 가득 차게 되었다. 모스는 그에게 모든 것을 맡겼다. 그는 루이스가 운이 좋았다고 말한 것은 옳았던 것이 아닐까 하는 생각이 들었다. 그리고 곰곰이 생각한 뒤에 역시 그런 것 같다고 생각했다. 그는 부장 형사가 버스 정류장에서 있었던 일을 조사하는, 익숙한 완벽주의적인 방식에 답답함과 지루함을 느꼈다. 그러나 그것은 필요한 일이며, 루이스가 잘 하고 있다는 것을 알고 있었다. 약 45분 동안 그는 구경만 하고 있었다.

"저먼 부인, 정말 감사했습니다."

루이스는 수첩을 덮고 상당히 만족한 기색으로 경감 쪽을 돌아보았다.

모스가 말했다.

"웬만하면 내일 아침, 경찰서에 와주실 수 없을까요? 루이스 부장 형사가 부인의 진술을 타이핑할 텐데, 혹시 틀린 부분이 없는지 부인이 확인해주셨으면 합니다. 형식적인 거지요."

루이스는 일어서서 돌아가려고 했지만, 모스가 눈짓으로 다시 앉으라고 지시했다.

"저먼 부인." 그는 말했다. "한 가지 부탁이 더 있습니다. 홍차를 한 잔 주실 수 없을까요? 늦은 시간에 죄송합니다만……."

"괜찮아요, 경감님. 진작 말씀하시지 않고."

그녀는 서둘러 방에서 나갔다. 안쪽에서 물소리와 컵 소리가 들렸다.

"루이스, 잘 했네."

"감사합니다."

"그런데 그 버스 말이야, 가능한 한 빨리 알아봐 주게."

"버스는 경감님이 조사하셨다고 하지 않았습니까?"

"다시 한 번 조사하게."

"알겠습니다."

"그리고 그 트레일러 말인데, 잘 하면 찾을 수 있을지도 몰라."

"찾을 수 있을까요?"

"시간은 충분해. 못 찾을 리가 없지."

"그밖에 다른 일은?" 루이스는 감정을 억제한 목소리로 물었다.

"음, 여기서 수첩에 좀더 기록해주게. 오래 걸리지는 않을 거야."

부엌문이 열리고 저먼 부인이 돌아왔다.

"홍차 대신 위스키를 조금 드시는 게 어떨까요. 크리스마스 때 한 병 남은 것이 있어요. 전 평소에는 안 마시거든요."

"이거, 고맙습니다." 모스가 말했다. "센스가 보통이 아니시군요, 저먼 부인."

루이스는 쓴웃음을 지었다. 그는 어떻게 돌아갈지 알고 있었다. 전에도 당한 적이 있으니까.

"소량의 스카치라면 기운이 나지요. 부인도 좀 드시죠."

"아니에요, 전 홍차가 좋아요."

그녀는 식기 찬장의 서랍을 열고 잔을 두 개 꺼내왔다.

"잔은 하나면 됩니다, 저먼 부인." 모스가 말했다. "애석하게도 여기 있는 루이스 부장 형사는 근무중입니다. 이해하시겠지만, 경찰관은 근무중에 알코올 음료를 마셔서는 안 되는 규정이 있어서요. 부인도 그가 법을 어기는 것을 바라지는 않으시겠지요?"

루이스는 입속으로 뭐라고 중얼거렸다.

모스는 가득 따른 위스키를 보며 웃음지었고, 부장 형사는 작은 컵에 든, 맛이 없어 보이는 진한 갈색의 홍차를 뚱한 얼굴로 휘저었다.

"저먼 부인, 부인이 루이스 부장 형사에게 대답하신 것에 대해 한두 가지 더 묻고 싶은 것이 있습니다. 피곤하신가요?"

"아니에요."

"'또 한 아가씨'는 어떻게 보였습니까? 기분이 나빠 보이지는 않던가요? 초조해하고 있지 않았습니까?"

"그건 보지 못했어요. 잘 모르겠네요. 조금 초조해하고 있었던 것 같기도 하고."

"겁을 먹고 있었나요?"

"아니에요, 그렇지는 않았어요. 약간 흥분, 그래요, 약간 흥분해 있었어요."

"흥분하고 초조해했다?"

"그랬던 것 같아요."

"잘 생각해봐 주십시오. 이렇게 눈을 감고, 버스 정류장을 떠올리는 겁니다. 그녀가 한 말이 뭔가 떠오르지 않습니까? 다음 버스가 우드스톡으로 가는지 당신에게 물었다는 얘기는 들었습니다. 그밖에는?"

"생각이 나지 않는군요. 아무것도 생각나지 않아요."

"저먼 부인, 서두르실 필요 없습니다. 편안한 마음으로 다시 한번 생각해주세요, 천천히."

저먼 부인은 눈을 감았다. 모스는 강한 기대를 가지고 그녀를 지켜보았다. 부인은 아무 말도 없었다. 마침내 모스가 어색한 침묵을 깼다.

"살해된 아가씨는 어땠나요? 다른 말을 하지는 않았습니까? 그녀는 히치하이크를 하고 싶어했던 것 같은데."

"네, '있잖아'라는 말을 몇 번이나 했어요."

"'걱정 마' 하는 말도?" 모스가 덧붙였다.

"네, '걱정 마. 내일 아침에는 농담거리가 될 거야'."

모스는 피가 얼어붙어버린 듯 미동도 하지 않았다. 저먼 부인의 기억은 마침내 바닥이 난 듯했다.

모스는 긴장을 풀었다.

"늦게까지 폐를 끼쳐서 죄송합니다. 아! 그리고 상당히 좋은 스카치군요."

"더 드시겠어요?"

"감사합니다. 사실 이렇게 맛있는 스카치는 몇 년 만인지 모르겠습니다."

저먼 부인이 그의 잔에 술을 따르기 위해 등을 돌렸을 때, 모스는 엄격한 표정과 몸짓으로 루이스에게 자리를 떠나지 말라고 지시했다. 그리고 30분 동안, 그는 알고 있는 모든 수단을 사용하여, 살해된 아가씨와 그 친구에 대해 부인의 기억을 되살리려고 노력했다. 그러나 성과는 없었다.

"저먼 부인, 마지막으로 한 가지만 더. 내일 아침에 서에 나오시면 대질을 하게 될지도 모릅니다. 1, 2분밖에 걸리지 않습니다."

"그럼 저에게…… 어머나!"

오후 11시 45분에 모스와 루이스는 저먼 부인의 집에서 나왔다. 그들이 차 옆에 섰을 때, 갑자기 집 문이 다시 열리더니 저먼 부인이 급히 모스에게 다가왔다.

"한 가지 말씀드릴 게 있어요. 방금 생각이 났어요. 눈을 감고 생각해보라고 하셨죠? 어떤 것이 갑자기 마음속에 떠올랐어요. 또 한 아가씨에 대한 거예요. 그 아가씨는 팔자걸음 같은 이상한 모습으로 뛰어갔어요. 무슨 얘긴지 아실는지?"

"알겠습니다." 모스는 말했다.

두 사람은 경찰서로 돌아갔다. 모스는 그 뒤 전화가 오지 않았는지 묻고, 아무 것도 없었다는 것을 알자 루이스를 자신의 방으로 불렀다.

"어땠나, 자네?" 모스는 만족한 듯한 모습이었다.

"내일 아침 대질을 할 거라고 하셨죠?"

루이스는 알 수 없다는 얼굴로 말했다.

"그럴 생각이네. 그런데 묻고 싶네만, 저먼 부인의 얘기 중에서 가장 중요한 사실은 뭐라고 생각하나?"

"중요한 정보가 많았습니다."

"그래. 하지만 소름끼치는 사실이 한 가지 있었을 텐데."

루이스는 바보처럼 보이지 않도록 하려고 노력했다. 모스는 말했다.

"우리는 아가씨들이 이튿날 아침에는 농담거리가 될 거라고 말한 것을 알지 않았나?"

"그렇군요." 루이스는 잘 모르는 대로 대답했다.

"그것이 무슨 뜻인지 모르겠나? 그녀들은 이튿날 아침——목요일 아침에 만날 거라는 얘길세. 그리고 우리는 실비아가 근무하고 있었던 곳을 알고 있어, 그렇지?"

"그럼 다른 한 아가씨도 그곳에 근무하고 있는 거군요."

"증거를 보면 그렇다고밖에 생각할 수 없네."

"하지만, 제가 회사에 갔을 때 그런 말을 한 사람은 아무도 없었습니다."

"그게 무척 흥미로운 점이라고 생각하지 않나?"

"제가 한 일은 별로 쓸모가 없었던 것 같군요."

루이스는 한심한 듯이 바닥의 카펫을 응시했다.

모스는 계속했다.

"하지만 이젠 알았어. 그 아가씨들 중의 한 사람이…… 모두 몇 명이던가?"

"열네 명입니다."

"그 가운데 한 사람이 적어도 중요한 증거를 숨기고 있는 거야. 경우에 따라서는 거짓말만 하고 있는 건지도 모르지."

"전 그 아가씨들과 모두 얘기해 본 건 아닙니다."

"무슨 소리야! 그녀들은 자네가 뭐 하러 거기 왔는지 알고 있었어. 동료가 살해되었고, 강력반 부장 형사가 회사에 찾아왔어. 그녀들은 자네가 무슨 일로 왔다고 생각했을까? 타자기를 수리하러 온 거라고 생각했을까? 아니야, 자네는 잘 했어, 루이스. 자네는 그 아가씨를 교활한 거짓말을 꾸며대지 않으면 안 될 정도로 추궁하지는 않았어. 그녀는 괜찮을 거라고 생각하고 있겠지. 그것이 내가 바라던 바야." 모스는 일어섰다. "자네는 돌아가서 자게. 내일 아침에 할 일이 있어. 하지만 돌아가기 전에 파머 씨의 주소를 알아봐주지 않겠나? 잠시 방문해야겠어."

"설마 이 시간에 그를 두들겨 깨울 생각은 아니시겠죠?"

"자네 말처럼 두들겨 깨울 뿐만 아니라, 물론 정중하게 사무소를 열어달라고 부탁해서, 열네 명의 아가씨들의 책상 서랍을 조사할 생각이네. 재미있는 작업이 될 거야."

"수색 영장이 필요하지 않을까요?"

"나는 수색 영장이 필요한 상황이라는 게 전혀 이해가 되지 않아."

모스는 불만인 듯이 말했다.

"저는 영장이 필요할 것 같은데요."

"그럼 이 밤중에, 내일 아침 일찍도 마찬가지고, 어디에 가면 영장에 사인해줄 인물을 찾을 수 있는지 가르쳐주겠나?"

"그런데, 만약 파머 씨가 법적권리를 주장하면……."

루이스는 말을 하다가 말았다.

"난 당신의 부하 여직원을 강간하고 살해한 범인을 찾고 있는 거라고 말해주겠네. 포르노 그림 엽서를 찾고 있는 게 아니라고 말이야."

모스는 강한 어조로 말했다.

"저도 함께 갈까요?"

"아니야, 자네는 잠이나 실컷 자두게."

"그럼, 행운을."

"그런 건 필요 없어. 자네는 절대로 믿지 않겠지만, 난 마음만 먹으면 악랄한 짓도 할 수 있네. 파머 씨는 파자마 바지에 벼룩이 뛰어든 것처럼 놀라서 침대에서 벌떡 일어나겠지."

그러나 타운 앤드 가운 생명보험회사의 지배인은 침대에서 나오기는 했지만, 파자마를 벗는 건——상의든 바지든——분명하게 거절했다. 그는 모스에게 그의 회사를 수색할 권리를 가지고 있느냐고 묻고, 모스에게 그것이 없다는 것을 알자, 모스가 아무리 어르고 위협해도 요지부동이었다. 경감은 작은 체구의 지배인을 너무 만만하게 생각했음을 알았다. 그러나 긴 교섭 끝에 가까스로 한 가지 안으로 절충이 이루어졌다. 이튿날 아침 8시 45분에 타운 앤드 가운 생명보험회사의 모든 사원을 지배인의 방에 모아놓고, 경찰이 각자에게 도착한 개인적인 편지를 개봉하는 것에 이의가 있는지 어떤지를 묻는 방법이었다. 만약 이의가 없다면(파머는 모스에게 장담했다) 경감은 모든 통신을 개봉하고, 필요하다면 참고가 될 만한 편지를 복사할 수 있다. 그리고 모든 여사원은 그 뒤 템스밸리 경찰의 대질에 응한다. 파머는 자리를 비울 수 없는 전화 교환원과 그 밖의 중요한 준비를 하지 않으면 안 될 것이다. 이튿날은 토요일이어서 마침 사정은 좋은 편이었다. 업무는 정오에 끝난다.

모스는 돌이켜보며, 결국 비교적 잘 된 거라고 생각했다. 그는 피곤한 듯이 경찰서를 향해 차를 달리면서, 그토록 경험을 쌓은 자신이 어째서 이렇게 경솔하고 무모하게 끝났을지도 모르는 계획을 무턱대고 강행했던 것일까 하는 생각이 들었다. 그럼에도 불구하고, 자신의 방식에는 어딘가 옳은 데가 있었다고 생각했다. 모스는 직감적으로, 이 단계에서의 조사가 필요하다는 것을 느끼고 있었다. 그는 커다란 돌파구를 예상하고 있었다. 하기는 이때의 그는, 사건 해결까지 얼마나 많은 돌파구가 필요한지 모르고 있었다. 또 영장 없이 회사에 들어가는 것을 파머가 거부한 것이 오히려 큰 행운으로 이어지게 될 줄도 몰랐다. 그것은 파머의 부하 여직원에게 보내는 한 통의 편지가 발송되었고, 아무런 의심도 없이 분류하는 사무원의 비능률 말고는, 그 배달을 방해할 수 있는 것은 아무것도 없었기 때문이다.

모스는 경찰서로 돌아가 1시간 동안 책상 앞에 앉아 있었다. 오전 4시 15분에 그는 일을 마치고, 검은 가죽 의자에 몸을 기댔다. 이미 집으로 돌아가기에는 늦어 있었다. 그는 사건을 생각했다. 처음에는, 그때까지 알아낸 사실을 천천히 조직적으로 분석한 다음, 만약 잠이 오지 않으면 빠르고 직관적인 비약으로 고찰할 생각이었지만, 그는 희미한 어둠 속으로 빠져들기 시작했다. 그러나 모스는 수요일 밤에 일어난 일은 어떤 사람들의 활동과 인과 관계를 가지며, 그 사람들은 사랑과 증오와, 탐욕과 질투 같은 흔해빠진 격정에 의해 움직여진 것임을 알고 있었다. 그것은 전혀 수수께끼가 아니었다. 그것은 조각그림 맞추기 같은 것으로, 그 그림의 조각들이 그의 앞으로 하나둘 모여들고 있었다. 그는 깜박 잠이 들었다. 그리고 토막토막, 매력적인 빨강머리를 한 바의 호스티스와 머리에 끈적하게 피를 뒤집어쓴 금발 미인의 꿈을 꾸었다. 모스는 항상 여자 꿈만 꾸는 듯한 느낌이 들었다. 그는 가끔, 만약 결혼했더라면 무슨 꿈을 꿀까 하고 상상할 때가 있었다. 그리고, 그래도 역시 여자일 거라고 생각했다.

6

10월 2일 토요일 오전

"이럴 수가 있는 거니?" 파머 씨의 비서 주디스가 말했다. "그 사람이 우리의 편지를 뜯어볼 거래."

"거절할 수도 있었을 텐데." 애교는 있지만 경박한 아가씨 샌드라가 대꾸했다. 그녀는 3년 전에 회사에 들어온 뒤 직급도 월급도 한번도 오르지 않았다.

"난 거의 거절할 뻔했어." 곱슬머리를 부산하게 움직이고 나비처럼 가벼운 두뇌를 가진 루스가 입을 열었다. "보브한테서 또 열렬한 편지가 왔으면 어쩌지!" 그녀는 불안을 드러내면서도 킥킥 웃었다.

아가씨들은 젊은 미혼이 많았고, 거의 부모와 함께 살고 있었다. 아침에 우편물이 늦게 오면, 그것 때문에 부모들한테서 쓸데없는 잔소리를 들을 우려가 있기 때문에, 몇몇 아가씨들은 편지를 회사에서 받고 있었다. '친전(親展)'이나 '극비친전'으로 되어 있는 편지가 너무 많아서, 사정을 모르는 사람은 타운 앤드 가운 보험회사를 비밀정보기관의 본부쯤으로 생각할 지도 몰랐다. 그러나 파머는 회사의 전화 사용에는 날카로운 눈길을 보내도, 직장의 그런 사소한 남용은 이성적인 관대함으로 묵인하고 있었다.

아가씨들은 각자 모스에게 두려움을 느끼고 있어서, 조용한 말투의 그의 요구에 한 마디도 반대하지 않고 따랐다. 물론 그녀들은 그를 돕고 싶어했다. 어쨌든, 그는 우편물을 복사하려는 것뿐이며, 모든 것은 철저하게 비밀이 보장될 것이 틀림없었다. 루스는, 보브가 오늘 아침만큼은 그런 낯 뜨거운 편지를 보내지 않은 것을 알고 살짝 안도의 한숨을 쉬었다. 경찰이 아무리 이해심이 있다고 해도……

"우리도 불쌍한 실비아를 위해 협조해야 한다고 생각해."

샌드라가 말했다. 낮은 지성에도 불구하고 그녀는 감수성이 예민한 아가씨로, 실비아의 죽음을 깊이 슬퍼하며 조금은 겁을 먹고 있었다. 그녀는 자기 나름대로 수사에 기여하고 싶었다. 그리고 자기 앞으로 온 편지가 없는 것에, 그리 뜻밖의 일은 아니지만 실망을 느꼈다.

모스는 7통의 편지와 2장의 엽서를 조사하기로 했다. 복사기에 넣기 전에 대충 그것들을 훑어보면서, 그는 조금 허탈해지는 것을 느꼈다. 그래도 대질이 있을 예정이어서, 그는 거기에 큰 기대를 걸고 있었다. 하지만 이쪽도 아침이 되어 냉정하게 생각해보니, 그 기대가 몇 가지 점에서 의심스러워지기 시작했다.

"대질이라는 것 해본 적 있니?" 산드라가 말했다.

"당연히 없지." 주디스가 대답했다. "살인사건에 휘말리는 건 그리 자주 있는 일이 아니잖아."

"그냥 물어봤을 뿐이야."

"우리 어떻게 하면 되는 거니?" 루스가 물었다.

"시키는 대로 하는 거지 뭐."

권위라는 것을 강하게 믿고 있는 주디스는 이따금, 파머 씨는 무척 좋은 사람이기는 하지만, 더욱 공정하게, 한두 부하 직원에게만 특별히 친절하게 대하지 않았으면 좋겠다고 생각할 때가 있었다.

"난 영화에서 한 번 본 적 있어." 샌드라가 말했다.

"난 텔레비전에서 봤어." 루스도 말했다. "그것하고 같을까?"

나중에 그녀들은 영화에서 본 것과 같다는 것을 알았다. 그것은 완전히 기대를 배반하는 것이었다. 특징 없는 여자가 찾아와서, 한 사람씩 "다음 버스, 언제 오는지 아세요?" 하고 말하는 아가씨들의 얼굴을 살펴보았다. 아가씨들은 그 여자가 무섭지는 않았다. 그래도 만약 그녀가 어깨에 손을 얹는다면 소름이 끼치지 않을까? 하지만 그녀는 그런 짓은 하지 않았다. 아가씨들 앞을 지나갔다가 다시 돌아와서는 그대로 걸어갔다. 그 경감은 희망을 걸고 있지 않았을까? 그리고 마지막이 어쩐지 이상했어. 가장 안쪽에 있는 문까지 우리를 뛰게 했는데, 도대체 왜 그랬을까?

"영화에서는 범인을 찾아내던데." 샌드라가 말했다.

"텔레비전에서도 그랬어." 루스가 응수했다.

"영화와 텔레비전하고는 다르더라." 주디스의 말이었다.

정오 무렵, 모스가 있는 방에 루이스가 들어왔다.

"어떻습니까? 뭐 좀 알아냈습니까?"

모스는 고개를 옆으로 저었다.

"전혀 성과가 없었습니까?"

"그녀는 두세 명은 그 아가씨와 닮았다고 하더군."

"그렇다면 조금은 범위가 좁혀진 셈이군요."

"그렇지만도 않아. 난 조상의 무덤에 걸고 자신의 눈이 틀림없다고 맹세한 증인을 변호인이 철저하게 무너뜨린 예를 수없이 들었네.

틀렸어, 루이스, 별로 도움이 되지 않을 것 같아."

"또 한 가지는 어땠습니까? 그 아가씨는 팔자걸음으로 뛰었다고 했는데."

"뛰게 해보았지."

루이스는 경감의 아픈 곳을 건드렸다고 생각했다.

"그것도 소용없었군요." 그 말투는 질문이 아니었다.

"그래, 루이스, 수확이 없었어. 아가씨들은 누가 볼 때는 하나 같이 예쁜 척하며 뛴다는 것 정도는 생각했어야 했는데, 나나 자네 같은 수사관이라면."

그는 마지막 말을 폭발시키듯이 부장 형사에게 던졌다. 루이스는 폭풍이 가라앉기를 기다렸다.

"맥주라도 한 잔 하시겠습니까?"

모스의 표정이 약간 밝아졌다.

"그러지."

"약간의 뉴스가 있습니다."

"뭔가?"

"버스 말인데요. 그건 사건과 관계가 없었습니다. 카팩스 발 6시 30분 버스의 운전 기사와 차장을 만나봤습니다. 그 버스에는 열 명 가량의 승객이 있었는데, 대부분 낯익은 얼굴들이었다고 합니다. 두 아가씨가 버스를 타고 우드스톡으로 가지 않은 것은 거의 확실합니다."

"둘 다 정말 우드스톡까지 갔는지도 알 수 없는 일이지."

"하지만 실비아는 갔고, 또 한 아가씨도 버스에 대해 묻지 않았습니까?"

"난 저면 부인이 정말 신뢰할 수 있는 증인인가 하는 의심이 들기 시작했네."

"전 신뢰할 수 있다고 생각합니다. 나쁜 뉴스는 그것뿐이니까요."

"좋은 뉴스가 있단 말인가?" 모스는 짐짓 힘차게 말했다.

"그 부인이 말한 트레일러 말인데요. 찾아내는 건 간단했습니다. 카울리에 차체 조립공장이 있고, 그곳에서······."

"역시! 잘 했네. 하지만 자세한 건 됐고."

"아가씨들을 기억하고 있는 남자가 있었습니다. 존 베이커라는 사람인데 옥스퍼드에서 살고 있습니다. 중요한 것은 그의 얘깁니다. 그는 두 아가씨가 차에 타는 것을 보았습니다. 빨간색 차였습니다 ──틀림없다고 하더군요. 남자가 운전하고 있었답니다──여자가 아니라. 그걸 기억하고 있는 것은 그도 자주 특히 아가씨를 잘 태워주기 때문입니다. 그는 로터리 조금 앞 50야드(약 46미터) 앞쪽에 있는 두 아가씨를 보았습니다. 자기가 태워주고 싶었지만, 그 차가 먼저 그녀들 앞에서 멈춰 섰기 때문에 그 차를 피해 지나갔다고 했습니다. 분명히 금발 아가씨를 보았다고 합니다."

"남자들이란 하나같이 엉큼하니까. 자네도 태워주나?"

"거의 태워주지 않습니다. 상대가 제복을 입었을 때는 다르지만. 저 자신도 두세 번 도움을 받은 적이 있거든요."

모스는 새로운 증거에 대해 신중하게 생각했다. 분명히 상황은 한 발짝 진전했다.

"한 잔 하세."

그들은 키들링턴의 '화이트 호스'에 말없이 앉아 있었다. 모스는 맥주가 맛있다고 생각했다. 마침내 그는 침묵을 깼다.

"빨간 차라고?"

"예."

"흥미로운 문제군. 옥스퍼드에 빨간 차를 가지고 있는 사람이 얼마나 될까?"

"많습니다."

"2, 3천?"

"그쯤 되겠지요."

"그래도 찾아낼 수 있을까?"

"있을 거라고 생각합니다."

"그래도 찾아질까?"

"찾아질 거라고 생각합니다."

"그런 문제는 우리의 유능한 수사반의 능력을 넘어서는 게 아닐까?"

"그렇지 않다고 생각합니다."

"하지만, 만약 그 남자가 옥스퍼드에 살고 있지 않다면?"

"예, 그럴 수도 있겠군요."

"루이스, 맥주 때문에 머리가 둔해진 모양이군."

알코올이 루이스의 지적인 예민함을 둔하게 했다지만, 모스에게 그것은 반대 효과를 가져다 주었다. 그의 머리는 갈수록 명료해졌다. 그는 루이스에게 실비아 케이에 대해서는 잊어버리고, 주말 휴가를 내어 푹 잔 뒤 아내와 함께 쇼핑을 가라고 명령했다. 루이스는 기꺼이 거기에 따랐다.

모스는 골초는 아니지만 스무 개비짜리 킹사이즈 담배를 사서 오전 2시까지 쉴 새 없이 피우면서 술을 마셨다. 수요일 밤, 실제로 무슨 일이 일어났던 것일까? 그는 생각하고 또 생각했다. 그 자체로서는 이상할 것이 없는 일련의 사건들이 일어났다. 각각의 사건은, 그 전의 사건의 논리적인 결과다. 그는 그 사건들의 한두 가지는 뭔지 알고 있다. 만약 그것들의 자연스럽고 우연적인 관계를 포착할 수만 있다면, 모든 것을 알 수 있을 것이다. 무지에서 발견으로의 놀라운 비약은 필요치 않았다. 일련의 논리적인 진보만 있으면 된다. 그러나 하나의 진보마다 그는 막다른 길에 부딪쳤다. 마치 한 줄의 선만이 보물에 이르고, 나머지는 모두 페이지 끝으로 빠져나가는 어린아이의 보물찾기 미로 같았다.

"이제 잔을 비우시는 게 어떨까요?"

가게 주인이 말했다.

7

10월 2일 토요일 오후

모스는 10월 2일, 토요일 오후를 자신의 사무실에서 가볍게 취한 상태에서 보냈다. 오후 4시 30분에 담배 한 갑을 다 피운 그는, 전화로 한 갑을 더 가져오라고 시켰다. 머리는 갈수록 맑아졌다. 그는 9월 29일. 수요일 밤의 사건에서 희미하게 패턴을 보았다고 생각했다. 사람들의 이름은 모른다. 전혀 짐작이 가지는 않았지만, 어떤 패턴이 떠올랐다.

그는 타운 앤드 가운 사에서 복사해온 편지를 조사했다. 그것들은 하찮은 것으로 보였다. 그는 그 일부를 곧 제외했다. 머리가 이상하게 돌아가는 정신분석의라도 9통 가운데 5통에 대해서는 어떠한 가설도 만들어낼 수 없는 것들이었다. 한 통의 엽서에는 이렇게 적혀 있었다.

'친애하는 루스, 날씨가 좋아서 어제는 두 번이나 수영하러 갔지. 모래밭에서 죽은 해파리를 보았어. T로부터'. 모스는 해파리가 가엾다고 생각했다. 세 통이 모스의 주의를 끌었다. 그리고 두 통, 마지막에는 한 통이 남았다. 그것은 미스 제니퍼 콜비한테 온 편지로, 다음과 같은 내용이었다.

근계

다수의 응모 서류를 평가한 결과, 유감이지만 희망에 부응하지 못함을 알려드립니다. 그러나 11월 초에는 다시 결원이 생길 전망입니다. 그때, 있는 그대로 말씀드리면, 당신의 채용에 대해 재고의 기회를 가지고 싶습니다.

9월의 채용자는 심리학부에 할당되었습니다. 그러나 조수로서 충분히 적격한 자가 있으면 기숙사 실장실의 일반사무에 배정될지도 모릅니다.

경구

그것은 자신의 이름을 큰 소리로 떠들고 싶어하는 사람이 서명한 것은 아니었다. 머리글자인 G는 또렷했지만, 그 뒤에 아무렇게나 적힌 성은 그 위대한 샹폴리옹(이집트 문자 해독의 열쇠를 발견한 프랑스 학자)조차 판독하지 못했을 것이다.

미스 제니퍼 콜비가 새 직장을 찾고 있었던 건가 하고 모스는 혼잣말을 했다. 그래서 어쨌단 말인가? 수백, 수천 명의 사람들이 매일 새로운 일자리에 지원하고 있다. 모스 자신도 이따금 그렇게 해버릴까 하고 생각할 때가 있지 않은가. 그는 어째서 이 편지를 재검토할 가치가 있다고 생각한 것인지 의아했다. 상당히 악문인 데다 심한 미스프린트가 있었다. 게다가 잘못 쓴 철자까지 있었다. 최근의 학교에서는 당연한 영어용법에 아무도 주의를 기울이지 않게 되었다. 모스는 엄격한 학교에서 교육을 받았다. 철자와 구두점과 구문에 실수가 있으면, 교사는 화를 내며 가차 없이 벌점을 주었다. 그 영향이 그에게 깊이 남아, 언어에 대해 시시콜콜 따지는 버릇이 있었다. 그는 이틀 전에 읽은 부하의 치졸하기 짝이 없는 보고서를 떠올렸다. 그때 그는 입학 지원자의 답안지를 평가(assessing)하는 시험관처럼 마음속으로 실수를 헤아렸다. 'asessing'. 그렇다, 이 편지에서 가장 잘못된 것은 바로 이것이다. 영국은 진보적인 교육자들의 썩 훌륭한 묘안에도 불구하고, 점점 무지해져 가고 있다. 만약 모스 자신의 비서가 이런 실수를 했다면, 그녀는 그 날로 해고될 것이다. 하지만 그녀는 우수하다. 편지 아래쪽에 있는 줄리라는 이름의 머리글자는 깔끔하고 흠잡을 데 없는 타이프의 확실한 표시다. 하지만, 잠깐만…… 모스는 앞에 있는 편지를 다시 한 번 보았다. 아무런 표시도 없다. G 뭐니 하는 인물이 직접 타이핑한 것일까? 만약 직접 했다고 한다면 어떤 지위에 있는 인물일까? 대학의 한 학부의 관리부장? 만약 그렇다면 …… 모스는 갈수록 뭐가 뭔지 알 수 없는 느낌이었다. 편지지에 왜 학교 이름과 주소가 인쇄되어 있지 않은 것일까? 그가 너무 쓸데없는 생각을 하고 있는 것일까?

그 문제를 해결할 방법이 있었다. 그는 손목시계를 들여다보았다. 벌써 오후 5시 30분이다. 미스 콜비는 이미 퇴근했을 것이다. 그녀는 어디에 살고 있을까? 그는 루이스가 자세히 조사해둔 노스옥스퍼드에 있는 그녀의 집의 약도를 보았다. 그것은 흥미로운 것이었다. 모스는 자신이 전혀 모르는 거리가 얼마나 많은지 처음으로 알았다. 그는 코트를 입고 밖으로 나왔다. 2마일(3킬로미터 남짓) 정도 옥스퍼드로 차를 달리는 동안, 그는 가능한 한 미스 제니퍼 콜비에 대한 편견을 지우려고 노력했다. 그러나 그것은 쉬운 일이 아니었다. 만약 저면 부인의 기억이 신뢰할 수 있는 것이라면, 미스 콜비는 그날 밤 실비아 케이와 함께 우드스톡에 갔을 가능성이 있는 세 아가씨 중 한 명이었기 때문이다.

제니퍼 콜비는 직장에 다니는 다른 두 아가씨와 함께 칼튼 로드의 이층집을, 전기 요금과 가스 요금을 포함하여 한 사람 당 매주 8파운드 25펜스에 빌리고 있었다. 6년 전에, 지금으로 치면 싸게 생각되지만, 6500파운드를 투자하여 두 채의 집을 지은 선견지명이 있는 집주인은, 그것으로 매주 25파운드에 가까운 썩 괜찮은 수입을 올리고 있었다. 하지만 그것은 비교적 싼 경비로 이 집에 살 수 있는 세 아가씨들에게도 고마운 일이었다. 그녀들은 좁은 욕실과 더 좁은 화장실을 공동으로 쓰는 것에도 만족하고 있었다. 아가씨들은 각자 침실 (하나는 아래층)을 가지고 있었다. 부엌은 저녁 식사를 하기에 적당한 넓이였다. 모두 다 집에 있을 때는 거실에 앉아서 얘기를 하거나 텔레비전을 보기도 했다. 이런 사용법은 욕실만 빼면, 놀라울 만큼 효율적이었다. 낮에는 다 함께 있는 일이 거의 없었고, 지금까지는 큰 마찰이 일어난 적이 없었다. 집주인은 침실에 남자 친구를 불러들이는 것을 금지했고, 그녀들은 이 금지령을 잘 지켰다. 물론 몇 번의 위반은 있었지만, 그 집이 공공연하게 문란한 성의 온상이 되는 일은 없었다. 그녀들이 스스로 정한 하나의 규칙은 레코드를 틀지 않는다는 것이었다. 적어도 이 일에 대해서는 나이 지긋한 이웃사람들은 무척 감사하고 있었다. 모스는 토마토 샌드위치를 먹고 있던 쓸쓸한 얼굴의 아가씨가 문을 열어주었을 때, 이내 집안이 청결하고 깔끔하게 정리되어 있는 것을 알았다.

"미스 콜비를 만나러 왔는데, 계십니까?"

나른해 보이는 검은 눈이 가만히 그를 응시했다. 모스는 그녀에게 윙크하고 싶은 기분을 느꼈다.

"잠깐만 기다리세요." 그녀는 천천히 걸어가다가 갑자기 돌아보며 물었다. "누구신가요?"

"예, 모스, 모스 경감입니다."

"아."

침착하고 산뜻한 느낌의 제니퍼가 블라우스에 진바지를 입고 나왔는데, 그리 환영하는 기색은 아니었다.

"무슨 일이신가요, 경감님?"

"잠시 얘기를 좀 나눴으면 하는데 괜찮을까요?"

"괜찮아요, 들어오세요."

모스는 거실에 안내되었다. 조금 전의 검은 눈의 아가씨가 앉아서 아세날 대 토텐햄의 축구 시합 뉴스를 열심히 보고 있는 척하고 있었다.

"수, 모스 경감님이셔. 여기서 얘기해도 될까?"

수가 일어서서 텔레비전 스위치를 끄는 모습이 조금 부자연스럽다고 모스는 생각했다. 그는 그녀의 느린 동작이 마음에 들어 혼자 미소지었다.

"2층에 가 있을게, 젠."

방에서 나가기 전에 모스 쪽으로 힐끗 시선을 던지던 그녀는, 그의 입가에서 미소의 흔적을 보았다. 그녀는 나중에 제니퍼에게, 모스가 자기에게 윙크했다고 말했다.

제니퍼는 몸짓으로 모스에게 안락의자에 앉으라고 권하고, 자기는 그 앞의 팔걸이의자에 앉았다.

"무슨 얘긴가요, 경감님?"

모스는 샬롯 브론테의 《빌레트》가 지붕처럼 그녀의 의자 팔걸이에 얹혀 있는 것을 보았다.

"이건 순전히 참고를 위한 것인데, 모든 사람들의 움직임을 조사……."

"용의자의?"

"아니, 아닙니다. 실비아와 함께 일했던 사람들입니다. 이런 조사가 필요하다는 것은 이해하시겠죠."

"물론이에요, 사실은 좀 더 일찍 조사하시지 않아서 놀라고 있었어요."

모스는 당황했다. 정말이다. 어째서 좀더 일찍 조사하지 않았을까? 제니퍼는 말을 이었다.

"수요일 저녁에는 전 평소보다 좀 늦게 집에 돌아왔어요, 블랙 웰스에 책 예약금을 내러 가느라고요, 지난주는 제 생일이었어요, 집에 돌아온 건 6시쯤이었던 것 같아요, 러시아워라서 교통이 혼잡했거든요."

모스는 고개를 끄덕였다.

"그런 다음 저녁을 먹고——다른 두 친구는 집에 있었어요——집에서 나간 건 6시 반쯤이었을까요? 돌아온 건 8시쯤, 어쩌면 좀 더 뒤였을지도 몰라요."

"어디에 갔었습니까?"

"서머타운 도서관에요."

"도서관은 몇 시에 끝나죠?"

"7시 반."

"그곳에 한 시간쯤 있었군요."

"그런 계산이 되는 셈이죠."

"긴 시간이군요, 저라면 대개 2분이면 끝나는데."

"경감님은 읽을 책을 별로 까다롭게 고르지 않으시는 거겠죠."

맞는 말이라고 그는 생각했다. 제니퍼는 자연스럽고 명료한 발성법으로 얘기했다. 좋은 교육을 받은 것 같다고 그는 느꼈다. 그리고 그뿐만이 아니었다. 그녀한테서는 절도 있는 독립심 같은 것이 느껴졌다. 모스는 그녀가 어떤 식으로 남자를 사귀는지 궁금해졌다. 이 아가씨하고는 일이 마음먹은 대로 잘 되지 않을 것이다. 물론 그녀가 그럴 마음만 있다면 그렇지 않겠지만, 그녀는 썩 괜찮은 아가씨일지 도 모른다.

"그 책을 읽고 있습니까?"

그녀는 아름답게 매니큐어를 칠한 손을 《빌레트》 위에 가볍게 얹었다.

"네, 읽으셨어요?"

"아닙니다."

"경감님도 읽으실 만할 거예요."

"기억해 두지요." 모스는 중얼거렸다. 도대체 누가 면접을 하고 있는 거지?

"에, 그러니까, 당신은 1시간 동안 있었군요?"

"그건 이미 말씀드렸는데요."

"그래서 누군가를 만나셨나요?"

"만나지 않을 수도 있나요?"

"네, 그렇군요." 모스는 자신감이 사라지는 듯한 기분이었다. "다른 것도 빌렸습니까?" 그는 갑자기 약간 마음이 편해졌다.

"제가 그것도 빌렸다는 걸 아시면 흥미를 느끼실 거예요." 그녀는 텔레비전 앞의 카펫 위에 역시 펼쳐진 채 놓여 있는 커다란 책을 가리켰다. "메리가 읽고 있어요." 모스는 책을 집어 들고 제목을 보았다. 《잭나이프는 누구인가?》

"흐음."

"그건 틀림없이 읽으셨겠죠?"

모스의 사기는 다시 하강곡선을 그리기 시작했다.

"같은 잭나이프(형사라는 뜻의 속어)이지만 이 책은 읽은 적이 없는 것 같군요."

제니퍼는 갑자기 웃음지었다.

"죄송해요, 경감님. 전 상당한 책벌레예요. 게다가 경감님보다 훨씬 시간이 많으니까요."

"수요일로 돌아가서, 8시쯤 집에 돌아왔다고 하셨죠?"

"네, 그 무렵이에요. 15분이나, 어쩌면 30분 뒤였을지도 모르지만."

"돌아왔을 때 집에는 누가 있었나요?"

"수가 있었어요. 메리는 영화를 보러 가고 없었죠. 〈자칼의 날〉이었던 것 같아요. 메리는 11시까지 돌아오지 않았어요."

"그랬군요."

"수에게 내려오라고 할까요?"

"아니, 그럴 필요는 없습니다." 모스는 아마 자기는 시간을 낭비하고 있는 거라고 생각했지만, 여전히 질문을 계속했다. "도서관까지 걸어서 얼마나 걸리죠?"

"10분 정도요."

"그럼 8시 30분까지 돌아오지 않았다고 한다면, 약 1시간 걸린 셈이 되는군요."

그녀는 다시 부드럽게 웃음지었다. 예쁘고 가지런한 하얀 이가 드러나고, 입 언저리에 가벼운 야유의 그림자가 떠올랐다.

"경감님, 수에게 시간을 기억하고 있는지 물어보는 게 좋을 것 같은데요."

"그게 좋겠군요."

제니퍼가 방에서 나가자, 모스는 우울하고 피곤한 눈으로 주위를 둘러보았다. 그때 갑자기 한 생각이 머리 속에 번뜩였다. 그는 재빨리 《빌레트》를 집어 들어 표지 안쪽을 열어본 다음, 다시 의자 팔걸이에 정확하게 원래대로 놓았다. 수는 방에 들어오자마자, 그녀가 기억하고 있는 한, 제니퍼는 8시 조금 지나 돌아왔다고 확인했다. 그 이상은 알 수 없었다. 모스는 돌아가기 위해 일어섰다. 그는 정작 알고 싶었던 중요한 문제는 입에 올리지 않았다. 그럴 마음도 없었다. 그것을 뒤로 미룬 건 잘한 일이었다.

모스는 피가 뜨거워졌다 식었다 하는 것을 느끼면서, 자동차 운전석에 몇 분 동안 앉아 있었다. 그는 아직도 자신의 눈을 의심하고 있었다. 하지만 흑과 백처럼 명백하게, 아니 백지에 검은 감색의 글씨를 똑똑히 보았던 것이다.

모스는 옥스퍼드의 도서관의 대출 절차에 대해 잘 알고 있었다. 그것은, 그가 빌린 책을 기일 초과요금을 물지 않고 돌려준 적이 좀처럼 없었기 때문이다. 도서관에서는 대출 기일을 날짜가 아니라 주 단위로 계산한다. 주가 시작되는 것은 수요일이다. 만약 수요일에 책을 빌리면 반환 기일은 꼭 14일 뒤——2주일 뒤 수요일이 된다. 만약 목요일에 책을 빌렸다면 반환 기일은 다음 수요일에서 2주일 뒤, 즉 20일 뒤가 된다. 일자 스탬프는 매주 목요일 아침에 바뀐다. 이 수요일에서 수요일이라는 방식은 도서관원들의 일을 훨씬 덜어주었고, 7, 800페이지의 두꺼운 책을 14일 만에 다 읽을 수 없는 이용자에게도 크게 환영받았다. 모스는 물론 확인해봐야 하지만, 수요일에 책을 빌린 사람만이 꼭 14일 이내에 책을 돌려줘야 하는 것은 틀림없다고 생각했다. 다른 날에 빌린 사람은 며칠의 여유가 있다. 만약 제니퍼 콜비가 지난 주 수요일에 도서관에서 《빌레트》를 빌렸다면, 반환 기일 스탬프는 10월 13일 수요일로 되어 있어야 한다. 하지만 그렇지 않았다. 10월 20일, 수요일이라는 스탬프가 찍혀 있었다. 제니퍼가 살인사건이 일어난 날 밤의 행동에 대해 거짓말을 한 것이 틀림없다고 모스는 생각했다. 하지만 왜? 이 중요한 의문에 대해 한 가지 매우 간단한 해답이 있는 것처럼 보였다.

모스는 집 밖의 차 안에 꼼짝 않고 앉아 있었다. 그는 곁눈으로 거실의 커튼이 조금 움직이는 것을 보았다. 그러나 사람의 모습은 보이지 않았다. 그것이 누구든, 그는 잠시 동안 그냥 두기로 했다. 어쨌든 신선한 공기나 좀 마시기로 하자. 그는 차 문을 잠가놓고 길을 천천히 걸어 왼쪽으로 돌아서 밴버리 로드로 들어섰다. 그런 다음 걸음을 빨리하여 도서관으로 갔다. 그는 주의 깊게 시간을 쟀다. 9시 반. 흥미로운 일이다. 그는 '미시오'라고 적혀 있는 도서관 문에 다가갔다. 하지만 밀어도 열리지 않았다. 도서관은 이미 2시간 전에 폐관되어 있었다.

8

10월 2일 토요일

버나드 클로저의 아내 마거릿은 주말을 싫어했다. 그녀는 남편도, 열두 살 된 딸도, 열 살 된 아들도 그리 좋아하지 않는 방식으로 집안일을 하고 있었다. 마거릿은 동양연구학교에서 파트타임으로 일하며, 점잖고 책밖에 모르는 남편과, 게으르고 이기적인 아이들 모두를 합친 것보다도 더 바쁜 일주일을 보내고 있다고 생각하고 있었다. 가족들은 모두 주말은 당연히 느긋하게 쉬는 날이라고 여겼다. 그리고 그들은 그녀를 조금도 생각해주지 않았다.

"아침밥은 뭐예요, 엄마?"

"저녁 아직 멀었어요?"

매일 하는 집안일 외에 그녀는, 토요일 오후에는 1주일 동안 쌓인 빨래를 하고, 일요일에는 집안을 청소했다. 이따금 그녀는 이러다 미쳐버리는 게 아닌가 하는 생각이 들었다.

10월 2일 토요일 오후 5시 30분, 마거릿은 불만 속에서 개수대 앞에 서 있었다. 그녀는 티타임에 수란을 만들었고("뭐야, 아직도 멀었어?"), 지금 노란 것이 끈적하게 눌러 붙은 접시를 씻고 있었다. 아이들은 텔레비전에 푹 빠져 있으므로 앞으로 한 시간은 따분해하지 않을 것이다. 버나드는(그녀로서는 고마워해야 할 일이지만) 집 뒤편의 쥐똥나무 산울타리를 전정가위로 손질하고 있었다. 마거릿은 남편이 정원 손질하기를 무척 싫어한다는 것을 알고 있었지만, 그 일만은 도저히 하고 싶지가 않았다. 그녀는 그가 일을 좀더 빨리 하면 좋겠다고 생각했다. 별것도 아닌 산울타리를 남편이 1평방피트씩 답답하리만치 정성스럽게 깎고 있어서 애가 탔다. 금세 집안에 들어와서 팔이 아프다고 할 것이다. 그녀는 남편을 바라보았다. 머리숱이 옅어지고 몸에 살이 붙기 시작했지만, 그래도 어떤 여자들에게는 매력이 있을 거라고 상상해본다.

최근까지 그녀는 15년 전에 그와 결혼한 것을 한 번도 후회하지 않았다. 아이를 가진 것은 후회했을까? 그녀는 확실하게 알 수가 없었다. 그녀는 아기를 품에 안았을 때부터, 자신이 귀여운 아기에 대해 다른 어머니들과 편안하고 허물없는 얘기를 나눌 수 없다는 것을 괴롭게 생각하고 있었다. 그녀는 육아책을 읽고, 어머니에게 부여된 대부분의 의무가 자신에게는 싫고 혐오스럽기까지 한 것이라는 씁쓸한 결론에 도달했다.

자신의 모성본능은 전혀 발달되지 않은 거라고 그녀는 생각했다. 아이들이 아장아장 걸음마를 할 무렵이 되자, 전보다 사랑스러웠고, 때로는 두 아이를 진심으로 사랑하고 있다는 것을 자신에게 이해시키는 것도 그리 어렵지 않았다. 하지만, 아이들은 커갈수록 점점 나빠져 갔다. 배려심이 없고 이기적이며 당돌했다. 아마, 그것은 모두 그녀의 탓, 혹은 버나드의 탓일 것이다. 그녀는 마지막 접시를 그릇바구니에 똑바로 세워놓으며, 다시 밖을 내다보았다.

멋진 휴일이 벌써 저물어가고 있었다. 그녀는 꿀벌처럼 이렇게 따뜻한 날이 영원히 계속될 수는 없는 걸까 하고 생각했다……. 버나드는 아까부터 5분 동안 산울타리를 반 피트씩 부드러운 곡선으로 정연하게 손질하고 있었다. 그녀는 남편이 무슨 생각을 하고 있을까 하는 생각이 들었지만, 물어볼 수는 없었다.

마거릿은 몇 년 전부터 두 사람 사이가 점점 멀어지고 있는 것을 희미하게 느끼고 있었다. 그것도 그녀 탓일까? 버나드는 그걸 알고 있는 것일까? 틀림없이 알고 있을 거라고 마거릿은 생각했다. 남편과 헤어지고 모든 것을 버린 뒤, 어디론가 가서 새로운 생활을 시작할 수 있으면 좋겠다고 생각했다. 하지만 그것은 물론 불가능한 일이었다. 현재의 생활을 계속하는 수밖에 없다. '비극적인 일이 일어나지 않는 한에는, 또는 비극적인 일이 일어날 때까지는' 이라고 해야 할까? 하지만 그녀는 자신이 남편을 버리지 않을 거라는 걸 알고 있었다. 무슨 일이 있어도.

마거릿은 내열 플라스틱을 붙인 개수대를 닦은 뒤, 담배에 불을 붙여 식당에 가서 앉았다. 그녀는 거실에서 나는 작은 말다툼 소리들을 견딜 수가 없었다. 그녀는 버나드가 읽다 만 어니스트 다우슨 선집을 집어 들었다. 그것은 학생 시절부터 약간 알고 있는 이름이었다. 그녀는 천천히 페이지를 넘기며, 학교에서 배운 적이 있는 시를 찾아냈다. 자신이 그 시구를 아직도 기억하고 있는 것에 스스로 놀라면서.

나는 더욱 미친 듯한 음악과 더욱 독한 술을 원했지
하지만 파티가 끝나고 불빛이 꺼지면
그대 그림자 다가오네, 시나라여! 밤은 그대의 것
나는 외로움에 떨고, 정열을 그리워하며
욕망의 입술에 목말라 하네

시나라여! 나는 나의 방식으로 그대에게 충실했다

그녀는 다시 한 번 읽어보았다. 그리고 비로소 아름다운 소리의 리듬을 포착한 것처럼 느꼈다. 하지만 무슨 의미일까? 금지된 열매, 도리에 어긋나는, 고통을 동반하는 나른한 기쁨. 물론 버나드에게 물어보면 설명해줄 것이다. 그는 평생을 아름다운 시의 세계를 탐구하고 해석하는 데 바쳐왔다. 그러나 그는 설명하지 않을 것이다. 그녀는 그것을 묻지 않을 테니까.

버나드에게는, 주 1회 다른 여자를 만난다는 건 대단한 수고임이 틀림없다. 마거릿은 언제부터 눈치챘을까? 확실하게 안 것은 한달쯤 전이다. 그러나 육감으로는 훨씬 전부터 알고 있었다. 6개월? 1년? 어쩌면 그 이상이다. 그 아가씨는 아니었다. 그밖에도 여자가 있었을지도 모른다. 그녀는 두통을 느꼈다. 하지만 그녀는 최근에 코데인을 너무 많이 먹고 있었다. 어디 아플 대로 아파보라지! 정말 불쾌해서 견딜 수가 없어! 그녀의 사고는 제자리를 맴돌고 있었다. 쥐똥나무 산울타리, 수란, 어니스트 다우슨, 버나드, 지난 나흘 동안의 긴장과 위선. 어떻게 해야 하나? 이런 상태를 지속해갈 수는 없는 일이다.

버나드가 들어왔다.

"팔이 아파서 못하겠어!"

"울타리는 끝냈어요?"

"내일 아침에 끝날 거야. 가위가 형편없어. 이곳에 이사 온 뒤로는 한 번도 갈지 않았으니."

"늘 갈고 있잖아요."

"그래도 반년만 지나면 못쓰게 돼."

"과장하지 말아요."

"내일 아침에는 끝낼게."

"비가 올지도 몰라요."

"조금 내리는 정도는 괜찮을 거야. 잔디를 봤어? 아비시니아 고원 같더군."

"아비시니아에 가본 적도 없잖아요?"

대화는 끊어졌다. 버나드는 자신의 책상으로 가서 종이를 몇 장 꺼냈다.

"당신은 텔레비전을 보고 있을 줄 알았는데."

"아이들과 함께 있고 싶지 않아요."

버나드는 날카로운 눈길로 그녀를 쳐다보았다. 마거릿은 눈물을 글썽거리기 직전이었다.

"그래, 당신 기분은 알겠어." 그는 조용히, 거의 부드러움까지 담아 그녀를 바라보았다. 그의 아내 마거릿! 그는 이따금 그녀를 배려심이 없는 태도로 대한 적이 있었다. 정말 배려가 없었다. 그는 가까이 다가가서 그녀의 어깨에 손을 얹었다.

"때로는 아이들한테 화가 날 때가 있지. 하지만 그렇게 걱정할 일은 아니야. 아이들은 다 저런 거니까. 내 생각으로는……."

"듣고 싶지 않아요! 당신은 여러 가지를 약속했어요. 아무래도 상관없어요. 이젠 아무래도 상관 없다고요, 아이들? 지옥에나 가버리라고 해요, 당신과 함께!"

그녀는 몸을 떨며 오열을 터뜨리면서 방에서 뛰쳐나갔다. 그는 마거릿이 두 사람의 침실에 들어가는 소리를 들었다. 울음소리가 계속 들려왔다. 그는 두 손으로 뒤통수를 깍지꼈다. 뭔가 하지 않으면 안 된다, 그것도 지금 당장. 그는 모든 것을 잃을 위기에 직면해 있었다. 어쩌면 이미 잃어버렸는지도 모른다……. 마거릿에게 모든 것을 털어놓을까? 그녀는 절대로, 절대로 그를 용서하지 않을 것이다. 경찰 쪽은 어떨까? 그는 거의 얘기할 뻔했다. 적어도 일부를 얘기할 뻔했다. 그는 다우슨 선집에 시선을 떨구고, 펼쳐져 있는 페이지를 보았다. 그리고 마거릿이 그것을 읽고 있었음을 알았다. 그의 눈은 같은 시에 쏠렸다.

그녀의 붉은 입술은 달콤했지
하지만 눈을 뜨고 어느새 밝아진 하늘을 볼 때
나는 외로움에 떨며 정열을 그리워하네
시나라여! 나는 나의 방식으로 그대에게 충실했다

그래, 그것은 분명히 달콤했다. 그렇지 않은 척하는 것은 정직하지 않다. 하지만 지금은 이렇게 씁쓸한 기분이라니! 오래 전에 그것이 모두 끝났더라면, 특히 그가 자신의 둘레에 쳐둔 거짓과 불성실의 그물에서 자유로워질 수 있다면 얼마나 좋을까. 하지만 그 바람기의 기대는 참으로 즐거운 것이었다. 양심. 혐오스러운 양심. 까다로운 학교에서 배웠지만, 아무 소용없는 것이다.

버나드는 신앙심이 깊지는 않았지만, '죄의 대가는 죽음'이라는 바울로의 말이 경제적인 진실이라는 것을 인정했다. 그는 죄악감과 회한으로부터 벗어나기를 간절히 원했다. 그는 학생 시절, 성경반에서 죄에 대해 힘차게 합창한 것을 희미하게 떠올렸다.

너의 죄악은 빨갛고, 빨갛고, 새빨갛지만
하얗게, 눈처럼 새하얗게 되리라

그러나 요즘 그는 기도를 올릴 수가 없었다. 그의 마음은 메마르고 황량해져 있었다. 소박한 신앙심마저 희미해져서, 학문과 교양과 냉소가 깊은, 단단한 껍질에 싸여 있었다. 그는 모든 신학적 역설에 정

통해 있었고, 관념적 논쟁에는 기쁨을 느끼지 못했다. 눈보다 하얗다고! 차라리 차바퀴에 튀긴 질척거리는 눈이다.

그는 조용한 도로를 향해 나 있는 창가로 갔다. 집집마다 창문에 불이 켜져 있었다. 사람들이 몇 명 지나갔다. 이웃 사람 하나가 어딘가 다른 길거리에서 용변을 보게 하기 위해 개를 데리고 가고 있었다. 운전연습을 하는 여성 운전자가 차를 돌리기 위해 고심하고 있었지만, 좀처럼 잘되지 않았다. 한번에 7, 8도 이상은 각도가 바뀌지 않았다. 저래가지고는 쉽지 않을 거라고 그는 생각했다. 운전교습 강사는 인내심 강한 남자가 틀림없는 것 같다. 버나드도 마거릿에게 운전을 가르친 적이 있었다……. 거기에는 상응하는 보람이 있었다. 그녀는 지금은 자신의 소형 자동차를 가지고 있다. 그는 몇 분 동안 계속 지켜보았다. 남자 한 사람이 혼자 지나갔다. 어디선가 본 적이 있는 것 같았지만 생각이 나지 않았다. 저 남자는 누구일까, 어디로 가는 걸까 생각하면서, 남자가 모퉁이를 돌아 찰튼 도로로 사라질 때까지 지켜보았다.

모스도 지나가면서, 어떻게 할지 망설이고 있었다. 제니퍼를 지금 당장 철저하게 신문해야 할까? 확실하게는 알 수 없지만, 전체적으로는 그것이 옳을 것 같았다. 지난번의 신문이 그리 매끄럽지 않았던 것을 의식하고 있는 그는, 마음속으로 새로운 접근법을 연습하기로 했다.

"아직도 물어보고 싶은 것이 남았나요?"

"그렇습니다." 과묵하게 의례적인 투로 말한다.

"들어오세요."

"예."

"뭐죠?"

"지금까지 당신이 한 말은 모두 거짓말입니다. 처음부터 다시 묻고
싶군요."

"무슨 말씀을 하시는지 모르겠어요……."

그는 천천히 의미심장하게 의자에서 일어나 문을 향해 걸어갔다.
그는 말은 한 마디도 하지 않았다. 하지만 그가 문을 열자 제니퍼가
말했다.

"좋아요, 경감님."

그는 그녀의 얘기에 귀를 기울였다. 제니퍼가 어떤 말을 할지 그는
대강 짐작할 수 있을 것 같았다.

하지만 그것은 빗나갔다. 그는 좀더 기다리지 않으면 안 되었다.
제니퍼는 외출하고 없었던 것이다. 햇볕에 그을린 긴 다리를 드러내
고 나른한 모습으로 나타난 수는, 그녀가 어디에 갔는지 몰랐다.

"안에 들어와서 기다리시겠어요?"

풍만한 입술이 열리며 희미하게 떨렸다. 그는 일부러 손목시계를
들여다보았다. "말씀은 고맙지만 다음에 다시 오겠소."

9

10월 3일 일요일

모스는 거의 12시간 동안 푹 자고 오전 8시 30분에 눈을 떴다. 찰
튼 도로를 두 번째로 찾아간 뒤, 심한 두통과 무거운 마음을 안고 곧
장 집으로 돌아온 것이다. 눈을 뜬 그는 거의 믿을 수 없을 만큼 상
쾌한 기분이었다.

모스가 최근에 도서관에서 빌렸다가 반환 기한을 3주일이나 넘긴
채 책상 위에 놓여 있는 책은, 에드워드 드 보노의 《수평사고 5일 코

스》였다. 그는 그 책을 꼼꼼하게 읽으며 절대로 해답을 먼저 보지 않기로 했지만, 그의 수평사고 능력은 아무리 후하게 봐줘도 하중하(下中下)라는 것을 인정하지 않을 수 없었다. 그러나 그는 그 책을 즐겼다. 게다가 복잡한 문제에 대한 논리적이고 점진적인 접근과 '수직' 공격이 반드시 가장 좋은 방법은 아니라는 것을 배웠다. 그는 특수한 용어를 완벽하게 이해했다고는 할 수 없지만 요점은 파악했다. '전조등이 켜지지 않을 때 어두운 골목길에서 어떻게 운전할 수 있을까?' 어떻게 대답하는가는 문제가 되지 않는다. 중요한 것은, 무엇이든 좋으니까 운전자가 할 것으로 예상되는 행동——경적을 울린다, 캐리어를 제거한다, 보닛을 올린다——을 말하는 것이다. 뭐든 상관없다. 무익한 해결법이라도 그것을 생각하는 것 자체가 올바른 결론에 도달할 수 있는 강력한 힘이 된다. 늦든 빠르든 아이디어가 떠오르기 때문이다. 그리고 이내 빛이 보이기 시작한다. 모스는 지금까지 풋내기 같은 방법으로 이 테크닉을 시험해보고 깜짝 놀랐다. 어떤 이름이 입가에서만 맴돌고 정작 나오지 않을 때, 그는 그것에 대해 생각하는 것을 그만둔다. 그리고 자신이 알고 있는 것——미합중국의 주도의 이름이든 뭐든 상관없다——을 읊어본다. 그러면 효과가 나타나는 것이다.

그는 누운 채 실비아 케이 살해 사건은 잠시 밀쳐두기로 결정했다. 그는 진전하고 있었다. 그것은 확실했다. 그러나 그의 마음은 예민함이 사라지고 약간 활기를 잃고 있었다. 오늘 푹 쉬고 나면(그럴 권리가 있었다) 내일 아침에는 정신이 맑아져 있을 것이다.

일어나 옷을 입고 수염을 깎은 뒤, 베이컨과 토마토와 버섯을 섞은 맛있는 요리를 만들자, 기분이 좀 좋아졌다. 그는 일요일자 신문을 천천히 훑어보고 경마란을 살펴보며, 이렇게 골고루 조를 맞춰서 사 가지고도 한 장도 붙지 않은 사람은, 전 영국에서 자기 혼자뿐일 거라고 생각하면서, 담배에 불을 붙였다. 낮까지 느긋하게 쉬면서 맥주를 한두 잔 기울이다가, 어디든 점심을 먹으러 나가면 된다. 그것은 문화인다운 생활로 생각되었다. 그러나, 역시 그는 뭔가 하지 않고는 견딜 수가 없었다. 곧 마음속으로 레코드플레이어에 바그너를 올릴까, 아니면 십자말풀이를 할까, 논쟁하고 있었다. 위대한 지메네스가 죽은 뒤, 그를 기쁘게 하는 출제는 별로 없었지만, 그래도 모스는 십자말풀이의 마니아였다. 대체적으로 그는 〈리스너〉의 퍼즐을 좋아해서, 오로지 그것 때문에 그 주간지를 구독할 정도였다. 한편으로는 바그너의 오페라를 좋아하여 〈니벨룽겐의 반지〉 전곡을 가지고 있었다. 그는 양쪽 다 하기로 정하고, 제1부의 〈라인의 황금〉 서곡의 첫 소절을 들으면서, 천천히 앉아 〈리스너〉의 끝에서 2페이지를 펼쳤다. 이것이 인생이라는 것이다. 라인의 소녀들이 우아하게 춤추며 돌았다. 몇 분 지나지 않아 모스는 음악을 그의 주의에서 밀어내고 십자말풀이의 지시문을 읽었다.

'각각의 가로 열쇠에는 일부러 잘못 인쇄한 데가 있습니다. 세로 열쇠는 정상입니다. 그러나 기입해야 할 말에는 딱 한 글자가 잘못 인쇄되어 있습니다. 가로1에서 세로28까지 잘못된 인쇄를 연결하면 유명한 인용구가 되……'

모스는 더 이상 읽지 않았다. 그는 자리에서 박차듯이 일어섰다. 솔로 호른이 빈사의 신음 같은 소리를 내며 사라졌을 때, 그는 레코드플레이어를 끄고 벽난로 위의 차열쇠를 집어 들었다.

그의 미결서류함은 보고서로 산더미처럼 되어 있었지만 모스는 그것을 무시했다. 그는 캐비닛을 열고, 실비아 케이 사건의 파일을 꺼내 제니퍼 콜비 앞으로 온 편지를 꺼냈다. 그는 전부터 그 편지에는 어쩐지 이상한 데가 있다고 느끼고 있었다. 성적표를 펼칠 때의 초등

학교 학생처럼, 입이 마르고 손이 희미하게 떨렸다.

근계

다수의 응모 서류를 평가한 결과, 유감이지만 희망에 부응하지 못함을 알려드립니다. 그러나 11월 초에는 다시 결원이 생길 전망입니다. 그때, 있는 그대로 말씀드리면, 당신의 채용에 대해 재고의 기회를 가지고 싶습니다.

9월의 채용자는 심리학부에 할당되었습니다. 그러나 조수로서 충분히 적격한 자가 있으면 기숙사 실장실의 일반사무에 배정될지도 모릅니다.

경구

Dear Madam,

After asessing the mny applications we have received, we must regretfully inform you that our application has been unsuccessful. At the begining of November, however, further posts will become available, and I should, in all honesty, be sorry to loose the opportunity of reconsidering your position then.

We have now alloted the September quota of posts in the Psycology Departmet ; yet it is probable that a reliably qualified assistant may be required to deal with routnie duties for the Principal's office.

Yours faithfully

이렇게 멍청할 수가 있단 말인가! 오만하게도 무식하고 무능하며 게으른 타이피스트라고 생각하는 대신, 그는 정반대로 생각했어야 했다. 그는 어리석었다. 바로 여기에 단서가 있었는데. 편지 전체가 가짜였다. 왜 좀더 빨리 눈치채지 못했을까? 알고 보면, 그것은 무의미한 편지였다. 그는 처음에 하나하나의 오류에 정신을 빼앗긴 나머지 편지를 전체로서 보지 못하는 실수를 범한 것이다. 그뿐만이 아니었다. 그는 실수를 더욱 복잡한 것으로 만들고 말았다. 만약 그가 그 편지를 편지로서 읽었더라면, 그 실수를 실수로, 의도된 실수로 생각했을지도 모른다.

그는 종이를 한 장 꺼내 적기 시작했다. asessing—s 탈락, mny——a 탈락, begining——n 탈락, loose——o 삽입, Psycology——h 탈락. SANOH——의미를 알 수 없다. 다시 한번 생각해보자. our ——이것은 어쩌면 your가 아닐까? 그렇다면 y가 탈락한 것이다. routnie——n과 i의 순서가 뒤바뀌었다. 그러면 어떻게 되지? SAYNOHNI——뭐가 될 것 같지는 않다. 다시 한번 해보자. 다시 한번. alloted——분명히 t를 두 번 써야 하는데? t 탈락. 그리고 눈앞에 또렷하게 적혀 있는 서명의 머리 문자 G, 이것만이 판독할 수 있다. SAYNOTHING. 누군가가 제니퍼에게 한 마디도 하지 말라고 필사적으로 부탁하고 있다. 그리고 제니퍼는 그것을 받아들인 것처럼 보인다.

모스가 해답을 찾는 데는 2분밖에 걸리지 않았다. 그는 간밤에 제니퍼가 집에 없었던 것을 차라리 다행으로 생각했다. 도서관에 대한 거짓말을 추궁하면, 그녀는 죄송해요, 아마 착각했던 모양이에요, 이렇게 말할 것이 틀림없었다. 도서관에 간 것은 사실은 목요일이었나 봐요, 어제 한 일도 기억하기 힘든 걸요, 정말 기억이 잘 안 나요, 하지만 노력해 볼게요, 아마 산책하러 나갔을 거예요, 물론 혼자서.

하지만, 이제 그녀는 더욱 곤란하게 될 것이다. 이상하게도 모스는 그다지 기쁘지 않았다. 그는 처음 찾아갔을 때 제니퍼에게 왠지 모르게 호감을 느꼈다. 그리고 지금 돌이켜보니, 그녀는 괴로워했을 게 틀림없다는 생각이 들었다. 하지만 사실을 간과할 수는 없다. 제니퍼는 거짓말을 했다. 그녀는 누군가를 보호하고 있고, 아마 그 누군가가 실비아를 폭행하고 살해했을 것이다. 그렇게 생각하는 건 유쾌한 기분이 아니었다. 하지만 모든 증거는, 29일 밤 버스 정류장에서 실비아와 함께 있었던 사람은 제니퍼 콜비였고, 미지의 인물 또는 복수의 인물들(전자인 것은 거의 확실하다)에게 우드스톡까지 차를 얻어 탄 것은 그녀였다는 것, 그리고 그녀는 우드스톡에서 뭔가를 목격했고 그 일에 대해 침묵을 지키도록 경고받고 있다는 것을 명료하게 나타내고 있었다. 요컨대 제니퍼 콜비는 실비아 케이를 살해한 자를 알고 있다. 모스는 불현듯 그녀의 신상에 위험이 다가오고 있는 게 아닐까 하는 생각이 들었다. 그리고 이 두려움에 촉발된 그는, 곧 제니퍼를 살인 종범용의자로 구류하기로 결심했다. 루이스의 협조가 필요하다.

그는 외부로 통하는 직통 전화에 손을 뻗어 부장 형사의 집 전화번호를 돌렸다.

"루이스?"

"예."

"모스일세. 자네의 주말을 망쳐서 미안하네만, 이쪽으로 좀 와주게."

"지금요?"

"가능하면."

"알겠습니다."

모스는 미결서류를 훑어보았다. 보고서, 보고서, 보고서. 그는 '영국의 약품문제' '경찰과 공중(公衆)' '옥스퍼드셔의 폭력범죄 통계(제2/4분기)' 같은 흥미 없는 제목에는 거의 눈길도 주지 않고 서명했다. 그는 보고서 따위 읽고 있을 시간이 없었다. 아마 그런 글들의 95퍼센트는 그 누구의 눈길도 받지 못한 채 서류함에 들어가 버릴 것이다. 그러나 그의 주의를 끄는 것이 두 가지 있었다. 흉기에 대한 감식과의 보고와, 검시과에서 보낸 실비아 케이에 대한 추가 보고였다. 하지만 모두 이미 그가 알고 있거나, 그럴 거라고 짐작하고 있던 것을 확인하는 정도에 지나지 않았다. 타이어스패너는 그야말로 낭만적인 것과는 거리가 먼 증거품이었다. 모스는 그 형태와 사이즈, 무게 같은 것을 전부 읽어보았다…… 하지만 불필요한 일처럼 보였다. 스패너에 대해서는 의문점이 전혀 없었다. '블랙 프린스'의 주인이 28일 화요일 오후와 29일 수요일 오후에 낡은 선빔 자동차를 수리한 뒤, 깜박 잊고 그가 차를 두는 안마당 구석 오른쪽의 차고 밖에 그냥 두었던 것이다. 뚜렷한 지문은 없었다. 다만, 만곡한 스패너 끝에, 그것이 엄청난 힘으로 사람의 두개골에 내려쳐진 것을 나타내는 불쾌한 증거가 남아 있을 뿐이었다. 그 다음에 상처에 대한 분석이 있었지만 모스는 건너뛰었다.

몇 분 뒤에 루이스가 노크하고 들어왔다.

"아, 루이스, 행운의 여신이 우리에게 희미하게 미소를 보내는 것 같네."

그는 사건 수사의 진전 상황을 대충 설명했다.

"그래서 미스 제니퍼 콜비를 신문할 수 있도록 연행해 왔으면 하네. 신중을 기하게. 필요하면 풀러 여순경을 데리고 가도 좋아. 신문을 위해 연행하는 것뿐이야, 알겠나? 정식 체포와는 달라. 만약 그녀가 변호사에게 전화하고 싶다고 말하면, 오늘은 일요일이니까 모두 골프 치러 갔을 거라고 하게. 하지만 크게 애먹이지는 않을 거야."

적어도 그 점에 대한 모스의 추측은 정확했다.

제니퍼는 오후 3시 45분 제3 신문실에 앉아 있었다. 모스의 지시를 받고 루이스가 그녀와 한 시간 동안 함께 있었지만, 그 전에 경감한테서 들은 정보에 대해서는 한 마디도 언급하지 않았다. 루이스는 조용한 목소리로, 모든 수사에도 불구하고 실비아 케이가 살해되기 한 시간쯤 전에 그녀와 함께 한 아가씨가 있었던 것을 본 두 사람의 목격자가 있지만, 도무지 찾을 수가 없다고 말했다.

"당신은 인내심이 강한 분이군요, 부장 형사님."

루이스는 애매하게 웃었다.

"예, 우리는 인내심이 강합니다. 좀 더 협조를 얻을 수 있다면 해결할 수 있을 텐데."

"협조를 얻을 수 없나요?"

"홍차라도 마시겠어요?"

"커피로 하겠어요."

풀러 여순경이 얼른 나갔다. 제니퍼는 입술을 축이고 침을 삼켰다. 루이스는 말없이 생각에 잠겨 있었다. 그 침묵의 줄다리기에서 마지막에 이긴 것은 루이스였다.

"제가 비협조적이라고 생각하세요?"

"협조적인가요?"

"알고 있는 건 경감님께 다 얘기했어요, 경감님이 절 믿지 않으시는가 보군요?"

"경감에게 어떤 얘기를 했습니까?"

"같은 말을 되풀이하란 말씀이세요?" 제니퍼는 따분한 숙제를 다시 하라는 말을 들은 초등학생처럼 황당하다는 표정이었다.

"어쨌든 진술서가 필요합니다."

제니퍼는 한숨을 쉬었다.

"좋아요, 제 행동을 설명하라는 거죠? 수요일 밤의."

"그렇습니다."

"수요일 밤에는⋯⋯. " 루이스는 힘들게 기록하기 시작했다.

"제가 쓸까요? " 제니퍼가 물었다.

"고맙지만 제가 직접 쓰지 않으면 안 됩니다. 영어학 학위는 없지만 최선을 다해 해보지요. "

제니퍼의 눈에 힐끗 경계의 빛이 떠올랐다. 한 순간 뒤에는 사라졌지만, 루이스는 그것을 똑똑히 보았다.

30분 뒤 제니퍼의 진술서가 완성되었다. 루이스는 그녀에게 그것을 읽어보고 정정할 데가 있으면 말하라고 했다.

"철자뿐이에요. " 그리고 거기에 서명하는 데 동의했다.

"그럼 이걸 타이핑해 오겠소. "

"얼마나 걸려요? "

"10분 정도"

"제가 할까요? 2분이면 되는데. "

"고맙지만, 이쪽에서 해야 한다고 생각합니다. 규칙이니까요. "

"도와드리고 싶었을 뿐이에요. "

제니퍼는 비로소 마음이 편안해졌다.

"커피 한 잔 더하겠소? "

"고마워요. " 루이스는 일어나서 나갔다.

풀러 여순경은 기묘하게도 말을 하는 것을 피하고 있는 것처럼 보였다. 10분이 넘도록 제니퍼는 말없이 앉아 있었다. 이윽고 문을 열고 들어온 사람은 깨끗하게 타이핑한 풀스캡판 종이를 든 모스였다.

"안녕하시오, 콜비 양. "

"안녕하세요. "

"어제는 실례 많았소. "

루이스가 사라져서 긴장이 풀리는 것 같았던 그녀는 다시 신경이 날카로워졌다.

"어제 그 길로 도서관까지 걸어서 갔어요." 모스가 말을 이었다.

"걷는 걸 좋아하시나 봐요."

"걷기는 중년의 건강비결이라고 하더군."

제니퍼는 애써 웃음지었다.

"산책은 즐거운 거죠."

"그건 어디로 가는가에 달려 있소."

제니퍼는 날카로운 눈빛으로 그를 쳐다보았다. 모스는 루이스가 그랬던 것처럼, 예상치 않았던 반응에 주목했다.

"여기서 더 얘기하고 싶지만, 진술서에 서명한 뒤 집으로 돌아가면 안 될까요? 내일까지 해야 할 일이 있어요."

"루이스 부장 형사가 우리에게 당신의 의사에 반하여 당신을 붙잡아둘 권한은 없다는 걸 말했을 텐데?"

"네, 부장 형사님한테서 들었어요."

"하지만, 좀더 있어 주시면 고맙겠소."

제니퍼는 목이 바싹바싹 마르는 걸 느꼈다.

"뭣 때문에요?" 그녀의 목소리가 갑자기 차가워졌다.

모스는 조용히 말했다. "그건 허위라는 걸 알면서도 진술서에 서명할 만큼 당신이 어리석지는 않다고 생각하기 때문이오." 모스는 목소리를 조금 높였다. "그게 허위라는 건 나도 알고 있소." 그는 제니퍼에게 대답할 틈도 주지 않았다. "오늘 오후, 나는 신문을 위해 당신을 구류하라는 지시를 내렸소. 당신이 미스 케이를 살해한 범인을 찾는 데 지극히 중요한 정보를 숨기고 있다는 의심을 가졌고, 지금도 가지고 있기 때문이오. 아시는 바와 같이 이것은 매우 무거운 범죄요. 게다가 당신은, 어리석게도 경찰에 부정확할 뿐만 아니라 명백한 거짓 정보를 제공하는 중죄를 거듭하고 있어요." 모스의 목소리가 점점 높아지더니, 마지막에는 주먹으로 두 사람 사이에 있는 테이블을 쾅 하고 내리쳤다.

제니퍼는 그러나 그가 예상했던 것만큼 겁을 먹은 것처럼은 보이지 않았다.

"제 말을 못 믿으시는 거예요?"

"믿지 않소."

"그 이유를 말씀해주시겠어요?"

모스는 적이 놀랐다. 한 순간 당황했던 그녀가 침착을 되찾은 것이 분명했다. 그는 제니퍼에게 확실하게, 그리고 참을성 있게, 수요일 밤 도서관에서 책을 빌렸다는 것은 있을 수 없는 일이며, 그것을 의문의 여지없이 입증할 수 있다는 것을 설명했다.

"그래요?"

모스는 그녀가 말을 계속하기를 기다렸다. 그는 아까의 그녀의 말에 적이 놀랐지만, 다음 질문에는 모골이 송연할 지경이었다.

"경감님, 지난 수요일 밤 살인이 일어난 시간에 당신은 무엇을 하고 있었죠?"

그는 무엇을 하고 있었을까? 그는 정확하게 기억하지 못했다. 그러나 그런 것을 인정했다가는 더 이상 신문을 계속할 수 없다. 그는 거짓말을 했다.

"난 바그너를 듣고 있었소."

"바그너의 어떤 음악을?"

"〈라인의 황금〉."

"누군가 그것을 증명해줄 사람이 있나요? 당신을 본 사람이 있어요?"

모스는 항복했다. "없소." 애석하게도 그는 제니퍼에게 두 손 들지 않을 수 없었다. "없어요." 그는 되풀이했다.

"난 혼자 살고 있어요. 찾아오는 사람이 거의 없소. 남자고 여자고."

"안됐군요."

모스는 고개를 끄덕였다.

"예. 하지만 콜비 양, 난 아직 여자 옷을 입고 우드스톡 거리에 서서 실비아 케이와 함께 히치하이크를 했다는 의심은 받고 있지 않아요."

"저는 받고 있나요?"

"그렇소."

"그래도 제가 실비아를 강간하고 죽였다는 혐의를 받고 있는 건 아니겠죠?"

"나에게도 다소의 지능이 있다는 것을 인정해줬으면 좋겠군."

"모르시는군요."

"무슨 말이오?"

"실비아가 강간당하는 것을 즐기고 있었을지도 모른다고 생각하신 적은 없나요?"

그녀의 태도에는 불쾌함이 묻어 있었다. 그녀의 뺨이 빨갛게 물들었다.

"그것은 그녀가 죽기 전에 강간당했다는 것을 가정한 얘기군요?"

모스가 조용히 말했다.

"죄송해요, 심한 말을 해서."

모스는 유리한 입장에 서서 추궁했다.

"내가 해야 할 일은 실비아와 그녀의 친구가——그게 당신이라고 믿고 있지만——로터리 반대쪽에서 빨간 차를 탄 순간부터 무슨 일이 일어났는지를 조사하는 거요. 무슨 이유에선지 그 친구는 나서지 않고 있는데, 그 이유는 짐작이 가요. 그녀는 그 차의 운전자를 알고 있고, 그 자를 보호하고 있는 거요. 그녀는 아마 겁을 먹고 있었겠지. 실비아 케이도 겁을 먹고 있었고, 아니, 그 이상이었소. 그녀는 후두부를 강타당해 두개골이 몇 군데 깨졌고, 몇 개의 뼈 조각이 뇌 속에서 발견되었소. 끔찍한가요? 살인은 추악하고 무서운 것이오. 살인사건에서 곤란한 점은, 대개 그 범죄의 유일하고 완벽한 목격자 즉, 피해자가 없어졌다는 사실이오. 그래서 우리는 다른 목격자, 사건의 어떤 시점에서 우연히 관련을 맺은 일반인들에게 의지하는 수밖에 없소. 그들은 불안해해요, 무리가 아니오. 그들은 휘말리고 싶어하지 않아요, 그것도 무리가 아니지. 그들은 자신들이 알 바 아니라고 생각해요, 무리가 아니에요. 하지만 우리로서는, 스스로 나서서 알고 있는 사실을 얘기해 주는 담력과 양식을 가진 사람에게 의지하지 않을 수 없소. 그래서 당신을 데리고 온 거요, 콜비 양. 나는 무슨 일이 있어도 진실을 알고 싶소."

모스는 제니퍼의 진술서를 집어 들어 갈기갈기 찢었다. 그러나 그는 그녀의 마음을 읽을 수가 없었다. 제니퍼는 그의 얘기를 들으면서 작은 신문실 창문 너머로, 어제 그녀가 회사의 동료들과 함께 서 있었던 안마당을 응시하고 있었다.

"어떻게 생각하시오?"

"죄송해요, 경감님. 쓸데없는 수고를 끼친 것 같군요. 제가 도서관에 간 것은 목요일이었어요."

"그럼 수요일에는?"

"외출했어요. 우드스톡 방향으로 간 건 사실이지만, 우드스톡까지는 가지 않았어요. 벡블로크의 '골든 로즈'에 들렀죠. 우드스톡 2마일(약 3.2킬로미터) 앞이에요. 전 라운지에 들어가서 라임이 든 라거를 주문했어요. 그것을 안마당에서 마시고 집으로 돌아왔죠."

모스는 답답한 듯이 그녀를 쳐다보았다.

"어두웠겠군."

"네, 7시 반 무렵이었어요."

"그래서, 계속해 봐요."

"무슨 말씀이세요, '계속하라'니요? 그게 전부예요."

"당신은 나에게⋯⋯." 그는 말하려다가 입을 다물었다. 그의 목소리는 노기로 가득 차 있었다.

"루이스를 불러와!" 그가 소리치자 풀러 여순경이 폭풍 경보를 눈치채고 놀라서 나갔다.

제니퍼는 태연해보였다. 모스의 분노는 진정되었다.

먼저 침묵을 깬 것은 제니퍼였다.

"너무 화내시면 좋지 않아요, 경감님."

그녀의 목소리는 속삭임에 가까워졌다. 그녀는 이마에 손을 짚고 잠시 눈을 감았다. 모스는 그녀를 처음으로 찬찬히 바라보았다. 그는 제니퍼가 이렇게 매력적이라는 것을 그때까지 모르고 있었다. 밝은 푸른색의 여름 코트 속에 검은 스웨터를 입고, 거기에 맞춘 검은 장갑을 끼고 있었다. 광대뼈가 높고, 뺨에는 생기가 있으며, 약간 벌린 입에서 하얗고 깨끗한 치아가 살짝 엿보였다. 모스는 이 여자에게 반하게 될까 하고 생각했고, 늘 그랬듯이 그럴지도 모른다는 느낌이 들었다.

"전 완전히 혼란에 빠졌고 굉장히 무서웠어요."

모스는 그녀의 말을 알아듣기 위해 몸을 조금 앞으로 내밀지 않으면 안 되었다. 그는 루이스가 들어온 것을 알고, 몸짓으로 조용히 의자에 앉으라고 지시했다.

"걱정할 건 아무것도 없어요."

모스는 루이스 쪽을 돌아보며, 미스 제니퍼 콜비의 두 번째 진술을 받아 적을 준비를 하고 있는 부장 형사에게 고개를 끄덕여 보였다.

"왜 무서웠나요?" 모스는 온화하게 물었다.

"이상한 일들만 일어났어요. 그때 이후, 아침에 일어나도 머리가 멍한 것 같고…… 무엇이 정말이고, 무엇이 정말이 아닌지 알 수 없는 기분. 이상한 일만 일어나는 것 같아요."

그녀는 아직도 이마에 손을 짚은 채, 테이블 위를 멍한 눈길로 응시하고 있었다. 모스는 루이스 쪽을 힐끗 보았다. 준비는 거의 되어 있었다.

"무슨 말이오, '이상한 일'이라는 건?"

"모든 게 다요. 전 자신이 무엇을 하고 있는 건지 알 수 없는 기분이 들기 시작했어요. 내가 여기서 무엇을 하고 있는 걸까? 수요일의 일은 사실 대로 얘기했다고 생각하고 있었죠. 하지만 지금은 그렇지 않다는 걸 알아요. 그밖에도 이상한 일이 있었어요."

모스는 날카로운 시선으로 그녀를 지켜보았다.

"토요일 아침, 저를 채용할 수 없다는 거절 편지를 받았어요. 하지만 전 응모한 기억이 없어요. 전 미쳐가고 있는 걸까요?"

그런 얘기였나? 모스는 에이스를 쥐고도 당해버린 브리지 선수의 고민을 맛보았다. 두 경찰관은 서로 얼굴을 마주 쳐다보았다. 두 사람 다 제니퍼가 보고 있다는 것을 의식했다.

모스는 실망과 의심을 최대한 숨겼다.

"이제 수요일 밤으로 돌아가기로 합시다. 방금 말한 것을 다시 한 번 말해 주시오. 루이스 부장 형사가 기록할 거니까."

그의 목소리는 화난 것처럼 들렸다.

제니퍼는 짧은 진술을 되풀이했고, 루이스는 눈앞에 있는 경감과 마찬가지로 당혹해하고 있는 것 같았다.

모스가 말했다.

"그러니까 미스 케이는 우드스톡으로 갔지만, 당신은 벡블로크까지만 갔다는 거요?"

"네, 그래요."

"그 남자에게 벡블로크에서 내려달라고 부탁했겠군?"

"그 남자라니 누구 말이에요?"

"당신들을 차에 태워준 남자 말이오."

"전 차를 얻어 타고 벡블로크에 간 게 아니에요."

"뭐라고?" 모스가 소리쳤다.

"차를 얻어 타지 않았다고 말씀드렸어요. 전 히치하이크 같은 건 하지 않아요. 분명히 말하지만 전 제 차를 가지고 있어요."

루이스가 두 번째 진술을 타이핑하는 동안, 모스는 자신의 방에 돌아가 있었다. 모든 것이 헛다리짚은 거란 말인가? 만약 제니퍼의 주장이 옳다면, 분명히 몇 가지 점은 이해가 간다. 우연히 같은 날 밤에 같은 도로를 지나갔던 그녀의 회사 친구가 살해당했단 말인가? 물론 그녀가 두려워하는 것은 이해한다. 하지만 그것으로 그녀의 변명이 충분히 설명이 되는 것일까? 그는 손을 뻗어 전화기를 들고, 벡블로크의 '골든 로즈'를 불렀다. 밝은 목소리의 주인은 흔쾌히 협조해주었다. 수요일에는 아내가 라운지에 나가 있었습니다. 부인에게 키들링턴의 경찰서까지 나와 주실 것을 부탁해도 될까요? 물론입니다, 제가 차에 태워서 데리고 가지요. 감사합니다. 그럼 15분 뒤에.

"지난 수요일, 라운지에 젊은 아가씨가 온 것을 기억하십니까? 혼자서. 7시 반쯤입니다."

반지를 여러 개 끼고 풍만한 가슴을 가진 부인은 잘 기억하지 못했다.

"하지만 여자가 혼자 오는 건 흔한 일이 아닐 텐데요?"

"네, 많지는 않아요. 하지만 요즘은 그리 드문 일도 아니랍니다,

경감님. 물론 놀라시겠지만."

모스는 그 정도 일로는 이제 놀라지 않는다고 생각했다.

"그런 여자가 오면 얼굴을 기억합니까? 한 번 온 여자를?"

"알 것 같아요."

모스는 아직도 신문실에서 제니퍼와 함께 있는 루이스를 전화로 불렀다.

"그녀를 집까지 데려다주게, 루이스."

'골든 로즈'의 안주인은 취조 책상의 모스 옆에 서서, 제니퍼가 루이스와 함께 그들의 옆을 지나가는 것을 보았다.

"저 아가씬가요?" 그는 물었다. 질문은 이제 마지막이었다.

"네, 그런 것 같아요."

"큰 도움이 됐습니다." 모스는 거짓말을 했다.

"도움이 됐다니 다행이군요."

모스는 현관까지 그녀를 바래다주었다.

"그녀가 무엇을 주문했는지까지는 기억 못하시겠죠?"

"기억해요, 경감님. 라임이 든 라거였던 것 같아요. 맞아요, 라임이 든 라거였어요."

30분 뒤에 루이스가 돌아왔다.

"그녀를 믿으십니까?"

"아니."

그는 의기소침하다기보다는 개운치 않은 기분이었다. 자신의 무능함 때문에 몹시 복잡한 상황에 빠진 것을 알았다. 그는 보조 요원을 요청하는 것을 거절했는데, 그것으로 인해 생각할 수 있는 많은 단서 가운데, 조사가 이루어지고 보고서가 작성된 것은 극히 적었다. 이를 테면 샌더스다. 경험이 많은 경찰관이라면 이내 가장 유력한 용의자로 철저한 수사 대상으로 삼아야 하지만 모스는 지금까지 그를 완전히 무시해왔다. 그의 사건에 대한 대처 방식은, 겉으로 보아도 거의 태만에 가까운 그의 무계획성을 드러내고 있다고 할 수 있었다. 바로 지난달에, 그 자신이 형사들을 모아놓고 강연하는 자리에서, 맨 처음부터 모든 단계에서 엄밀하고 완전하게 조사하는 것이 범죄수사에서 가장 중요하다고 역설하지 않았던가?

하지만 그런데도 그는, 직감적으로(강연에서는 다루지 않았던 방법이지만) 자신이 옳은 길로 나아가고 있다는 것을 막연하게 느끼고 있었다. 제니퍼를 돌려보낸 것은 옳았다. 아까는 빗나갔지만 조만간에 골에 들어갈 것이다.

1시간 동안 두 경찰관은 오후의 신문에 대해 의견을 교환했다. 모스는 제니퍼의 질문 회피와 눈길과 몸짓에 대한 루이스의 반응을 끊임없이 캐물었다.

"그녀가 거짓말을 하고 있다고 생각하나, 루이스?"

"지금은 잘 모르겠습니다."

"무슨 소린가. 자네나 내 나이쯤 되면 거짓말쟁이는 1마일 앞에서도 알 수 있어!"

루이스는 말을 하지 못하고 있었다. 그는 모스보다 몇 살 연상이었다. 두 사람 사이에 침묵이 흘렀다.

"이제부터 어떻게 하실 겁니까?" 루이스가 간신히 물었다.

"측면에서 공격할까 하네."

"측면에서?"

"그렇네. 그녀는 어떤 남자를 보호하고 있어. 왜? 왜지? 그것이 우리가 지금까지 생각해온 점이야. 그리고 신문을 통해 무엇을 얻었지? 아무것도 알지 못했어. 그녀가 거짓말을 하고 있다는 건 알고 있네. 하지만 우리는 그녀의 거짓말을 깨뜨리지 못하고 있어, 지금까지는. 그녀는 거짓말을 잘해서 어리석은 자는 말려들고 말아."

루이스는 말 이면의 의미를 깨달았다.

"경감님의 예상착오일 수도 있습니다."

모스는 그럴까 하고 생각하면서 큰 소리로 말을 이었다.

"아니, 아니야, 그렇지 않아. 사건에 대처하는 각도가 틀렸을 뿐이야. 아이거도 쉬운 코스를 택하면 털 슬리퍼를 신고도 오를 수 있다고 하지 않나?"

"그럼 우리는 어려운 방법으로 사건을 해결하려 하고 있다는 말입니까?"

"아니, 그 반대일세. 우리는 편한 방법으로 해결하려 했어. 이제부터 어렵게 하지 않으면 안돼."

"어떤 식으로?"

"우리는 또 한 아가씨를 찾아내려고 노력해왔네. 그녀한테서 목표로 하는 남자를 알아낼 수 있을 거라고 생각했기 때문이지."

"하지만, 경감님의 얘기로는 우리는 그 아가씨를 찾아냈습니다"

"그렇네. 하지만 그녀는 우리에게는 너무 영리해. 그리고 너무 의리가 강해. 그녀는 입을 다물고 있으라는 경고를 받고 있네. 내 생각으로는 그렇게까지 할 필요는 없는 것 같지만. 하지만 우리는 현재 벽에 부딪쳐 있고, 그밖에 선택할 길은 하나밖에 없네. 그 아가씨는 우리에게 범인을 가르쳐주지 않아. 그렇다면 우리가 범인을 찾아보세."

"어떻게 찾을 겁니까?"

"아리스토텔레스의 논리학이 좀 필요할 것 같군."

"그래요?"

"내일 아침에 얘기하지."

문까지 걸어간 루이스는 걸음을 멈췄다.

"미스 콜비에 대한 확인은 그것으로 충분하다고 생각하십니까……
그 안주인의 말만으로?"

"안 되나?"

"잠깐 보았을 뿐이니까요. 교과서대로가 아닙니다."

"어떤 교과서?"

루이스는 오늘 하루 안에 해결할 수 없을 만큼 자신의 머리가 뒤죽
박죽이 되어버렸다고 생각하고 그대로 나갔다.

모스의 머리도 명석하게 작용하고 있다고 할 수 없었다. 그러나 미
궁 같은 혼란 속에서 이미 새로운 아이디어의 싹이 돋아나기 시작하
고 있었다. 그는 처음부터 제니퍼 콜비가 거짓말을 하고 있다는 의심
을 품고 있었다. 그것은 자신의 직업적인 명성을 걸어도 좋다고 생각
했다. 하지만, 적어도 하나의 점에서 잘못되어 있었던 건지도 몰랐
다. 그는 제니퍼의 거짓말을 깨뜨리려고 했지만, 그 깨뜨리려는 위치
를 잘못 잡았던 것이 아닐까?

혹시 그녀의 얘기가 완전히 진실이라면 어떻게 될까? 다양한 찬성
론과 반대론이 유원지에서 오르내리는 회전목마처럼 그의 눈앞에서
맴돌았다. 그리고, 결국 그의 머리도 빙글빙글 돌기 시작했다. 그는
머리를 쉬게 해야 한다고 생각했다.

10

10월 6일 수요일

'블랙 프린스'의 칵테일 라운지는 오전 11시에 연 뒤, 1시간쯤은

손님이 거의 없었다. 10월 6일, 수요일 오전도 예외가 아니었다. 살인사건의 충격파는 점차 물러가고, '블랙 프린스'는 빠르게 평소의 모습으로 돌아가고 있었다.

모든 일은 너무 빨리 배경으로 사라져버린다고 생각하며, 게이 맥피 부인은 마티니 잔을 닦아 다른 잔 사이에 집어넣었다. 하지만 놀라운 일도 아니었다. 그날 아침에도 히드로 공항에 착륙하려던 정기 여객기가 추락하여 79명이 죽었다. 그리고 도로에서는 매일같이……

"자네들, 뭘로 할 텐가?" 하고 물은 것은 60세 정도의, 은발에 붉은 얼굴을 한 풍격이 좋은 남자였다. 여러 번 온 적이 있는 손님이어서, 게이는 그가 옥스퍼드 대학에서 엘리자베스 왕조 문학을 강의하는 톰셋 명예교수(친구들은 펠릭스라고 불렀지만, 그 친구의 수는 그리 많지 않다는 소문이었다)로, 최근에 론스데일 칼리지의 부학장을 그만두었다는 것을 알고 있었다. 그의 두 명의 일행——한 사람은 20대 후반의 턱수염을 기른 마른 남자, 또 한 사람은 45세 가량의 점잖아 보이는, 안경 낀 남자——은 모두 진토닉으로 하겠다고 말했다.

"진 앤드 토닉스 석 잔." 톰셋은 날카로운 명령조의 목소리를 가지고 있었다. 이 사람은 대학 직원에게 자신의 모닝커피를 타오라고 시키지 않을까 하고 게이는 생각했다.

"자네가 우리와의 생활을 즐기기 바라네, 메르이시 군." 톰셋은 큼지막한 손을 수염 기른 젊은 일행의 어깨에 얹었다. 그리고 곧 게이가 이해할 수 없는 문제에 열중했다. 한 무리의 미국 군인이 들어와서, 게이에게 라거의 브랜드와 메뉴, 지난번 살인사건, 그리고 그녀의 집 주소 따위를 물었다. 그녀는 미국 병사들에게 호감을 가지고, 곧 유쾌하게 그들과 함께 웃게 되었다. 늘 그렇지만 라거의 손잡이를 누르자, 나오는 것은 액체보다 거품이 더 많았다. 게이는 바 끝에서, 옥스퍼드 대학의 세 명 가운데 안경 낀 남자가 참을성 있게 기다리고 있는 것을 알았다.

"금방 갈게요."

"괜찮소, 별로 급하지 않아요." 그는 그녀를 보며 조용히 미소지었다. 게이는 그의 검은 눈에서 어렴풋한 빛을 보았다. 그녀는 서둘러 마음씨 좋은 미국 병사들의 계산을 마쳤다.

"뭘 도와드릴까요?"

"같은 걸로 주시오. 진스 앤드 토닉스 석 잔."

게이는 흥미를 느끼며 그를 쳐다보았다. 언젠가 가게 주인이, 보통 사람처럼 '진 앤드 토닉스'라고 하지 않고 '진스 앤드 토닉스'라고 주문하는 사람이 있다면, 그건 틀림없이 대학 선생이라고 그녀에게 말한 적이 있었다. 그녀는 그가 다시 한번 말을 해주면 좋겠다고 생각했다. 부드러운 글로스터셔의 억양이 있는 그의 목소리가 마음에 들었던 것이다. 하지만 그는 말하지 않았다. 그래도 그녀는 그가 있는 바 끝에서 떠나지 않은 채, 마티니 잔을 다시 한번 가볍게 닦았다.

"이쪽으로 와 봐, 이쁜 아가씨." 이런 말들이 다른 손님들한테서 여러 번 들려왔지만, 게이는 조용히 그리고 능란하게 그 유혹들을 거절했다. 그리고 글로스터셔의 남자를 지켜보았다. 톰셋이 열정적으로 말하고 있었다.

"그는 내 첫 공개 강의에도 얼굴을 내밀지 않았네, 대학 안에 있었으면서도. 어떻게 생각하나, 피터?"

"그 사람을 비난할 수는 없어요." 피터가 말했다. "우리 모두 책상 앞에 앉아 자신의 산문에 도취해 있어, 메르이시. 굉장한 걸작이라고 착각하고 있는 거지."

엘리자베스 왕조 문학 교수는 높은 소리로 웃으며 잔을 반쯤 비웠다.

"이 집에 와 본 적 있나, 메르이시 군?"

"아니요, 처음입니다. 좋은 곳이군요."

"이상한 일로 유명해졌지. 지난주에 살인사건이 있었어."

"그렇다더군요, 신문에서 읽었습니다."

"젊은 금발이었는데 폭행당한 뒤 살해되었네, 저 안마당에서. 예쁜 아가씨였어, 신문 보도가 사실이라면."

이제 막 론스데일의 특별연구원이 된 메르이시는 선배들에 대해 비로소 편안함을 느끼기 시작했다.

"강간당했군요, 그 아가씨?"

톰셋은 잔을 비웠다.

"그렇다더군. 하지만 난 그런 강간 얘기에는 늘 약간의 의심을 느낀다네."

"공자 왈, 치마를 걷어 올린 여자는 바지를 내린 남자보다 빠르다, 는 건가요."

두 연장자는 이 진부한 농담에 예의상 웃어주었고, 메르이시는 얘기하지 말 걸 그랬다고 생각했다. 분위기에 휩쓸려 도가 지나치고 말았다. 게이는 대화를 감싸는 톰셋의 잘 울리는 목소리를 들었다. 기지가 있는 사람이라고 그녀는 생각했다.

"정말 맞는 말일세, 메르이시. 우리는 강간을 너무 심각한 문제로 생각해서는 안돼. 매일 일어나고 있는 일이지. 몇 년 전에 한 젊은 아가씨가 있었네, 자네는 기억하고 있을 거야, 피터. 제법 머리가 좋고 공부도 열심히 하는 멋진 아가씨였어. 그녀는 최종 시험을 치르던 중이었는데 모두 8과목이었지. 7과목이 목요일 오전 중에 끝났네. 아니, 금요일이었던가? …… 뭐, 그런 건 중요하지 않겠지. 어쨌든 오전 중에 마지막에서 두 번째 시험이 끝나고, 남은 건 오

후에 또 한 고비를 넘기기만 하면 되었어. 그녀는 헤딩튼의 하숙집
으로 점심을 먹으러 갔네——가엾게도!——그 길에 강간을 당했
어. 그 아가씨의 쇼크를 한번 생각해보게. 자네 기억하고 있나, 피
터? 그래도 그녀는 마지막 시험을 치겠다고 고집을 부리더군. 그
런데 말이야, 메르이시. 그녀는 그 마지막 시험에서 어느 과목보다
좋은 성적을 올렸다네!"

메르이시는 큰 소리로 웃으며 선배들의 빈 잔을 받았다.

"멋대로 지어낸 이야기군요." 피터가 중얼거렸다.

"어쨌든 재미있지 않나?" 톰셋이 말했다.

게이가 2, 3분 동안 그들의 얘기를 흘려듣다가 다시 귀를 기울였을
때는, 얘기 내용이 조금 진지해져 있었다. 진을 마시면 기분이 처진
다고들 흔히 말한다.

"……살해당하기 전에 반드시 강간당했다고는 할 수 없어."

"그만둬요, 펠릭스."

"그리 유쾌한 얘기는 아니지. 하지만 크리스티(영국의 연쇄살인범.
여자를 죽인 뒤에 범했다)에 대해서는 다들 알고 있지? 끔찍한 인
간이야!"

"이번 사건도 그것과 같다는 겁니까?" 메르이시가 물었다.

"거기에 대답할 수 있을 뻔했는데." 톰셋이 말했다. "그 모스가——
——좋은 사람이지!——사건을 담당하고 있는데, 실은 우리 대학에서
그를 오늘 밤 만찬에 초대할 예정이었네. 그런데 나올 수 없게 되었
어. 작은 사고가 있었지." 톰셋이 웃었다. "사다리에서 떨어졌다더
군!" 톰셋은 재미있는 모양이었다.

미국 병사들은 돌아가고 바는 텅 비어 있었다. 세 남자들은 창가
테이블 쪽으로 걸어갔다.

"점심 식사로 뭐가 있는지 봅시다." 피터가 말했다. "내가 메뉴를

가지고 오죠."

게이가 둘로 접힌 크고 호화로운 메뉴를 펼쳐, 높은 승려에게 기도문을 바치는 시자승처럼 내밀었다.

피터는 그것을 쭉 훑어보았다. 온화한 냉소가 그 얼굴에 떠올랐다. 시선을 든 피터는 그녀가 자신을 지켜보고 있는 것을 알았다.

"당신은 〈지도교사의 기쁨(돈스 딜라이트)〉과 〈학생감의 즐거움(프록터스 플레저)〉중 어느 것을 권하겠소?"

피터는 작은 목소리로 물었다.

"저라면 스테이크는 그만두겠어요."

게이의 목소리도 그와 마찬가지로 낮았다.

"오늘 오후 시간 있소?"

게이는 잠시 생각한 뒤, 보일락 말락 고개를 끄덕였다.

"몇 시에 데리러 오면 될까?"

"3시."

"장소는?"

"밖에서 기다릴게요."

오후 4시에 두 사람은 론스데일 대학 피터의 방에 있는 널찍한 더블침대에 나란히 누워 있었다. 피터는 왼손으로 게이의 목을 감고 오른손으로는 젖가슴을 애무하고 있었다.

"젊은 아가씨가 강간당하는 것에 대해 어떻게 생각해?"

피터가 물었다.

게이는 그 문제를 생각했다. 몸도 마음도 충족된 그녀는 한동안 정교하게 만든 천장을 바라보고 있었다.

"남자한테는 무척 어려운 문제라고 생각해요."

"그래?"

"당신은 강간해 본 적 있어요?"

"당신이라면 하겠어, 무슨 요일이든."

"그건 불가능할걸요. 저는 아무런 저항도 하지 않을 테니까요."

피터는 다시 한번 그녀의 풍요로운 입술에 키스했다. 그녀는 열정적으로 몸을 기대왔다.

"피터." 그녀는 피터의 귓전에 대고 속삭였다. "다시 한번 강간해 줘요!"

갑자기 전화벨 소리가 조용한 방에 요란하게 울려 퍼졌다. 빌어먹을!

"아, 버나드! 뭐라고? 아니, 한가해. 뭐? 아, 오늘밤인가? 응, 7시쯤일 거라고 생각하네. 다시 전화해 줘. 함께 한 잔 하세. 응. 펠릭스? 그는 벌써 취해 있어. 응, 그래. 그럼 기다리겠네. 나중에 보세."

"버나드가 누구예요?"

"우리 칼리지의 영어 지도 교수야. 좋은 사람이지. 하지만 타이밍을 맞출 줄 모르는군."

"그 사람도 이런 방을 가지고 있어요?"

"아니야. 버나드는 가족이 있어. 노스옥스퍼드에서 살고 있지. 점잖은 남자야."

"그렇다면 젊은 아가씨를 강간하지는 않겠군요?"

"응? 버나드가? 그런 짓은 하지 않을 거야. 아마도……."

"당신은 착한 사람이군요, 피터."

"내가?" 그녀는 애정을 담아 그를 애무했고, 노스옥스퍼드에 가족을 가진 남자, 버나드 클로저에 대한 얘기는 거기서 끝났다.

제2부 남자를 찾아라

11

10월 6일 수요일

낮은 철교(높이 3.7미터) 밑에서 시작되는 보틀리 도로는, 빼곡하게 들어차 있는 초라한 연립주택 사이를 수백 야드 정도 요리조리 빠져나간 뒤 점차 폭이 넓어져서, 서쪽의 패링튼과, 스윈든과 그 사이의 몇몇 마을로 향하는 모든 차량을 처리하는, 널찍한 중앙 분리대가 있는 도로로 바뀐다. 집들이 서로 어깨를 비비대며 북적거리는 일이 없는 이 주변에는, 옥스퍼드의 몇몇 실업가들이 땅을 구입하여 살고 있다.

초크리 앤드 선스 상회는 넓은 2층 건물로, 창호, 타일, 벽지, 페인트, 가구 등을 전문적으로 취급하고 있다. 이 알짜배기 가게의 단골손님은 수많은 목수(할인)와 실내 장식가(할인), 그리고 옥스퍼드 전역의 일요 목수들이다. 한구석의 진열실 안쪽에, 잘 모르는 고객들을 위해, 내열 플라스틱 작업장은 안마당으로 나가 왼쪽 두 번째 방에 있음을 알리는 게시문이 붙어 있다.

이 작업장에서 한 젊은이가 나무 테이블에 커다란 내열 플라스틱을 얹고 있다. 테이블 중앙에는 깊고 네모난 홈이 세로로 나 있다. 그는 홈을 따라 작은 자동톱을 앞으로 당기며, 유난히 반짝이는 톱니를 연필로 표시해둔 곳에 주의 깊게 갖다댄다. 그리고 솜씨 좋게 스틸 자를 사용하여 치수를 확인한다. 그는 머리 속의 계산에 만족한 듯, 스위치를 켜고, 부웅 하는 회전음을 일으키며 단단한 조직을 신속하고 깨끗하게 잘라간다.

젊은이는 이 신속함을 좋아한다. 같은 작업을 몇 번 되풀이한다. 세로로 자르고 가로로 자르고, 좁게 자르고 넓게 잘라, 그것을 벽 옆에 깔끔하게 쌓아올린다. 그는 손목시계를 들여다본다. 12시 45분이 되려 하고 있다. 1시간 15분의 여유가 있다. 방에서 나가 미닫이문을 잠그고, 화장실에 가서 비누로 손을 씻은 다음, 머리를 빗질한 뒤, 아무런 망설임도 없이 잠시 초크리 앤드 선스에 등을 돌린다. 그는 코트 오른쪽 주머니를 조금 불룩하게 만들고 있는 작은 꾸러미에 가볍게 손을 대본다. 잘 들어 있다.

행선지는 걸어서 10분이면 충분한 곳이지만 그는 버스를 타기로 한다. 그는 도로를 횡단하면서 건너편에 도달할 때까지, 육지측량부의 지도처럼 많이 그어진 선들——연속한 것, 끊어진 것, 넓은 것, 좁은 것, 노란 것, 하얀 것——을 가로지른다. 옥스퍼드 시의회는 자가운전자와의 오랜 소모전을 한 단계 더 강화하여, 보틀리 도로에 버스레인 시스템을 채용한 것이다. 버스는 금방 왔다. 땅딸막한 파키스탄인 승무원이 말없이 모든 일을 하고 있었다. 젊은이는 버스가 복잡하면 미니스커트를 입고 긴 부츠를 신은 아가씨 옆에 앉을 수 있을 텐데 하고 늘 생각한다. 하지만 오늘은 승객이 거의 없다. 그는 자리에 앉아 기계적으로 주위를 둘러본다.

그는 철교(버스 지붕이 육교에 부딪치는 것을 피하기 위해, 여기서 오른쪽으로 우회하지 않으면 안 된다) 바로 앞의 정류장에서 내려, 초라한 집들 뒤쪽의 지저분한 길을 지나 한 작은 가게에 들어선다. 베인스 씨의 찌들고 페인트가 벗겨져가는 가게문 위에는 '신문 판매점 담배상'이라고 적혀 있다. 그러나 베인스 씨의 장사는 되바라진 소년 소녀들을 고용하여 조간이나 석간을 배달시키는 것이 목적이 아니었고, 아무리 매상이 좋은 상표라도 담배 재고는 반 다스를 넘는 일이 없었다. 그는 생일 카드, 아이스크림, 과자 같은 것도 팔지 않았다. 베인스 씨는——분명히 그는 빈틈없는 남자다——한번의 신속하고 간단한 거래로, 하루 동안 신문 배달과 천 개비의 궐련 판매에서 올리는 것과 같은 이익을 올릴 수 있다고 계산하고 있었다. 베인스 씨는 포르노를 취급하고 있었다.

좁은 가게 오른쪽에 손님들이 몇 명 서 있다. 그들은 선정적인 제목——〈스킨과 스커트〉〈청춘과 욕정〉〈육체와 멋쟁이〉——을 붙인, 눈이 아플 만큼 많은 현란한 누드 잡지를 훑어본다. 그 커버를 장식하고 있는, 몸에 거의 아무것도 걸치지 않은 모델들의 자태는 음란하고 도발적이지만, 가게 손님들은 따분한 듯 무심한 듯 그저 페이지를 넘기고 있는 것처럼 보인다. 그러나 그것은 겉모습뿐이다. 베인스 씨가 직접 쓴 벽보가, 이 이국적인 열매의 잠재적인 구매자들 모두에게 '서서 읽는 것을 금한다'고 경고하고 있다. 그리고 베인스 부인이 카운터 안의 딱딱한 의자에 앉아, 빈틈없는 눈길로 손님들을 감시하고 있다. 젊은이는 오른쪽에 진열된 포르노 잡지에 힐끗 시선을 던졌을 뿐, 똑바로 카운터 쪽으로 걸어간다. 그는 사람들에게 들리도록 20개비짜리 '엠버시'를 달라고 말하며, 꾸러미를 가만히 베인스 부인에게 내민다. 부인은 카운터 아래를 더듬어 같은 갈색 종이 꾸러미를 젊은이에게 건넨다. 이것이 바로 베인스 씨가 원하는 한번의 신속하고 간단한 거래다.

젊은이는 비스듬히 맞은편에 있는 '북바인더스 암스'에 들러, 빵과 치즈와 기네스를 한 병 주문한다. 그는 늘 꾸러미 속을 빨리 열어보고 싶어서 견딜 수가 없지만, 기대감으로 남몰래 웃음지으며 5시까지는 참아야 한다. 새로운 순환고속도로의 개통으로 우드스톡까지 가는 시간은 훨씬 단축되었다. 그의 어머니는 저녁 식사를 준비하고 있을 것이다. 식사가 끝나면 그는 혼자가 될 수 있다. 도착적인 심리에서 그는 그런 예상을 즐기고 있었다. 지난 몇 달 사이에 그것은 매주의 의식처럼 되어 있었다. 물론 돈이 만만치 않게 든다. 그러나, 거래에 불만은 별로 없었다. 꾸러미를 돌려주면 반액은 돌려받을 수 있기 때문이다. 그는 기네스를 마신다. 이따금 (약간의) 죄의식을 느낄 때가 있다. 하지만 이제 전만큼은 아니다. 그는 포르노에 탐닉함으로써 자신의 감수성이 거칠어졌고, 갈망이 마음속에 터를 잡고 암덩이처럼 자라, 당장 욕망의 충족을 구하려 하는 무서운 힘이 점점 커지고 있다는 것을 잘 알고 있다. 그러나 그는 그것을 주체할 수가 없다.

10월 6일, 수요일 오후 2시 정각에 존 샌더스는 내열 플라스틱 작업장으로 돌아간다. 다시, 고뇌를 호소하는 듯한 톱 소리가 문 안쪽에서 새나온다.

학기 중의 수요일 오후 7시에서 9시까지, 클로저의 집에는 아무도 없는 것이 보통이다. 마거릿 클로저 부인은 근로자 교육협회 주최의 고대 문명반에서 공부하는 열렬한 중년 유사 문화인(類似文化人)들의 작은 그룹에 참가하고 있었다. 아이들, 제임스와 캐럴라인은 매주, 근처 커뮤니티 센터에서 열리는 만원의 수요일 디스코반에 들어 있었다. 버나드 클로저는 팝뮤직도 고대그리스의 페리클레스도 싫어했다.

10월 6일 수요일 밤, 마거릿은 평소와 다름없이 오후 6시 30분에 집을 나섰다. 그녀의 고대 문명반은 3마일(약 4.8킬로미터) 정도 떨어진 헤딩튼힐의 성인 교육시설에서 열리는데, 마거릿은 남편이 올 8월에 사준 반짝반짝 빛나는 보물, 미니1000을 세워두기 위해 주차장 중앙의 안전한 장소를 확보하고 싶어했다. 그녀는 차고(버나드는 자신의 '1100'을 문밖의 비바람이 들이치는 곳에 두는 것을 받아들이고 있었다)에서 신중하게 차를 후진시켜, 조용한 도로로 나갔다. 아직 운전 실력에 자신이 없고, 특히 어두운 곳에서는 불안했지만 그래도 마거릿은 짧은 드라이브를 즐겼다. 그녀는 자유롭고 모든 것에서 독립해 있었다. 차는 자신의 것이며, 어디든 원하는 곳으로 갈 수 있었다. 우회로로 나가자 그녀는 평소처럼 심호흡을 하고 날카롭게 정신을 집중했다. 바깥쪽에서 차들이 잇따라 그녀를 추월해갔다. 마거릿은 액셀을 가볍게 밟고 있는 오른발을 들어 브레이크를 밟으려 하는 본능적인 반응을 억제했다. 그녀는 마주 오는 모든 차량의 전조등과, 얄미울 정도로 자신감에 찬 유연한 운전자들을 의식했다. 그녀는 안전벨트를 만지작거리며, 라이트가 아래로 향해 있는 것을 확인하기 위해 계기판에 힐끗 시선을 주었다. 어쨌든 그녀는 라이트를 상향으로 한 적이 없었다. 하향으로 할 때 스위치를 잘못 건드려 라이트를 꺼버리는 것이 두려워서다. 그녀는 헤딩튼 로터리를 무사히 빠져나가, 그때부터는 별 어려움 없이 목적지에 당도했다.

마거릿이 처음으로 자살을 생각했을 때, 자동차는 매우 좋은 수단으로 보였다. 그러나 지금의 그녀는 자동차로는 절대로 죽을 수 없다는 걸 알고 있다. 운전은 그녀의 안전과 자기 보존의 원시적인 본능을 불러일으켰다. 게다가 그녀는 산 지 얼마 안 되는 깨끗한 미니를 망가뜨리는 건 죽기보다 싫었다. 다른 방법이 있을 것이다⋯⋯.

그녀는 주의 깊게 주차하며, 몇 번이나 차에서 내렸다 올라갔다 하면서, 아무데도 흠잡을 데가 없고 양쪽 차와의 거리가 등간격인 것을 완전히 확인한 뒤, 성인 학생들의 요구를 충족시키는, 앞면이 유리로 되어 있는 커다란 4층 건물로 들어갔다. C26 강의실을 향해 계단을 올라가다가 같은 반의 파머 부인을 만났다.

"안녕하세요, 클로저 부인! 지난주에 오시지 않아서 모두들 걱정했어요. 어디 아팠어요?"

"엄마, 아빠, 도대체 왜 저러셔?" 제임스가 물었다.

마거릿이 나간 15분 뒤, 버나드 클로저는 버스를 타고 론스데일 칼리지로 갔다. 그는 1주일 동안 한두 번은 그곳에서 저녁 식사를 했다. 집에는 아이들만 남아 있었다.

"이상할 정도는 아니던데, 뭘."

"거의 말을 하지 않잖아?"

"부부란 다 저렇게 되는 거야."

"전에는 그렇지 않았어."

"네 탓도 있어."

"누나도 마찬가지야."

"그거, 무슨 뜻이니?"

"시끄러!"

"심술쟁이!"

"이 얼간이!"

요즘에는 그들의 대화가 오래 계속되는 일이 좀처럼 없었다. 두세 마디 말을 주고받거나, 아버지나 어머니가 있는 곳에서는 인습적인 중류 계급의 도덕에 약간 양보하는 일은 있지만, 부모는 아이들의 말다툼을 수없이 들어왔다. 마거릿은 그것을 깊이 걱정했고 버나드는 분노했지만, 두 사람 다 어느 집 아이나 다 자신의 아들딸처럼 심통

맞고 화를 잘 내며 통제가 잘 되지 않는 법이라고 속으로 생각했다. 그러나 이 수요일 밤에는 제임스와 캐럴라인이 아버지와 어머니의 마음속에 그리 큰 자리를 차지하지 않았다.

대학의 고참 특별 연구원의 한 사람인 버나드는, 여름에 퇴임한 부학장의 기념 파티에 당연히 초대받고 있었다. 만찬회는 오후 7시 30분에 시작될 예정이었고, 버나드는 30분 전에 피터의 방에 도착했다. 그는 직접 진과 베르무트를 따라, 빛바랜 팔걸이의자에 느긋하게 앉았다. 그는 펠릭스 톰셋을 좋아했다. 재미있는 남자다! 사실 펠릭스는 지나친 대식가에다 술을 즐기며, 사람들의 소문을 믿을 수 있다면 (믿지 못할 이유가 없다) 다른 많은 점에서도 지나친 데가 있었다. 그러나 그는 좋은 '대학인'이었다. 대학이 60년대 초에 많은 땅을 사들인 것은 그의 조언에 의한 것이었고, 이율과 투자에 대한 그의 지식은 전설적인 것이었다. 정말 기이한 사람이라고 버나드는 생각했다. 그는 진을 다 마신 뒤, 어깨를 흔들며 가운을 입었다. 특별 연구원의 사교실에서는 지금쯤 식전의 셰리주가 나와 있을 것이다. 두 사람은 회장으로 갔다.

"여어, 버나드! 어떻게 지내고 있나?"

펠릭스는 미소를 보내며 진심으로 동료를 환영했다.

"잘 지내고 있습니다." 버나드는 의례적으로 대답했다.

"미인 부인도?"

버나드는 셰리주를 집어 들었다. "예, 그녀도,"

"정말 아름다운 사람이야." 펠릭스는 감탄을 담아서 말했다. 그는 전부터 마음에 정하고 있던 대로 밝게, 자신을 위한 기념 만찬회를 축하하기 시작했지만, 버나드는 그의 쾌활함에 장단을 맞출 수가 없었다. 그는 사람들의 대화에 끼어들면서 마거릿을 생각했다……. 가까스로 자신으로 돌아온 그는, 펠릭스가 새로 발견한 술집 '민스터'의 남자 화장실 벽에서 본 낙서 얘기에 사람들과 함께 자연스럽게 웃을 수 있었다.

"재미있지 않나?" 펠릭스가 낄낄거리며 웃었다.

손님들은 옆방으로 옮겨가 만찬 자리에 앉았다. 버나드는 늘 마실 것이 너무 많다고 느끼고 있었지만, 오늘 밤은 유난히 더 풍부해보였다. 그레이프프루트 칵테일, 바다거북 수프, 훈제 연어, 지느러미살 요리, 과자, 치즈, 과일 등과 씨름하면서, 그는 전 세계에서 몇 주일, 혹은 몇 달씩 먹을 것을 충분히 얻지 못하고 있는 수백만 명의 사람들을 생각하고, 아시아와 아프리카의 굶주림을 마음속에 떠올렸다.

"오늘 밤에는 말이 별로 없군."

목사가 버나드에게 적포도주를 권하면서 말했다.

"아니네." 버나드는 대답했다. "음식과 마실 것을 해치우는 데 바빠서."

"하느님께서 우리에게 주시는 은혜를 감사하게 받아들이지 않으면 안 되지. 고백하겠네만, 난 나이를 먹을수록 이 세상의 두 가지를 한층 더 고마운 마음으로 대하게 되었다네. 자연의 아름다움과 혀의 즐거움."

그는 의자 등에 기대어, 잔에 반쯤 든 고급 적포도주를 살찐 배에 흘려 넣었다. 버나드는 저절로 살이 찌는 사람이 있다는 것을 알고 있었다. 모두 신진 대사율이니 뭐니 하는 것과 관련이 있다. 하지만 베르젠의 포로 수용소에는 살찐 사람이 없었다…….

목사가 또 무슨 고백을 하려 했든, 그것은 여왕 폐하에 대한 건배와 펠릭스 톰셋에 대한 찬사를 하기 위해 일어선 학장의 헛기침에 의해 제지되었다. 학장의 말은 모든 사람이 전에 들었던 것이었다. 진

부하고 엄숙한 문구를 두세 군데 바꾼 데는 있었다. 하지만 기본적으로는 같은 연설의 되풀이였다. 펠릭스는 대학의 거의 모든 방면에 구멍을 남기게 될 것이다. 그 구멍을 메우는 것은 참으로 어려운 일일 것이다……. 버나드는 마거릿을 생각했다. 그런 구멍 따위, 메우지 않고 그냥 두면 된다……. 동세대의 가장 뛰어난 학자의 한 사람으로서…… 버나드는 손목시계를 들여다보았다. 오후 9시 15분이다. 그는 아직은 자리를 뜰 수 없다. 몇 가지 일화, 그리고 웃음…… 학장은 2년 전에 불만을 가진 한 학생이 펠릭스의 방 카펫 위에 오줌을 갈긴 사건은 얘기하지 않을 거라고 버나드는 생각했다……. 다시 학문적인 얘기로 돌아간다. 일류 중의 일류. 거짓말이다……. 엘리자베스 왕조의 서정시에 대한 펠릭스의 연구는…… 저 남자는 대개 옥스퍼드셔의 오래된 여관에 내내 틀어박혀 있었다. 그렇지 않으면 여자들과…… 버나드는 처음으로, 펠릭스가 마거릿을 유혹한 적이 있을까 하고 생각했다. 설마 그럴 리는…….

펠릭스는 멋진 인사말을 했다. 조금 취해 있었지만, 웃는 얼굴로 예의바르게 상당히 훌륭하게 해냈다. 제발 어서 끝내 줘! 오후 9시 45분. 기념품 증정이 있은 뒤 파티는 오후 10시에 끝났다. 버나드는 서둘러 대학에서 나갔다. 대로를 달려 세인트 저일스 거리까지 가자, 이내 택시가 보였다. 그러나 택시가 도착하기도 전에 그는 어두운 집 밖에 누군가가 있는 것을 알았다. 그의 마음은 오그라들고, 절망에 사로잡혔다. 제임스와 캐럴라인이 현관 옆에 서 있었다.

"너무해요……." 캐럴라인이 불평하기 시작했다.

버나드는 거의 듣고 있지 않았다.

"엄마는 어디 계시니?" 그는 엄격하고 절박한 목소리로 물었다.

"몰라요. 아빠와 함께 계시는 줄 알았는데요."

"여기서 얼마나 기다리고 있었어?" 아이들이 좀처럼 들은 적이 없는, 강하고 위엄 있는 목소리였다.

"30분쯤. 엄마는 늘 더 일찍……."

버나드는 현관문을 열었다.

"헤딩튼에 전화해서 끝났는지 물어봐."

"캐럴라인, 누나가 해."

버나드는 오른손을 들어 제임스의 얼굴을 세게 쳤다.

"네가 해." 그는 소리쳤다.

그는 집 밖으로 나갔다. 아무도 없었다. 기도하면서 차 소리를 기다렸다. 어떤 차라도 좋다. 차이기만 하면! 이마에 식은땀이 배어나왔다. 그는 차고로 달려갔다. 문이 잠겨 있었다. 그는 열쇠를 꺼냈다. 손이 후들후들 떨렸다. 문을 열었다.

"대체 뭐 하고 있는 거예요?"

버나드는 깜짝 놀랐다. 그리고 마음속으로 신들을——과거에 있었던 신도, 현재의 신도, 미래의 신도, 모든 신들을 축복했다.

"어디 갔었어?" 더 이상 버티지 못할 것 같았던 커다란 공포가 분노로 변했다. 안도한, 거친, 아름다운 분노.

"미니의 시동 장치가 고장났어요. 고쳐줄 사람을 찾을 수 없어서 결국 버스를 타고 돌아왔죠."

"나한테 알릴 수 있었잖아!"

"네, 그래요. 여기저기 정비소에 전화를 걸고, 그런 다음 당신, 그리고 아이들한테도 알리라는 거군요." 마거릿도 화를 내기 시작했다. "그게 그렇게 야단법석 떨 일인가요? 내가 어쩌다가 한 번 늦게 들어온 일이!"

"아이들이 내내 기다리고 있었어."

"그래서요?"

마거릿은 거친 발소리를 내며 집 안으로 들어갔고, 안에서 신경질

적인 목소리가 들려왔다. 버나드는 문과 차고를 닫았다. 그리고 현관
문을 잠그고 빗장을 걸었다. 그는 행복했다. 몇 시간, 아니 몇 날이
나 느끼지 못했던 행복감이었다.

12

10월 6일, 7일 수요일, 목요일

　모스는 7개월 동안 계속 미루기만 했던 자신이 어떻게, 부엌문 위
의 새로운 벽에 붙어 있는 소켓에 전선을 연결하기 위해 전기 기사가
뚫어놓은 구멍을, 갑자기 막을 생각이 들었는지 도무지 알 수가 없었
다. 어쨌든 처음부터 모든 것이 어긋나 있었다. 약 2년 전에 산 회반
죽은 상자 속에서 거의 콘크리트처럼 굳어 있었다. 계란을 깨거나 틈
새를 메울 때 사용하던 주걱은, 어찌된 셈인지 홀연히 사라지고 없었
다. 간단한 가정용 접사다리는 다리가 건들거리며 똑바로 서지 않았
다. 아마 그는 에드워드 드 보노 씨와 그의 수평사고의 비결에서 영
감을 받았으리라. 그러나, 눈에 거슬리는 구멍을 막아야겠다는 그의
갑작스러운 충동의 동기가 뭐였든, 접사다리를 기능적인 30도 각도
로 지탱하고 있던 코드가 갑자기 끊어지면서 접사다리가 그대로 폭삭
주저앉았을 때, 모스는 맨 위에서 스카이다이버의 낙하산처럼 똑바로
낙하했던 것이다.

　흉벽에서 내던져진 헤파이스토스(그리스 신화의 불의 신)처럼 추
락한 그는, 오른쪽 다리의 격통과 함께 2, 3분 동안 구토를 느끼면서
누운 채, 이마에 배어나온 식은땀을 닦았다. 그런 다음 겨우 다리를
질질 끌며 거실까지 가서, 거친 호흡을 몰아쉬며 안락의자에 드러누
웠다. 한참 그러고 있으니 다리가 약간 편해지고 기운도 조금 되살아

나는 것 같았다. 그러나 30분 뒤에 발이 붓기 시작하면서, 발등에 날카로운 통증이 간헐적으로 지나갔다. 차를 운전할 수 있을지도 모른다고 생각했지만, 곧 그런 짓을 하는 건 어리석다고 마음을 고쳐먹었다. 10월 5일, 화요일 오후 8시 30분이었다. 한 가지 꼭 해야 할 일이 있었다. 그는 한쪽 다리로 뜀뛰기하듯이 전화기에 다가가 루이스를 불러냈다. 채 30분도 되기 전에, 그는 래드클리프 병원 응급실에 풀이 죽어 앉아서 뢴트겐 결과를 기다리고 있었다. 모스와 같은 벤치에 앉아 있는 소년은 아픈 듯이 왼손을 비틀고 있었다(차문에 낀 사고). 교통 사고로 중상을 입은 두 남자가 들것에 실려 와서 먼저 치료를 받았다. 그는 약간 마음이 가벼워졌다.

모스는 발음을 거의 알아들을 수 없는 중국인 의사에게 불려갔다. 의사는 지루한 손님이 주인이 휴가 중에 찍은 사진을 바라보는 것 같은 무관심함으로, 뢴트겐 사진을 빛을 향해 비췄다.

"노 브로켄. 클리판 크래세스."

모스는 일솜씨가 시원시원한 간호사의 손에 넘겨졌다. 그 간호사가 처치하는 걸로 보아 골절이 되지는 않았고, 의사가 크레이프 붕대를 감고 목발을 주라고 지시한 것으로 그는 추측했다.

그는 간호사와 의사에게 인사를 한 뒤, 기다리고 있는 루이스를 향해 조심스럽게 걸음을 옮기기 시작했다.

"여보세요." 의사가 큰 소리로 불러 세웠다. "여보세요, 모스 씨. 이틀 일하지 않아요. 쉬어요. 오케이?"

"고마워요, 아마 괜찮을 겁니다." 모스가 말했다.

"모스 씨. 당신 낫고 싶어, 아니오? 일하지 않아요, 이틀. 쉬어요, 오케이?"

"오케이." 이런, 이런!

모스는 화요일 밤에는 거의 잠을 이루지 못했다. 발가락이 욱신욱

신 쑤셨다. 진통제를 몇 번이나 거푸 먹고서야, 새벽에 지쳐서 잠깐 잠들었다. 수요일의 기나긴 고통 속에 루이스가 몇 번 찾아와, 경감이 오후 9시쯤 깊은 단잠에 빠지는 것을 지켜보았다.

이튿날 아침 루이스가 문병 왔을 때, 모스는 기분이 많이 좋아져 있었다. 그리고 기분이 좋아지는 것과 동시에, 그의 마음은 실비아 케이 사건으로 돌아갔다. 하지만, 오른쪽 다리의 통증에만 온통 신경이 쏠려 있다가 정신이 약간 돌아오자, 그의 기분은 몹시 우울해졌다. 그는 몇 가지 문제의 일부는 정답을 찾았고, 다른 문제도 답이 혀끝에서 맴도는데도 도무지 입 밖에 나오지 않는 퀴즈 참가자 같았다. 처음부터 다시 시작하고 싶은데…….

모스는 고민하면서 침대에 누워 있고, 루이스는 분주하게 뛰어다니고 있었다. 감탄스러운 사람이다. 서에서는 모두들 웃고 있을 거라고 모스는 생각했다. 사다리에서 굴러 떨어지다니, 이게 무슨 꼴이람! 아니야, 사다리에서 굴러 떨어진 것이 아니다. 추태를 보인 것이다.

"루이스! 모두에게 이 일을 얘기했겠지?"

"예."

"뭐라던가?"

"모두 경감님이 지어낸 얘기라고 생각하고 있습니다. 사실은 통풍일 거라고요. 그러니까 와인을 너무 많이 마셔서……."

모스는 신음했다. 만나는 사람마다 다리를 저는 자신을 불러 세우고, 사고 상황을 꼬치꼬치 캐묻는 광경을 떠올려 보았다. 차라리 그 설명을 모두 문장으로 써서 복사하여 경찰관 전원에게 돌리는 게 나을 것 같다.

"아직도 아프십니까?"

"물론 많이 좋아졌네. 발가락에는 수백만 개의 말초신경이 있어, 그렇지?"

"제 삼촌이 발가락 위에 맥주통을 떨어뜨린 적이 있었는데."

"그만 둬." 모스는 등골이 오싹했다. 맥주통은 말할 것도 없고, 무언가가 그의 부상당한 발에서 3피트(약 90센티미터) 이내로 다가온다고 생각만 해도 견딜 수가 없었다. 하지만, 맥주통은 나쁘지 않다. 모스는 마음이 변했다.

"술집은 아직 문 열었을까?"

"마시고 싶으십니까?"

루이스가 반가운 표정을 지었다.

"한 병 정도야 나쁘지 않겠지."

"실은 간밤에 캔으로 두세 개 사두었습니다."

"그래?"

루이스는 잔을 찾아다가, 모스의 '발'에서 상당히 떨어진 곳에 의자를 놓고 맥주를 따랐다.

"뭔가 새로운 소식은?"

"없습니다."

"그래?"

두 사람은 말없이 맥주를 마셨다. 문제의 일부는 정답을 찾았고…… 다른 문제도 답이 혀끝에서 맴돌고 있다……. 만약 자신의 답이 옳다고 하면, 또는 정답에 가깝다고 하면 어떨까 하고 그는 생각했다. 처음부터 다시 시작할 수만 있다면…… 그는 부상당한 것도 잊고 갑자기 상체를 일으키며 소리쳤다.

"아! 있다!" 그리고 도로 베개에 몸을 던졌다. 다시 한번 시작할 수 있을 것이다. "루이스, 몇 가지 부탁할 것이 있네. 편지지를 가지고 와주게. 아래층 책상 서랍에 있어. 그리고 점심 식사로 피쉬 앤드 칩스를 부탁하고 싶군."

루이스는 고개를 끄덕였다. 그가 편지지를 가지러 가려고 일어서자 모스가 불러 세웠다.

"세 번째 부탁일세. 캔을 두세 개 따주고 가게."

어떤 생각이 며칠 동안 모스의 마음속을 떠다니고 있었지만, 욕조 안의 미끈거리는 비누처럼 쉽게 손에 잡히지 않고 있었다. 처음에는 그것은 생각이었지만, 어느새 말이 되었다. 모스는 그 원래의 글귀를 주의 깊게 풀이하여 의미를 깨달았다. 처음에 가설이 있다(임 앙팡 부아르 디 히포테제). 그러나 어떤 가설이라도, 예를 들어 아무리 평범하기 짝이 없는 것이라도, 그것을 계통화하기 전에 세수를 하고 수염을 깎아 심신을 상쾌하게 하지 않으면 안 된다고 모스는 생각했다. 고통을 참으면서 그는 느릿느릿 침대에서 기어나와, 게처럼 옆으로 걸으며 벽을 따라 구부러진 뒤, 마지막 몇 걸음은 한쪽발로 뛰어서 화장실에 당도했다. 준비가 끝날 때까지 거의 한 시간이나 걸렸지만, 모스는 다시 태어난 기분이었다. 그는 다시 게걸음으로 돌아가서, 침대 발치 쪽에 둔 예비베개 옆에 마침맞게 생긴 움푹한 곳에 오른발을 가만히 얹었다. 몸은 지쳐 있었지만 기분은 무척 좋았다. 그는 눈을 감고 잠 속에 빠져들었다.

루이스는 그를 깨워야 할지 말아야 할지 몰라 망설였지만, 기름과 식초의 자극적인 냄새가 그 문제를 해결해주었다.

"몇 신가, 루이스? 잠이 들었던 모양이군."

"1시 반입니다. 피쉬 앤드 칩스를 접시에 담아 드릴까요? 저와 제 아내는 늘 종이에 담긴 그대로 먹습니다만, 그 편이 어쩐지 더 먹음직스러운 것 같은 느낌이 들어서요."

"칩스가 신문지에 들러붙지 않을까?"

모스는 그렇게 말하면서도 부장 형사한테서 기름이 밴 봉투를 받아 들고 맛있게 먹었다.

"루이스, 우리가 사건을 바라보는 방법이 잘못되어 있었던 것 같아."

"그래요?"

"우리는 살인범을 찾기 위해 사건을 해결하려고 애써왔어, 그렇지?"

"아마 그럴 거라고 생각합니다."

"그런데, 그 반대쪽이 효과적일지도 몰라."

"그러니까 경감님 생각은……."

모스는 뒷말을 기다렸지만, 루이스는 그가 무슨 생각을 하고 있는 건지 전혀 짐작하지 못하고 있는 것이 분명했다.

"내 생각에, 우리는 사건을 해결하기 위해 범인을 찾아야 할 것 같네."

"알겠습니다." 루이스는 여전히 이해하지 못한 채 말했다.

"이해해줘서 고맙네. 대낮처럼 명백한 일이지. 그래서 말인데, 커튼을 열어주겠나?"

루이스는 시키는 대로 했다.

모스는 말을 이었다. "만약 내가 범인이 누구이며 어디에 살고 있는지 말하면, 자네는 나가서 체포할 수 있겠지?"

루이스는 모호하게 고개를 끄덕이며, 그의 상관은 오른쪽 다리를 다치기 전에, 먼저 부엌 개수대에 머리부터 부딪친 것이 아닐까 하고 생각했다.

"할 수 있겠지? 자네는 그 자를 이곳으로 데리고 와서, 내 가엾은 다리의 안전 거리 밖에 제압해둘 수 있을 거네. 그 자는 모든 것을 얘기하고 우리의 문제를 모두 해결해 줄 수 있을 거야."

모스는 피쉬 앤드 칩스를 볼에 잔뜩 밀어 넣고 계속 얘기했다. 루이스는 진심으로 경감의 머리가 걱정되기 시작했다. 충격이란 이상한 것이다. 그는 교통 사고에서 그런 예를 많이 보아왔다. 때로는 그것이 2, 3일이 지난 뒤에 나타나는 경우도 있다. 물론, 나중에 회복은 되지만…… 아니면 모스는 술을 마셨던 것일까? 맥주 탓은 아니다. 캔은 따놓은 상태 그대로 손대지 않고 있었다. 루이스는 자신의 어깨에 갑자기 무거운 책임이 내려앉은 것 같은 느낌이 들었다. 가을해가 침실 창문으로 강하게 비쳐들고 있었고, 방안은 더웠다.

"뭐 필요한 것 없습니까?"

"있네. 때 미는 수건하고 비누와 타월. 정말 자네 부인의 방법이 제일인 것 같군. 나도 이제부터는 절대로 피쉬 앤드 칩스를 접시에 담아먹지 않기로 하겠네."

15분 뒤, 당혹한 부장 형사는 모스의 집 현관을 나섰다. 그는 조금 걱정하고 있었는데, 만약 그가 그때 침실로 돌아가서, 모스가 혼잣말을 하며 이따금 자신의 말에 만족스럽게 고개를 끄덕이고 있는 광경을 보았다면, 더욱 걱정했을 것이다.

"여러분, 저의 첫 번째 가설은——물론 이것은 모든 것 중에서 가장 중요한 가설이라고 생각합니다——저의 많은 가설 가운데 첫 번째 가설은, 범인은 노스옥스퍼드에 살고 있다는 것입니다. 여러분은 대담한 가설이라고 말씀하시겠지요, 그렇습니다. 범인이 디드코트나 시드컵, 혹은 사우샘프턴에 살지 않는 것은 왠가? 왜 노스옥스퍼드에 살고 있는가? 왜 좀더 가까운 옥스퍼드가 아닌가? 거듭 말하지만, 저는 가설을 얘기하고 있습니다. 이것은 무척 엉뚱하게 보이지만, 논의를 진행하기 위한 하나의 가정이며, 하나의 견해입니다. 사실을 통해 입증되어야 하는(실수가 입증되는 경우도 있지만) 이론인 것입니다. 저는 동화 같은 공상이 아니라 사실을 가지고 가설을 강화하는 데 힘쓸 생각입니다. 괴테 식으로 말하면, 처음에 가설이 있다(임 앙팡 부아르 디 히포테제)는 얘깁니다. 그리고 잊지 말아줬으면 하는 것이 있는데, 디킨스식으로 말하면, 저는 탐정 모스입니다. 탐정은 범죄에 대한 감각을 지니고 있어서, 그것을 감지합니다. 탐정은 그것을 발견하기 전에 먼저 감지하지 않으면 안 되는 것입니다. 노스옥스퍼드를 가리키는 징후가 있습니다. 지금은 그것을 상세하게 말할 수 없지만, 주변 상황에서 보아 노스옥스퍼드가 확실합니다. 만약 제가 틀렸다 해도, 우리의 수사에는 지장이 없습니다. 우리는 가설을 제시하고 있습니다. 무척이나 엉뚱하게 보이지만, 한 가지 가정이며 견해이자…… 아, 이것은 이미 말했군요. 그런데, 무슨 얘기를 했더라? 아, 그렇습니다. 저는 여러분이 반신반의하시든, 또는 완전히 틀렸다고 생각하시든, 잠시 저의 첫 번째 가설을 받아들여주시기를 바랍니다. 범인은 노스옥스퍼드의 주민입니다. 저는 사실을 말했고, 여러분을 실망시켜 드리지 않을 것입니다. 아리스토텔레스는 동물을 세별하여 분류했는데, 그 세별이 우리의 방법입니다. 위대한 아리스토텔레스는 유별하고 세별했습니다――종, 아종, 속(모스는 여기서 헤맸다) 속, 종, 아종 등등. 그리고 마지막에 도달한 것이――무엇에 도달했지?――종속의 개별적인 개체입니다(이것은 그럴듯하게 들렸다). 저도 세별합니다. 노스옥스퍼드에는 X의 수의 사람들이 있습니다. 여기서 우리는 나아가서 범인은 남성이라는 가설을 세울 수 있습니다. 어째서 우리는 그것을 확신하는가? 그것은 여러분, 살해된 아가씨가 강간당했기 때문입니다. 이것은 가설이 아닌 사실입니다. 우리는 법정에 뛰어난 의학자의 증언을 제출할 생각입니다……."

모스는 조금 피곤을 느꼈기 때문에, 맥주를 한 캔 마시고 다시 기운을 차렸다.

"앞에서 말씀드린 것처럼 범인은 남성입니다. 에, 그러니까 우리는

X의 수를 4로 나눌 수 있을 것입니다. 여자와 아이는 계산에 넣지 않습니다. 그것을 더 나눌 수 있다고요? 그렇습니다. 범인의 나이를 추측해봅시다. 제 생각으로는──제 견해는 신중합니다. 터무니없는 가정이라고 할지도 모르지만──35세부터 50세라고 생각합니다. 여기에는 이유가 있습니다……."

그러나, 모스는 그것을 생략하기로 했다. 그것은 그다지 설득력이 없는 것일지도 모르지만, 그는 이유를 가지고 있었고, 또 자신의 가설의 추진력을 유지하고 싶었다.

"우리는 다시 X를 둘로 나눌 수 있습니다. 이것이 가장 이치에 합당하다고 생각합니다. 그렇지 않습니까? 계속 나아가도록 하지요. 그밖에 어떤 합리적인 가설을 세울 수 있을까요? 저는──이것은 여러분 모두에게 받아들여지지 않을지도 모르지만──범인은 유부남이라고 믿고 있습니다."

모스는 앞으로 나아갈수록, 점점 자신감이 흔들리고 있었다. 그러나 앞쪽에 있는 장애물은 이미 제거되었다. 안개는 햇빛을 받아 흩어져 사라지고 있었다. 그는 처음의 기운을 되찾아 얘기를 계속했다.

"이것으로 X는 더욱 작아지는 셈입니다. 우리의 X는 다루기 쉬운 단위가 되어가고 있습니다. 아닙니까? 그러나 우리의 카메라, 하이포세티카(가설)는 아직 확실한 용의자에게 초점을 맞추고 있지 않습니다. 그러나 기다려주세요! 범인은 상습적인 음주가입니다. 그렇지 않을까요? 이것은 분명히 매우 합리적인 주장이고, 우리의 가설에 유효성이라는 이점을 부여할 뿐만 아니라, 지극히 큰 개연성을 주는 것입니다. 우리의 사건은 블랙 프린스에 집중되어 있는데, 사람들이 블랙 프린스를 찾아가는 것은 세금 문제를 상담하기 위해서가 아닙니다."

모스는 다시 힘이 빠졌다. 다리가 욱신거리며 아프기 시작했고, 그의 마음은 몇 분 동안 허공을 헤맸다. 진통제 때문인 것 같았다. 그는 눈을 감고, 머리 속으로 독백을 계속했다.

그는 또, 지능지수가 적어도 상위 5퍼센트 안에 드는 사람들을 계산에 넣을 필요가 있지 않을까? 제니퍼가 무식한 광대 같은 부류의 사람에게 끌리지 않을 것은 확실하다. 그 편지를 쓴 인물은 머리가 영리하고 좋은 교육을 받았다. 만약 그가 그것을 썼다고 한다면, 만약, 만약, 만약이다. 생각을 진행하라. X는 어떻게 됐지? 앞으로 나아가! 그 남자는 여자들이 매력을 느끼는 인물임이 분명하다. 하지만 무엇이 여자들을 끌어당기는지 누가 알 수 있단 말인가? 아니, 안다. 알 수 있다. 세별하는 거다. 자동차! 그렇다. 자동차를 잊고 있었다. 모든 사람이 다 차를 가지고 있는 것은 아니다. 어느 정도의 비율일까? 어쨌든 상관없다. 세별하는 거다. 잠깐만! ——빨간 차. 그는 가벼운 의식의 혼미를 느꼈다. 조금만 더…… 중요한 사실을 포착했는데. X는 둥둥 떠다니다가 멀어지고, 그리고 사라졌다. 통증은 그다지 심하지 않았다. 기분이 좋다, 매우 기분이 좋다…….

그는 오후 4시에 루이스가 덜컹거리며 현관문을 여는 소리에 눈을 떴다. 루이스가 침실 문으로 걱정스럽게 얼굴을 내밀었을 때, 모스는, 잠에서 깨어나는 것과 동시에 머리 속에 가득 떠다니던 《쿠빌라이 칸》의 전시(全詩)를 일사천리로 써내려간 콜리지처럼, 곁눈질도 하지 않고 뭔가 써 갈기고 있었다.

"앉게, 루이스. 마침 잘 왔네." 그는 맹렬한 속도로 2, 3분 동안 계속 써내려갔다. 그리고, 간신히 고개를 들었다.

"루이스, 이제부터 질문을 하겠네. 신중하게 생각해주게. 서두르면 안돼! 제대로 된 대답이 필요해. 추측이 필요하다고 생각하지만, 최선을 다해주게."

또 시작이군, 하고 루이스는 생각했다.

"노스옥스퍼드의 인구는 얼마나 될까?"

"'노스옥스퍼드'라는 건 어느 범위입니까?"

"질문은 내가 했네, 자네는 대답만 하면 돼. 일반적으로 노스옥스퍼드로 생각되는 곳이야. 서머타운 위쪽이겠지. 자, 대답해주게!"

"조사해 봐드리지요."

"짐작이 갈 텐데?"

루이스는 불안을 느꼈다. 적어도 그는 맥주가 세 개밖에 비어 있지 않은 것을 눈치챘다. 그는 과감하게 대답하기로 했다.

"1만 명."

그는 2 더하기 2는 얼마냐는 질문을 받은 사람처럼, 확신과 한 점의 망설임도 없는 명쾌함으로 대답했다.

모스는 다른 종이를 꺼내 10,000이라는 숫자를 썼다.

"그 중 성인 남자의 비율은 얼마나 될까?"

루이스는 의자에 등을 기대고 통계 컨설턴트 같은 자신감을 가지고 천장을 노려보았다.

"약 4분의 1."

모스는 최초의 숫자 밑에 또박또박 정성들여 두 번째 숫자를 기입했다. 2,500.

"그 중에 35세에서 50세까지의 남자는 얼마일까?"

노스옥스퍼드에는 다수의 은퇴한 노인과 다수의 젊은이들이 있을 거라고 루이스는 생각했다.

"약 반, 그 이상은 아닙니다."

세 번째 숫자가 기입되었다. 1,250.

"유부남은 얼마라고 생각하나?"

루이스는 생각했다. 아마 이 정도쯤 될 것이다.

"다섯 명 가운데 네 명입니다."

모스는 정확하게 계산하여 숫자를 써넣었다. 1,000.

"매일 술을 마시는 사람은? 즉 술집이나 클럽 같은 곳에서."

루이스는 자신의 이웃들을 생각했다. 일부 사람들이 생각하는 것만큼 많지는 않다. 그의 양 옆집 남자들은 술을 마시러 다니지 않는다──인색한 자들이다! 그는 그 주변 전체를 생각해보았다. 이것은 상당히 어려운 문제다.

"반 정도입니다."

모스는 자신의 숫자를 정정한 뒤 다음 질문으로 옮겨갔다.

"루이스, 그 편지를 기억하고 있겠지. 제니퍼 콜비가 아무것도 모른다고 말한 편지."

루이스는 고개를 끄덕였다.

"만약 우리의 생각이, 또는 내 생각이 옳다고 한다면, 우리는 높은 지능을 가진 남자를 상대로 하고 있는 게 아닐까?"

"그건 좀 의심스럽지 않을까요?"

"이보게, 루이스, 그 편지는 범인이 썼어. 그것을 염두에 넣어두게. 범인의 큰 실책이지. 우리에게는 최대의 단서고, 우리는 공짜로 급료를 받을 수는 없어. 이 단서를 추적해야 하지 않겠나?"

모스의 말은 그리 설득력이 없었지만, 루이스는 단서를 따라가야 한다고 그를 격려했다.

"어떻게 생각하나?"

"뭘 말입니까?"

"범인은 지능이 높은 남자일까?"

"매우 높을 거라고 생각합니다."

"자네 같으면 그런 편지를 쓰겠나?"

"제가요? 아닙니다."

"하지만 자네도 상당히 머리가 좋은 편이야, 루이스?"

루이스는 가슴을 펴고 심호흡을 하며, 자신의 지적 능력이 평가절하되지 않도록 애썼다.

"상위 15퍼센트 안에는 들어갈 거라고 생각합니다."

"대단하군! 그럼 우리의 미지의 친구는 어떨까? 그는 미묘한 문장을 지어낼 줄 알고 있을 뿐만 아니라, 그 문장에 오류를 집어넣는 방법도 알고 있었어!"

"상위 5퍼센트입니다."

모스는 그것을 계산하여 기입했다.

"여자에게 매력이 있는 중년 남자의 비율은 어느 정도지?"

말도 안 되는 질문이다! 모스는 루이스의 얼굴에 떠오른 조소의 빛을 보았다.

"알고 있을 거라고 생각하는데. 여자들에게 완전히 벌레 취급을 받는 남자도 있어!"

루이스는 동의하지 않는 것처럼 보였다.

"난 중년의 로미오들에 대해 잘 알고 있네. 우리는 모두 중년의 로미오야. 그러나 여자들에게 특별히 매력적인 남자가 있어."

"제 경우는 전혀 그렇지 않습니다만."

"그런 걸 묻고 있는 게 아니네. 어떻게든 대답해주게, 부탁이야!"

루이스는 다시 한번 용감하게 말했다.

"반 정도? 아니, 그 이상입니다. 다섯 가운데 셋."

"확실한가?"

물론 확실하지 않았다.

"예."

다시 숫자를 쓴다.

"이 연령층에서 차를 가지고 있는 사람은 얼마나 될까?"

"셋 가운데 둘입니다."

도대체 그런 걸 왜 묻는 거지?

모스는 계속 밑으로 숫자를 써내려갔다.

"한 가지만 더 묻겠네. 빨간 차를 가지고 있는 사람은 얼마나 될까?"

루이스는 창가에 가서 지나가는 자동차를 보았다. 그리고 헤아렸다. 검은 차가 세 대, 베이지 색이 한 대, 짙은 감색이 한 대, 흰색이 두 대, 초록색 한 대, 노란색 한 대, 검은 색 한 대.

"열에 하나군요."

몇 분 전부터 모스의 흥분이 점점 높아지고 있었다.

"굉장해! 정말이지 믿을 수 없는 결과야. 루이스, 자네는 천재야!"

루이스는 찬사에 감사하며, 자신의 어디가 천재냐고 물었다

"루이스, 우리가 찾고 있는 것은 노스옥스퍼드에 사는 남성으로, 유부남이야. 아마 아이도 있겠지. 그 남자는 자주 술을 마시러 가네. 때로는 우드스톡에도 가지. 상당한 교육을 받았고 아마 대학출신일지도 몰라. 나이는 35세에서 45세 정도. 내가 본 바로는 상당히 매력적이네. 젊은 아가씨들이 반할만한 남자가 틀림없어. 그는 자동차를 운전하네. 정확하게 말하면 빨간 차야."

"어디에나 있을 것 같은 남자군요."

"우리에게 조금 약점이 있다고 해도, 범인이 이 카테고리의 대부분에 들어가는 건 절대적으로 확실해. 게다가 루이스, 이 카테고리에 들어가는 사람은 많지 않을 거라고 나는 생각하네. 이걸 보게."

그는 숫자를 쓴 종이를 루이스에게 건넸다.

노스옥스퍼드?   10,000

성인 남자?	2,500
35~50세?	1,250
유부남?	1,000
음주가?	500
상위 5%?	25
매력?	15
차?	10
빨간 차?	1

루이스는 이 계산의 놀라운 결과에 양심에 찔리는 책임을 느꼈다. 그는 오후의 기울어가는 햇살이 비치고 있는 창가에 서서, 두 대의 빨간 차가 연달아 지나가는 것을 보았다. 노스옥스퍼드에 실제로는 어느 정도의 사람들이 살고 있을까? 그는 정말 상위 15퍼센트 안에 들어갈 수 있을까? 아니야, 25퍼센트라면 몰라도.

"우리는 그 숫자들을 확인할 수 있을 거라고 생각합니다." 루이스는 그의 의심을 표현하는 것에 거북함을 느꼈다. "하여튼 숫자를 그런 식으로 다루는 건, 글쎄요, 더……."

그는 데이터를 처리하는 데 일종의 통계상의 법칙이 필요하다는 것, 카테고리를 정리하여 논리적인 순서로 바꾸어야 한다는 것을 어렴풋이 떠올렸지만, 확실하게 기억이 되살아나지는 않았다. 그러나 그것은 열에 들뜬 두뇌를 즐겁게 해주는 복잡한 게임 같은 간단한 문제가 아니었다. 모스는 하루 이틀이면 일어날 것이다. 그를 보살피며 가능한 한 즐겁게 해주는 것이 좋다. 그러나 모스의 방법에는 좋은 점이 전혀 없는 것일까? 그렇게 터무니없는 것일까? 그는 다시 숫자를 쓴 종이를 들여다보았다. 또 빨간 차가 한 대 지나갔다. 아홉 개의 '가정(假定)'이 있었다. 그는 심각한 얼굴로 창 밖을 응시하며 기계적으로 열 대의 자동차를 헤아렸다. 빨간 차는 한 대뿐이었다! 노스옥스퍼드가 물론 가장 큰 도박이었다. 하지만 범인은 어쨌든 어딘가에 살고 있을 것이 아닌가. 경감은 루이스가 생각하는 것만큼은 바보가 아닐지도 모른다. 그는 다시 한번 종이를 보았다……. 또 하나의 커다란 문제는 편지다. 만약 범인이 그것을 썼다고 가정한다면?

"어떤가, 루이스. 자네 생각은?"

"해볼 만한 가치가 있다고 생각합니다."

"몇 명이나 필요할까?"

"우선 좀 생각을 할 필요가 있지 않을까요?"

"무슨 애긴가?"

"관청에서 여러 모로 협조해줄 수 있을 거라고 생각합니다. 먼저 현재 주민들의 리스트가 필요합니다."

"음, 맞는 말이야. 무언가를 하기 전에 준비를 하지 않으면 안 되지."

"제 생각도 바로 그겁니다."

"그래서?"

"내일 아침, 경감님의 컨디션이 좋으면 금방 시작할 수 있을 겁니다."

"자네가 그럴 마음만 있다면 지금 당장 시작할 수 있지 않을까?"

"예, 그렇다고 생각합니다."

루이스는 오랫동안 무던하게 참으며 살아온 아내에게 전화를 건 뒤, 2시간 동안 모스와 협의를 했다. 그가 돌아간 뒤, 모스는 침대 옆의 전화기로 손을 뻗었다. 다행히 경정은 아직 경찰서에 있었다. 30분 뒤에도 모스는 여전히 애기를 계속하고 있었다. 그리고 전화 요금을 수신자 부담으로 하는 것을 깜박 잊어버린 자신을 저주했다.

13

10월 9일 토요일

10월 9일 토요일 아침, 버나드 클로저는 거실 책상에 앉아 밀턴을 읽고 있었다. 그러나, 평소의 가슴 설레는 즐거움은 없었다. 그는 이번 학기에 《실락원》을 강의하고 있었다. 이 작품은 이미 완전히 머리 속에 들어 있지만, 그래도 그는 약간의 예비 조사를 할 필요를 느꼈다. 마거릿은 버스를 타고 서머타운으로 쇼핑하러 갔고, 그는 점심때 그녀를 데리러 가기 위해 밖에 차를 내놓고 있었다. 아이들은 외출하고 없었다. 어디에 갔는지는 모른다.

그는 현관벨 소리에 약간 놀랐다. 좀처럼 방문객이 없기 때문이었다. 아마 정육점에서 사람을 보낸 것이리라. 그는 문을 열었다.

"아, 피터! 이거 뜻밖이군! 어서 들어오게."

피터 뉴러브와 버나드는 몇 년 전부터 친구 사이였다. 그들은 같은 해에 론스데일 칼리지에 부임해 왔고, 그때부터 따뜻하고 진실한 우정으로 맺어져 있었다.

"그래, 무슨 바람이 불었지? 노스옥스퍼드에서 자네를 만나는 건 드문 일인데. 토요일 오전에는 골프라도 하고 있을 줄 알았지."

"오늘 아침엔 할 기분이 영 나지 않더군. 코스를 돌기에는 좀 추워서 말이야."

지난 이틀 동안 기온이 쑥 내려가서, 갑자기 가을이 깊어진 것 같았다. 이 날은 흐리고 선뜩한 느낌이었다. 피터는 의자에 앉았다.

"토요일 아침에도 공부인가, 버나드?"

"다음 주 강의를 준비하고 있을 뿐이야."

피터는 책상 위를 보았다.

"아, 《실락원》 제1부? 감회가 새롭군. 시험 때문에 공부한 적이 있거든."

"그 뒤에도 읽었을 텐데."

"'그는 낙하했다, 아침부터 점심까지, 점심부터 이슬내리는 저녁까지, 여름의 하루를' 어떤가?"

"훌륭해." 창 밖에 시선을 주던 버나드는, 좁은 잔디밭에 아직 서리가 녹지 않고 하얗게 있는 것을 보았다.

"다 잘돼 가나, 버나드?"

글로스터셔 출신의 남자가 갑자기 자상하게 물었다.

"물론, 잘돼 가지. 그런데 그런 걸 왜 묻지?"

피터에게는 모든 것이 잘돼 가지 않는 것이 분명했다.

"별다른 뜻은 없어. 그냥 지난 수요일 밤, 자네가 어쩐지 불안정해 보여서. 만찬 뒤에 깜짝 놀란 산토끼처럼 달아나버렸잖아."

"마거릿이 늦게 돌아온다는 걸 잊고 있다가, 아이들이 밖에서 기다리고 있을 게 생각이 났지."

"그랬군."

"그렇게 눈에 띄었나?"

"아니, 그 정도는 아니고, 난 자네를 주의 깊게 보고 있었으니까. 함께 술을 마실 때도 평소의 자네와는 달라보여서, 어디 몸이라도 아픈가 하고 생각했지." 버나드는 아무 말도 없었다. "자네도 마거릿도 아무 일 없는 거지?"

"그럼, 잘 지내고 있어. 아참, 그러고 보니 12시에 아내를 데리러 가야 하는데, 지금 몇 신가?"

"11시 반." 피터가 일어서려고 했다.

"아니, 가지 말게! 아직 한 잔 할 시간은 있어. 뭘로 할 텐가?"

"마시려고?"

"물론이지. 위스키?"

"좋지."

버나드는 잔을 가지러 부엌으로 들어갔다. 피터는 창가에 서서 좁은 도로를 바라보았다. 흰색과 옅은 하늘색 차체 지붕에 라이트를 켜고(점멸하지는 않았다), 옆에 굵은 글씨로 '폴리스'라고 적힌 차가 길 건너편 왼쪽으로 2, 3집을 더 간 곳에 서 있었다. 피터가 왔을 때는 그곳에 없었다. 그가 보고 있으니, 검정과 흰색 체크무늬 밴드를 두른, 챙이 있는 납작한 모자를 쓴 순경이 한 집의 문에서 나왔다. 중년 여자가 함께 따라 나와, 둘이서 여기저기 손가락질하면서 쉴 새 없이 얘기하고 있었다. 그녀는 이 집을 가리키고 있는 것일까? 순경은 손에 무슨 목록 같은 것을 들고 있었다. 이름을 보면서 체크하고 있는 것이 분명했다. 앞치마를 두르고 있는 여자는, 추위를 가리기 위해 가슴을 안 듯이 하며 뭔가 말하고 있었다.

버나드가 쟁반에 얹은 잔을 짤그랑거리며 들어왔다.

"자, 한 잔 하세!"

"이 근처에 범죄자가 있는 모양이야, 버나드."

"뭐라고?" 버나드가 번쩍 고개를 들었다.

"늘 저렇게 경관이 어슬렁거리고 다니나?"

피터가 그렇게 말했을 때 현관벨이 두 번 울렸다. 금속성의 거친 소리였다. 버나드가 문을 열자 눈앞에 젊은 순경이 서 있었다.

"무슨 일이오?"

"잠깐 실례하겠습니다. 1분이면 됩니다. 이게 선생님의 자동차입니까?" 그는 밖에 있는 빨간 1100을 가리켰다.

"그렇소."

"뭘 좀 조사하고 있을 뿐입니다. 최근에 도난차가 많아서요." 그는 수첩에 뭔가 적어넣었다. "등록 번호를 기억하고 계십니까?"

버나드는 기계적으로 번호를 말했다.

"그럼 댁의 차가 틀림없군요. 주행 기록표, 지금 가지고 계십니까?"

"그게 필요하오?"

"중요한 일이라서요. 가능하면 완전한 조사를 해야 합니다."

열린 방문을 통해 그들의 대화가 피터의 귀에도 들려왔다. 그는 묘하게 가슴이 두근거리는 걸 느꼈다. 버나드가 들어와서 책상 서랍을 여기저기 뒤졌다.

"마거릿이 어디에…… 경찰이 도난 차량을 조사하고 있어, 피터. 곧 끝날 거야." 그의 얼굴은 창백했고, 주행 기록표는 나오지 않았다. 그는 경관에게 소리쳤다.

"미안하지만, 잠깐 이쪽으로 와주겠소?"

"감사합니다. 기록표가 없어도 괜찮습니다. 선생님한테 들으면 알 수 있으니까요."

"뭘 알고 싶소?"

"이름을."

"버나드 마이클 클로저."

"나이는?"

"마흔 하나."

"부인이 있습니까?"

"있소."

"아이는?"

"둘."

"직업은?"

"대학강사."

"됐습니다." 그는 수첩을 닫았다. "아, 또 한 가지. 최근에 차문을 잠그지 않고 두신 적은 없습니까? 위험하니까요. 지금은 잠가 두셨는지요？"

"잠그지 않은 것 같은데."

"맞습니다. 잠겨 있지 않더군요. 뵙기 전에 문을 전부 확인해 보았지요. 그건 바로 차도둑을 불러들이는 것과 마찬가집니다."

"맞는 말이오. 조심하리다."

"차를 자주 사용하십니까？"

"그렇지도 않소. 옥스퍼드에서나 좀 달릴 뿐이오. 별로 사용하지 않아요."

"예를 들어, 술을 마시러 갈 때 타지 않나요？"

피터는 이제 알 것 같다고 생각했다. 버나드가 음주 운전을 했던 게 아닐까？

"아니, 그런 일은 거의 없소." 버나드가 대답했다. "난 대개〈플레처〉에서 마시는데, 그리 멀지 않아서 늘 걸어다니니까."

"옥스퍼드 이외에서 마실 때는 차를 사용하시죠？"

"사용할 때가 있소." 버나드는 하는 수 없이 천천히 말했다.

"운전할 때는 많이 마시지 않도록 하십시오. 물론 잘 알고 계시겠지만." 순경은 재빨리 방안을 둘러본 뒤, 두 개의 위스키용 컵을 차갑게 바라보았다. 그러나 그는 현관문에 도착할 때까지 아무 말도 하지 않았다. "이 도로에 누가 또 빨간 차를 가진 사람이 없습니까？ 좀더 조사해 봐야 하거든요."

버나드는 생각해 보았지만 그는 마음을 집중할 수가 없었다. 빨간 차를 가진 사람은 생각이 나지 않았다. 그는 눈을 감고 왼손으로 이마를 짚었다. 학기 중에는 매일 도로 외곽까지 가는 것이 보통이었다. 빨간 차？ 빨간 차？ 그것을 가지고 있는 사람은 자기뿐이다. 그건 틀림없다고 그는 생각했다.

"뭐, 됐습니다. 한두 집만 더 돌고…… 정말 감사합니다."

순경은 나갔다. 그러나 그가 더 이상 이웃집을 수소문하고 다닐 마음이 없다는 것을 피터는 알았다. 그는 곧장 경찰차로 걸어가서(차문은 잠겨 있지 않았다) 이내 속도를 올려 달려갔다.

약 10분 뒤, 우드스톡을 향해 차를 달리던 피터 뉴러브는 결혼을 하지 않은 건 잘한 일이라고 생각했다. 한 여자와 30년, 40년, 50년이나 함께 살아야 하다니! 그에게는 참을 수 없는 일이었다. 그는 버나드가 그날 오후 침대에 뛰어들어, 마거릿과 분방한 30분을 보내는 모습이 상상되지가 않았다. 거기에 비해…… 그는 드레스를 벗는 게이를 떠올리며 왼발로 액셀을 힘차게 밟았다.

몹시 흥분한 맥퍼슨 순경은 템스밸리 경찰 본부 안마당을 뛰어갔다. 그곳은 그가 그날 아침, 모스가 두 사람의 건장한 경관의 부축을 받으며 비틀비틀 걸어가는 모습을 본 곳이었다. 굉장한 뉴스야! 맥퍼슨은 대단한 횡재를 한 사람처럼 가슴이 뛰었다. 그는 노스옥스퍼드에서 키들링튼을 향해 차를 달리면서, 전에 없이 의기양양함을 느꼈다. 그가 제복을 입었던 4년 동안은 완전히 평범 그 자체였다. 거물 범죄자는 한 번도 붙잡아본 적이 없었다. 민사 쪽도 형사 쪽도 기억에 남는 사건은 만난 적이 없었다. 하지만 오늘 마침내 행운을 거머쥐고 만 것이다! 밴버리 거리의 로터리에 다가갔을 때, 그는 스위치를 켜고 사이렌을 울리며 파란 불을 점멸시켰다. 운전자들이 경의를 표하며 길을 양보하는 것이 재미있었다. 대단한 사람이 된 것 같은 우쭐한 기분이었다. 당연하지 않은가? 그는 대단한 사람이다, 적어도 오늘만은.

경찰 본부에 들어서자 맥퍼슨은 잠시 생각했다. 루이스에게 보고해야 할까? 아니면 경감에게 직접 보고해야 할까? 생각해보니 후자

쪽이 더 나을 것 같아서, 그는 모스의 방을 향해 복도를 걸어가 문을 노크했다. 안쪽에서 애써 억누른 듯한 "들어와요" 하는 목소리가 들려왔다.

"무슨 일인가?"

맥퍼슨은 정확하고 요령 있게 보고했고, 모스는 신속하고 능률적으로 의무를 다한 그를 칭찬했다. 맥퍼슨은 모스의 칭찬에 크게 만족하지도 않았지만, 모스가 즉시 경관들을 집합시킬 기색이 보이지 않는 것은 더욱 놀라웠다. 그러나 그는 의무를 다했다. 훌륭하게 해낸 것이다.

"이렇게 앉아 있는 걸 용서하게——통풍 때문에 말이야——하지만" 그는 따뜻하게 맥퍼슨의 손을 잡았다. "자네의 활약은 결코 잊지 않겠네."

맥퍼슨이 나간 뒤, 모스는 몇 분 동안 말없이 생각에 잠겨 있었다. 사실, 맥퍼슨이 방에 들어왔을 때도 그러고 있었던 것이다. 맥퍼슨이 안다면 몹시 실망하겠지만, 바로 그가 직접적인 원인이었다. 버나드 클로저가 오전 11시 45분에 전화를 걸어와 진술을 하고 싶다고 말한 것을, 모스는 도저히 말할 수가 없었다.

클로저는 자진 출두하고 싶다, 경찰이 찾아와서는 곤란하다, 적어도 중요한 정보를 자발적으로 제공할 증인으로 다뤄주고, 범죄자처럼 체포하지 않는 배려를 해주기 바란다고 말했다. 모스는 동의했고, 버나드는 오후 2시 30분에 출두하겠다고 약속했다.

모스는 일어설 수 없는 것을 사과했다. 그가 받은 클로저의 첫인상은 놀랄 만큼 좋은 것이었다. 클로저는 신경이 약간 날카로워져 있었다. 그것은 한눈에 알 수 있었다. 그러나 그에게는 이상한 매력과 위엄이 있었다. 일부 아가씨들이 열중하는 중년의 교사 타입이었다.

"경감님——주임 경감님으로 알고 있습니다만——저는 지금까지 경찰서에 와 본 적이 한 번도 없는 사람입니다. 경찰의 관습과 절차에 대해서는 아무 것도 모릅니다. 그래서 미리, 진술하고 싶은 내용을 대충 적어왔습니다."

14

10월 9일 토요일

9월 29일 수요일 저녁, 저는 6시 45분에 사우스다운 도로에 있는 제 집을 나섰습니다. 저는 밴버리 도로 북쪽 끝에 있는 로터리까지 차를 달려, 거기서 왼쪽으로 돈 뒤, 서덜랜드 거리를 400야드(약 366미터)쯤 가서 우드스톡 도로 북쪽 끝의 로터리에 도착했습니다. 그곳에서 A40에서 북쪽의 우드스톡으로 가는 길로 들어섰습니다. 이미 땅거미가 짙어졌기 때문에, 다른 대부분의 운전자들처럼 차폭등을 켰습니다. 그래도 운전하기 어려울 정도로 어슴푸레했지만, 번쩍번쩍 전조등을 켤 정도로 어둡지는 않았습니다.

로터리 조금 앞에 있는 셀프서비스 주유소 옆 잔디밭 가장자리에 두 젊은 아가씨가 서 있는 것을 못 보고 지나칠 정도로 어둡지는 않았습니다. 저는 도로 가까이 서 있는 아가씨를 똑똑히 보았습니다. 긴 머리의 매력적인 아가씨였는데, 하얀 블라우스에 짧은 스커트를 입고, 팔에 코트를 걸치고 있었습니다. 또 한 아가씨는 몇 야드 앞을 걸어가고 있어서 저에게는 등만 보였습니다. 그녀는 히치하이크를 친구에게 완전히 맡기고 있는 것 같았습니다. 머리는 검고, 제 기억이 정확하다면, 친구보다 몇 인치 키가 컸던 것 같습니다.

저는 모든 걸 있는 그대로 얘기해야 한다고 생각합니다. 저는 로맨틱한 백일몽을, 멋지고 아름다운 여자——두뇌와 아름다움을 겸비한 극히 드문 여성을 차에 태운다는, 막연하고 에로틱한 백일몽을 자주 꾸었습니다. 어리석은 공상 속에서 예비적이고 소극적인 사전 연습은 서서히, 그러나 불가피하게 분방한 쾌락으로 진행되어 갔습니다. 하지만 그것은 늘 백일몽에 지나지 않으며, 차를 세운 제 잠재의식 속에 있었을 뿐입니다. 저는 이런 일에 죄의식을 느끼거나 가책을 느낄 필요는 없다고 생각합니다. 그러나 솔직하게 말해, 저는 늘 그런 느낌을 가지고 있었고, 지금도 그렇습니다.

하지만 이것은 여담일 뿐입니다. 저는 상체를 뻗어 인도 쪽의 앞 유리를 열고, 우드스톡까지 가는데 타겠느냐고 말했습니다. 금발의 아가씨는 "어머, 마침 잘 됐네요." 뭐 그런 말을 했던 것 같습니다. 그녀는 동행에게 "거봐, 내 말이 맞지?" 하고 말한 뒤, 앞자리의 제 옆에 앉았습니다. 또 한 아가씨는 뒷문을 열고 탔습니다. 그 뒤의 대화는 두서없고 하찮은 것들이었습니다. 제 옆의 아가씨는 이따금 "정말 행운이에요" 하고 되풀이했습니다(전형적인 옥스퍼드식 말투였습니다). 뒤에 앉은 아가씨는 딱 한번 입을 열었던 것 같습니다. 그것은 시간을 묻기 위해서였습니다. 저는 블레넘 궁전 문 앞을 지나가면서, 제 목적지는 이 근처라고 말했습니다. 그녀들도 그곳이면 될 거라고 생각했기 때문입니다. 저는 중심가로 들어가자 이내 그녀들을 내려주었는데, 어디로 갔는지는 모릅니다. 제가 그녀들은 남자 친구를 만나러 가는 거라고 믿은 것은 자연스러운 일이라고 생각합니다.

말씀드릴 것은 이것뿐입니다. 이상은 진실의 기록입니다. 지금 생각하면, 제가 태워준 아가씨들 중의 한 사람이 그날 밤 살해되었던 것입니다.

지금까지 쓴 글을 지금 다시 읽어보며, 여러분들의 수사에 별로 도움이 되지 않을 것 같다는 느낌을 받았습니다. 동시에 또, 제 진술이 두 가지 의문을 부를 거라는 것을 의식합니다. 첫 번째는 제가 9월 29일 밤에 우드스톡에는 왜 갔는가 하는 것, 두 번째는 왜 좀 더 빨리 증언하지 않았나 하는 것입니다. 두 가지 의문은 실제로는 하나이며, 거기에 대답할 수 있다면 저는 커다란 짐을 내려놓은 기분일 것입니다. 그리고, 제가 한 얘기가 경찰에 의해 비밀 사항으로 다뤄지기를 희망합니다. 왜냐하면, 만약 그것이 알려질 경우 전혀 상관이 없는 타인들이 상상도 할 수 없는 큰 상처를 받기 때문입니다.

6개월쯤 전부터 저는 다른 여자와 관계를 가져왔습니다. 우리는 1주일에 한 번, 제 아내와 아이들이 거의 집을 비우기 때문에, 귀찮은 의심을 받을 염려가 없는 수요일 밤에 만났습니다. 29일 수요일, 저는 오후 7시 15분에 블레넘 궁전 옆문 옆으로 그 여자를 만나기 위해 갔습니다. 〈베어 호텔〉 밖에 차를 세워두고 그곳까지 걸어갔습니다. 그녀는 기다리고 있었습니다. 우리는 블레넘 공원에 들어가, 호수를 지나 숲길을 걸었습니다. 아름답고 멋진 곳입니다. 옥스퍼드에서 우드스톡으로 식사를 하러 오는 사람들이 많아서, 이렇게 두 사람이 함께 걷는 것은 위험한 일이었습니다. 그러나, 우리는 항상 조심하고 있었고, 또 그런 위험 요소가 흥분의 일부분이었던 것도 사실입니다.

더 이상은 말할 것이 없습니다. 저는 살인사건 기사를 읽고, 그 뒤 모스 경감님의 텔레비전 방송을 보았습니다. 제가 그때 곧 전화를 하려고 했음을 알아주셨으면 합니다. 사실 저는 그날 밤, 곧 전화를 해야겠다고 결심하고 사우스다운 도로의 전화부스 밖에서 몇 분 동안 기다렸습니다. 그러나 이것은 변명에 지나지 않을 것입니다. 여러분도 아시다시피, 저는 지금 이 단계에서도 자진하여 얘기한 것이 아니라는 것을 인정합니다. 오늘 아침 경찰관이 집에 찾아왔을 때, 저는 자신이 의심받고 있다는 것을 알고, 곧 이 진술서를 제출하는 것밖에 길이 없다고 생각했습니다. 저는 경관한테서 들은 도난차에 대한 얘기를 아내에게 하고 경찰서에 가겠다고 말했습니다. 아내에게 상처를 주지 않을 수만 있다면 저는 무슨 짓이라도 할 생각입니다(이미 그녀를 상처주고 만 건지도 모르지만). 제 진술 중에서, 경찰의 수사와 직접 관련이 없는 부분에 대해서는 비밀로 해주시면 고맙겠습니다. 여러분께 수고를 끼치고 불필요한 일까지 하게 한 것에 대해 제가 진심으로 유감으로 생각하고 있다는 것은, 이상의 진술에서 명백해졌을 거라고 믿습니다. 만약 그렇지 않다면, 지금 다시 한번 저의 이기적이고 비겁한 행동에 대해 깊이 사죄합니다.

비겁한 인간
버나드 마이클 클로저

모스는 진술서를 천천히 읽었다. 다 읽은 뒤 테이블 너머로 클로저를 바라본 다음, 다시 진술서로 눈을 돌려, 이번에는 전보다 주의를 집중하여 한번 더 읽었다. 그것이 끝나자 검은 가죽의자에 등을 기대고, 부상당한 오른쪽 다리를 조심스럽게 올려 왼쪽 무릎 위에 얹은 뒤, 달래듯이 어루만졌다.

"발을 다쳐서요, 클로저 씨."

"그러십니까? 안되셨군요. 제 의사 친구들의 말에 의하면, 발과 손을 다치는 것이 가장 나쁘다고 하더군요. 말초신경이 집중되어 있는 것과 관계가 있는 것 같습니다만."

그의 목소리와 태도는 좋은 느낌을 주었다. 모스는 정면으로 그의 눈을 쳐다보았다. 몇 초 동안 어느 쪽도 시선을 돌리지 않았다. 모스는 근본은 정직한 남자라고 생각했다. 그러나, 실망과 낙담의 한심한 기분을 숨길 수가 없었다. 맥퍼슨 순경과 마찬가지로 그도 별이라도 딴 것 같은 기분이었지만, 수사의 종결은커녕 전망이 더욱 어두워지고 만 것이다.

"그래요?" 그는 대화를 계속했다. "저는 오늘 밤에는 블레넘 공원을 산책할 수가 없어요."

"저도 그렇습니다." 버나드가 말했다.

"남몰래 그런 짓을 한다는 건 로맨틱한 것 같군요."

"그런 식으로 말씀하시니 굉장히 나쁜 일처럼 들리는군요."

"그렇지 않습니까?"

"그럴지도 모르죠."

"지금도 그 여자를 만나고 있습니까?"

"아닙니다. 제 바람의 날들은 이제 끝났다고 생각하고 있습니다."

"그날 밤 이후에도 만났나요?"

"아니요, 모든 관계를 끊었습니다. 그 편이 좋을 것 같아서."

"그 여자는 당신이 두 아가씨를 차에 태워준 것을 알고 있습니까?"

"예."

"그녀는 슬퍼하고 있나요, 두 사람 사이가 끝난 것을?"

"조금은 그렇겠지요."

"당신은 어떤가요?"

"사실을 말하면, 정말 안도하는 기분이었습니다. 저는 카사노바 스타일도 아니고, 거짓말을 해야 한다는 것이 싫었습니다."

"이해하실 거라고 생각하지만, 우리로서는 그 젊은 여자분에게—

—아, 참고로, 젊은 분인가요?"

버나드는 처음으로 주저했다.

"상당히 젊은 여자입니다."

"만약 그 젊은 여자분이 자신을 밝히고 나선다면, 당신의 증언을 뒷받침해줄 수 있을까요?"

"물론입니다."

"하지만 당신은 그것을 원하지 않죠?"

"그녀를 끌어들일 바에는 차라리 제가 의심받는 편이 낫습니다."

"그 분의 이름을 말씀해주실 수 없을까요? 제가 직접 처리할 것을 약속하겠습니다."

버나드는 고개를 옆으로 저었다.

"유감이지만, 그건 안 됩니다."

"이쪽에서 조사할 수도 있습니다."

"그걸 말릴 수는 없겠지요."

"그렇습니다." 모스는 주의 깊게 오른발을 움직여, 책상 밑 적당한 곳에 두었던 쿠션 위에 다시 올려놓았다. "당신은 중요한 증거를 은닉하고 있는 것이 될 수도 있습니다, 클로저 씨." 버나드는 말이 없었다. "그 여자분은 결혼했나요?"

"그녀에 대한 얘기는 하고 싶지 않습니다."

그가 조용히 말했다. 모스는 그의 굳은 결의를 느꼈다.

"제가 그 사람을 찾아낼 수 있다고 생각하지 않습니까?"

그의 발에 통증이 달리고 지나갔다. 그는 다시 발을 들었다. 우스꽝스럽다고 그는 생각했다. 이 남자가 공원에서 여자와 함께 놀았다고 해서, 그게 나하고 무슨 관계가 있단 말인가? 버나드는 질문에 대답하지 않았다. 모스는 각도를 바꿨다.

"또 한 아가씨, 뒷좌석에 앉았던 아가씨도 우리에게 정보를 줄 수 있겠지요?" 클로저는 고개를 끄덕였다. "그 아가씨가 아무 말도 하지 않고 있는 이유는 뭐라고 생각하십니까?"

"모르겠군요."

"뭐든 이유를 생각할 수 없을까요?"

버나드는 생각할 수 있었다. 그것은 명백했다. 그러나, 그는 그것을 입 밖에 내지 않았다.

"그럴 수 있다고 생각합니다, 클로저 씨. 당신이 얘기하기를 주저한 것과 똑같은 이유일지도 모르니까요." 버나드는 다시 고개를 끄덕였다. "그 아가씨는 아마 실비아 케이의 남자 친구가 누구인지, 그녀가 어디서 그를 만나기로 했는지, 두 사람은 무엇을 할 생각이었는지, 여러 가지를 우리에게 얘기해줄 수 있을지도 모릅니다. 그렇게 생각하지 않습니까?"

"저는 그 두 아가씨들이 서로 잘 아는 사이라고는 생각하지 않았습니다."

"어째서 그렇게 말할 수 있죠?" 모스는 날카롭게 물었다.

"그녀들은 별로 얘기를 나누지 않았습니다. 젊은 아가씨들은 얘기를 많이 하지요, 팝 음악이나 춤, 디스코, 남자 친구. 그런데 그녀들은 별로 말을 하지 않았습니다. 이유는 그것뿐입니다."

"그녀의 이름을 듣지 못했습니까?"

"못 들었습니다."

"실비아가 그녀의 이름을 말하지 않았는지 생각해보려고 노력해보았나요?"

"생각나는 것은 모두 얘기하려고 노력했습니다. 더 이상은 아무것도 없습니다."

"베티, 캐롤, 다이애너, 이블린, 아닌가요?"

버나드는 표정이 없었다.

"게이, 헤저, 아이리스, 제니퍼……." 모스는 버나드의 눈에서 어떤 희미한 반응도 볼 수 없었다. "그녀는 다리가 아름답던가요?"

"다른 한 아가씨만큼은 아니었다고 생각합니다."

"그 아가씨의 다리를 보았습니까?"

"당연하지 않습니까? 바로 제 옆자리에 앉아 있었습니다."

"에로틱한 공상을 하셨나요?"

"예." 클로저는 폭발할 듯한 기세로 솔직하게 말했다.

"그건 범죄가 성립되지 않아서 다행이군요." 모스는 한숨을 쉬며 말했다. "만약 그랬다면, 우리는 모두 교도소에 들어갔을 겁니다." 그는 클로저의 걱정스러운 얼굴에 아주 잠깐, 희미한 미소가 번지는 것을 보았다. 그에게 매력을 느끼는 여자도 있을 거라고 모스는 생각했다. "그날 밤, 집에 돌아간 것은 몇 시였나요?"

"8시 45분쯤이었습니다."

"평소에도 그 시간이었나요? 그러니까 부인과 아이들과의 관계에서."

"예."

"1주일에 한 시간인가요?"

"대개 그렇습니다."

"그럴 만한 가치가 있었습니까?"

"있었다고 생각합니다, 그때는."

"그날 밤, 블랙 프린스에는 가지 않았습니까?"

"블랙 프린스에는 한 번도 간 적이 없습니다."

그것은 한 점의 의혹도 없는 것처럼 들렸다. 다시 진술서로 시선을 돌린 모스는, 아름다운 필적임을 알아보았다. 타이핑하는 것이 아까울 정도였다. 그는 다시 30분 동안 질문을 계속한 뒤, 오후 4시가 지나 끝냈다.

"당신의 차를 잠시 맡아둬야겠는데요."

"그래요?" 클로저는 실망한 듯이 말했다.

"뭔가가 나올지도 모릅니다. 머리카락 같은 것 말입니다. 최근에는 감식 기술도 많이 진보했으니까요."

그는 의자에서 일어나 클로저에게 목발을 집어달라고 부탁했다.

"한 가지는 약속하겠습니다." 모스가 말했다. "부인에게는 알리지 않도록 하겠습니다. 당신이 부인한테 적당히 얘기하는 게 좋겠지요. 그런 건 잘 알고 계시겠지요?"

모스는 목발을 짚으면서 클로저를 따라 방에서 나갔다. 그리고 접수부의 경사에게 차를 준비하라고 지시했다. "차 열쇠를 두고 가시죠." 모스가 말했다. "차는 다음 주에 되도록 빨리 돌려드리겠습니다." 두 사람은 악수를 나눴다. 겨우 2, 3분 기다리는 사이에 경찰차가 와서, 그는 그리로 안내되었다. 모스는 그가 사라지는 모습을 복잡한 심정으로 지켜보았다. 잘 처리했다고 그는 느꼈다. 지금은 말보다는 생각을 할 필요가 있었다. 하지만, 동행한 아가씨의 다리에 대한 얘기는 좀 이상했다. 저면 부인은 그녀는 바지를 입고 있었다고 말했는데…….

그는 부하를 불러 클로저의 차까지 부축하게 했다. 문은 열려 있었다. 그는 어렵게 왼쪽 앞좌석에 들어간 뒤, 뒤로 몸을 젖히고, 가능한 한 조심스럽게 발을 움직이며 다리를 한껏 앞으로 뻗었다. 그는 눈을 감고, 짧은 스커트에서 나와 있는, 햇볕에 그을리고 모양 좋은 실비아 케이의 긴 다리를 마음속에 그려보았다. 그녀도 뒤로 몸을 기대고 있었을지도 모른다고 생각했다. "정욕!" 그는 자기도 모르게 혼잣말을 했다.

"뭐라고요?" 차에 타는 것을 도와준 경사가 말했다.

기묘한 우연의 일치이지만(과연 그럴까?), 월튼 스트리트의 영화관에는 아무리 쇠잔한 욕망이라도 부추길 수 있도록 계산하여 제목을 붙인 2편 동시 상영의 포르노 영화 포스터가 걸려 있었다. 오후 2시부터 3시 5분까지 하는 첫 번째 영화는 〈블루 덴마크〉(스틸 사진 밖까지 넘쳐 나와 있는, 터질 것 같은 여자의 육체에서 판단하건대, 블루치즈에 대한 기록 영화가 아님을 알 수 있다). 그리고 3시 20분부터 5시까지가 이번 주의 인기물 〈정욕〉이었다.

오후 5시, 그때까지 보던 관객들이 밖으로 빠져나가고, 한 무리의 남자들이 로비에서 입장을 기다리고 있었다. 그 중 한 사람은, 보통 같으면 방금 나온 관객들 속에 들어 있었을 터였다. 그것이 그의 매주의 습관이었다. 그러나 오늘은 초클리 앤드 선스 상회의 일이 있어서, 내열 플라스틱 작업장에서 2시간이나 초과 근무를 한 것이었다. 이번 주에는 느긋하게 눌러붙어서 영화를 두 번 볼 수는 없을 것이다. 그러나 영화는 그의 과대한 기대를 채워주는 일이 좀처럼 없었고, 근일 상영 예고편의 과장된 약속을 지키는 일도 거의 없었다. 그는 주위를 둘러보는 짓은 거의 하지 않았지만, 10월 9일 토요일 오후에는 우연히 동료 호색한들에게 향했던 눈길을 당황해하면서 거두었다. 그한테서 4피트(약 122센티미터)도 떨어지지 않은 곳에, 다음 영화 시간을 살펴보는 척하면서, 주의 깊게 사람 눈을 피해 서 있는 사람은, 실비아 케이 살인사건을 담당하는 모스 경감의 부하인 부장 형사였던 것이다. 루이스는 이것을 모스의 명령을 수행하는 데 대한 일종의 부수입쯤으로 여겼다. 그리고 만약 사고가 일어나지 않았더라면, 모스 자신이 오지 않았을까 하고 생각했다.

15

10월 11일 월요일

주말은 지나가고 나뭇잎은 계속 떨어졌다. 모스는 몸이 많이 회복되어 있었다. 지금은 오른쪽 다리에 제법 체중을 실을 수 있게 되었다. 월요일 아침, 목발을 2개의 스틱으로 바꿔도 괜찮을 거라고 생각한 그는, 맥퍼슨에게 차를 운전하게 하여 래드클리프 병원 외래(사고) 병동으로 갔다.

모스는 차 속에서 맥퍼슨에게 상세하게 질문했다. 클로저에 대해 어떤 인상을 받았는가? 클로저의 반응은 어땠는가? 그의 집에서 만났을 때는 어땠는가? 맥퍼슨이 찾아갔을 때 그는 무엇을 하고 있었는가? 모스는 젊은 경관이 놀랄 만큼 머리가 좋고 관찰력이 예리하다는 것을 알고, 거기에 대해 말해주었다. 그리고 모스는 그의 관심을 끌고 호기심을 불러일으키는 많은 사실들을 알았다.

"그가 무엇을 읽고 있는지 봤나?"

"아닙니다. 하지만 문학책이었던 것 같습니다. 즉, 시였습니다."

"글을 쓰는 책상이 있었다고 했지?"

"예. 즉, 책과 종이가 가득 놓여 있었습니다."

모스는 마음속으로 지금까지의, 그리고 지금부터도 들을 것이 틀림없는, 맥퍼슨의 '즉'은 문제 삼지 않기로 마음먹었다.

"타이프라이터는 있던가?" 그는 지나가는 말처럼 물었다.

"예. 즉, 휴대용이었습니다."

모스는 더 이상 질문하지 않았다. 부상자가 너무 많이 찾아오는 것을 막으려고 일부러 그렇게 했는가 하는 생각이 들 만큼 좁은 안마당을 지나, 경찰차는 수위한테서도 교통 정리원한테서도 주의를 끌지 못한 채, '구급차 전용'이라고 적혀 있는 넓은 장소에 차를 넣었다.

경관의 차는 때로는 관대한 대접을 받는다. 모스는 목발을 스틱으로 바꾸는 정도야 간단할 것으로 예상하고 있었다. 하지만, 그렇지가 않았다. 부상을 입은 형제들의 세계에는 평등주의라는 철칙이 있는 듯, 모스는 마땅한 절차가 끝날 때까지, 마땅한 장소에서, 마땅한 시간을 기다리지 않을 수 없었다. 그는 다른 사람들과 같은 벤치에 앉아, 같은 낡은 〈펀치〉의 페이지를 뒤적이며, 마찬가지로 초조해하고 있었다. 지난번의 그 중국인 의사의 목소리가 들려왔다. 의사는 어린 사내아이가 좀처럼 가만히 있지 않아서 냉정함을 잃고 있는 것 같았다.

"애야, 낫고 싶다, 가만히 있는다."

모스는 우울한 얼굴로 바닥을 응시하고 있다가, 눈앞에 간호사들의 다리가 왔다 갔다 하는 것을 알았다. 피를 들끓게 할 정도의 것은 아니었다. 하지만 한 사람만은 정말 괜찮았다! 모스는 그 예쁜 다리를 가진 아가씨의 다른 부분도 보고 싶었지만, 그 아가씨는 빠른 걸음으로 지나가고 말았다. 굵은 다리, 그저 그렇다. 가느다란 다리, 그저 그렇다. 그리고 그 다리가 다시 지나가더니, 이번에는 기적적으로 그 앞에 멈춰 섰다.

"무척 오래 기다리고 계시는군요, 모스 경감님?"

경감은 깜짝 놀랐다. 그는 천천히 고개를 들어, 제니퍼 콜비의 룸메이트의, 예쁜 눈을 가진 쓸쓸하고 유혹적인 얼굴을 정면으로 빤히 쳐다보았다.

"날 기억하고 있소?" 모스가 말했다.

앞에 서 있는 아가씨는 약간 이상한 인사라고 생각했다.

"절 기억하세요?" 그녀가 물었다.

"어떻게 잊을 수가 있겠소?" 경감은 간신히 침착을 되찾았다. 정말 아름다운 아가씨다! "여기서 근무하고 있소?"

"실례지만 경감님, 평소에는 좀 더 재치 있는 질문을 하시지 않나요?"

그녀는 제복이 잘 어울렸다. 모스는 간호사 제복을 입은 아가씨는, 어떤 패션 가게의 드레스로 멋을 부린 여자보다 아름답다고 늘 생각하고 있었다.

"아, 정말 바보 같은 질문이군."

그는 스스로 인정했고, 그녀는 미소지었다——즐거운 듯이.

"좀 앉지 않겠소?" 모스가 말했다. "당신하고 잠시 얘기를 하고 싶군요. 지난번에는 별로 얘기를 나누지 못했죠?"

"유감이지만 경감님, 그러고 있을 수가 없어요. 근무 중이라서요."

"아, 그래요?" 그는 실망했다.

"그럼……."

"잠깐만 기다려요. 당신을 한번 천천히 만나고 싶었소. 근무가 끝난 뒤에 만나줄 수 있겠소?"

"6시까지 근무예요."

"그럼 그 뒤에……."

"6시에 집에 돌아가서 식사를 하고, 그리고 7시에……."

"데이트가 있군요."

"볼일이 있다고 해두죠."

"누군지 몰라도 부러운 남자군." 모스는 중얼거렸다. "내일은?"

"내일은 안돼요."

"수요일은?" 모스는 주의 나머지 날들을 차례로 묻는 것은 공허한 의례에 지나지 않는 게 아닐까 하는 서글픈 생각이 들었다. 하지만 그녀는 그를 놀라게 했다.

"목요일 밤이면 만날 수 있어요, 그래도 괜찮으시다면."

"정말이오?" 모스는 초등학교 학생처럼 열광적으로 말했다. 그들은 오후 7시 30분에 세인트저일스 거리의 〈버드 앤드 베이비〉에서 만나기로 했다. 모스는 짐짓 가볍게 들리도록 애쓰며 말했다. "돌아갈 때는 집까지 바래다 드리겠지만, 데리러 가지는 않는 게 좋을 것 같군. 버스를 탈 수 있겠소?"

"전 어린아이가 아니에요, 경감님."

"그렇군, 그럼."

그녀는 가려고 했다

"아, 잠깐." 모스가 그녀를 불러 세웠다. 그녀가 돌아왔다. "아직 당신 이름을 몰라요, 미스……."

"미스 위도슨이에요. 하지만 수라고 부르셔도 돼요."

"그렇게 부르는 건 특별한 친구뿐인가요?"

"아뇨, 모두들 수라고 불러요."

사건이 일어난 첫 주에 모스는, 어려운 수학 문제가 주어지기는 했지만 참고서를 옆에 감추어 두고 있는 초등학생처럼 자신감을 가지고 있었다. 사건의 발단부터 그는 큰 줄기를 파악했다고 생각했다. 수집된 증거로 인해 다소 헤매는 일은 있겠지만, 그는 퍼즐의 패턴을 알고 있었다. 그래서 그는 증거를 증거로 보지 않고, 다만 자신의 선입관에 의한 사건의 재현 자료로만 생각했다. 하지만 문제에 대해 참고서에 적혀 있는 해답과 조금이라도 비슷한 답을 산출해낼 수가 없어서, 그는 지금 참고서가 잘못되어 있는 게 아닌가 하고 진심으로 생각하기 시작했다. 이따금 큰 경마 레이스 전날 밤, 그는 출장마와 기수의 리스트를 훑어본 뒤, 눈을 감고 이튿날 조간 스포츠란의 표제를 머리 속에 그리곤 한다. 여기에도 그는 거의 성공하지 못했다. 그래도 그는 논리적으로는 맞는 것으로 생각하고 있었다. 모스는 스스로 참을성이 강한 사람이라고 생각하고 있었다. 하기는, 그는 그 참을성이 루이스(지금 테이블 맞은쪽에 앉아 있다)에게는 고집으로 보이고, 상관에게는 괴팍한 성격으로 해석될 가능성이 있다는 것도 잘 알고 있었다.

실제로는 루이스는 그때, 상관의 고집 같은 건 전혀 생각하고 있지 않았다. 그는 방금 받은 명령을 혐오하면서 생각에 잠겨 있었다.

"그런 방식이 옳다고 생각하십니까?"

"옳은지 어떤지 모르네."

"법률상 허용되지 않는 일 아닌가요?"

"아마 그렇겠지."

"그런데도 저더러 하라는 겁니까?" 모스는 그것을 그의 혼잣말로 여기고 무시했다. "언젭니까?"

"우선 그가 집에 없는 것을 확인해야 해."

"어떻게……."

모스가 그를 가로막았다.

"무슨 소릴 하나, 어린아이도 아니고, 머리를 써!"

루이스는 화를 내며 식당에 가서 커피를 주문했다.

"왜 그러십니까? 부장님?" 딕슨 순경이 식사를 하고 있었다.

"별것 아니야. 그 모스란 작자지." 루이스가 중얼거리면서 컵을 난폭하게 놓았기 때문에 커피가 반쯤 받침접시에 넘쳤다.

"반반의 커피를 좋아하시는군요." 딕슨이 말했다. "반은 컵, 반은 받침접시." 그는 재미있어하고 있었다.

맥퍼슨이 들어와서 커피를 주문했다.

"살인사건은 아직 해결되지 않았습니까, 부장님?"

"해결이 뭔가!" 루이스가 말했다. 그리고 일어서서 이름뿐인 커피——반은 컵, 반은 접시——를 한 모금도 마시지 않은 채 나가버렸다.

"왜 저렇게 화가 났지?" 맥퍼슨이 물었다. "그는 자신의 행운을 모르고 있어. 훌륭한 사람이야, 모스 경감은. 그가 우드스톡 사건을 해결하지 못한다면, 아무도 할 수 없을 걸."

그것은 썩 괜찮은 찬사로, 모스가 들었으면 기분이 과히 나쁘지 않았을 것이다. 루이스가 가버린 뒤 그는 오랫동안, 얼굴 앞에 두 손을 깍지 끼고, 눈을 감고 앉아 있었다. 마치 자애로운 신에게 어두운 길을 비출 수 있는 빛을 달라고 기도하고 있는 것 같았다. 그러나 모스는 오래 전부터, 본의는 아니었지만, 초자연적인 힘의 존재를 믿지 않고 있었다. 그는 마음속으로 낚싯줄을 드리우고, 인내심 강하게 기다리고 있었다.

오후 4시 30분에 입질이 왔다. 그는 다리를 절면서 우드스톡 살인 사건의 파일이 있는 곳으로 다가갔다. 단서는 둘 다 거기에 있었다. 그는 파일을 꺼내 다시 읽었다. 이번으로 열 번째일 거라고 그는 생각했다. 그의 생각이 옳을 것이 틀림없었다. 당연히 틀림없었다. 하지만 그래도 그는 옳은 것일까 하고 생각했다.

맨 처음 그의 주의를 끈 것은(그것은 작은 피라미지 대어는 아니었다), 거짓 고용자(이것은 거의 확실하다)가 보낸 편지도, 클로저의 진술도, 'I should'라는 형태를 사용하고 있다는 것이었다. 영문법에 밝은 모스는 어느 편인가 하면――생각해 보니 거의 항상―― 'would'의 형태를 사용하고 있었다. 그는 편지를 구술하는 자신의 목소리를 들을 수 있었다. 'Dear Sir, I would be very glad to……' 'I should'라고 해야 하나? 그는 파울러의 《현대영어 관용법》을 집어 들었다. 있었다. '동사 like, prefer, care, be glad, be inclined, etc, 는 제1인칭 조건문에서 극히 일반적으로 사용된다(I should like to know etc). 이들의 경우는 would가 아니라 should가 영어관용법의 올바른 형태이다.' 사람은 죽을 때까지 새로운 것을 배우는 법이라고 모스는 생각했다. 그러나, 이미 다 알고 있는 사람도 있다. 그 남자도 알고 있을 것이다. 영어 선생이니까. 심리학부(철자가 틀려 있었지만)와 뭔가 관계가 있는, 서명을 판독할 수 없는 아무개 씨는 어떨까? (이럴 수가! 그는 아직 심리학부도 조사하지 않고 있었다). G 씨 또한 대학 선생이 아닐까, 모스의 마음속에서 작은 목소리가 말했다. 아주 작은 피라미다. 하지만 흥미롭다.

그는 다시 편지와 진술서를 읽었다. 아니, 잠깐! 그래. 이건 피라미가 아니야. 절대로 그렇지 않아! '그러나(yet), 또는 ~ㄹ지도 모른다(not improbable)' 이 문구는 편지에도 진술서에도 사용되어 있었다. 상투적인 관용구다. 하지만 구의 시작이 '그러나(yet)로 시작되는 건, 그리 흔한 일이 아니다. '또는 ~ㄹ지도 모른다(not improbable)'는 어떨까? 그것은 모스가 학교에서 배운 표현이었다. '세인트폴은 훌륭한 도시 시민이었다'. 그는 다시 한 번 파울러를 뒤져보았다. 생각했던 대로 완서법(緩敍法)이다. 비슷한 표현들이 그의 머릿속을 맴돌았다. '그러나, 그것은 일어날 법한 일이다……' '그렇지만, 그것은 일어날 법한 일이다' '있을 법한……' '그렇지만 ~ㄹ지도 모른다' '아마' '내 생각으로는……' '그렇지만, 내 생각으로는……' 기묘하다. 무척 상투적인 어구다.

또 하나의 우연의 일치가 있었다. '있는 그대로 말한다'는 어구도 편지와 진술서 양쪽에 다 있었다. 그였다면 뭐라고 말했을까? '터놓고 말하지만' '솔직하게 말해' '정직하게 말해' '사실을 말하면'? 생각해 보니, 그 어구는 특별한 의미를 가지고 있지 않았다. 애매한 말이다. 그것은 완전히 기묘한 편지였다. 그것에 대한 그의 처음의 의미 평가는 지나친 생각이고 억지였던 것일까? 하지만 사람들은 그런 것을 이용했다. 전쟁 중에 아내와 남편이 많은 사실들을, 육군 검열자가 눈치채지 않도록 서로에게 알렸다. '아치가 위막성 후두염에 걸린 것 같아서 걱정이다. 곧 다시 편지를 쓰겠다'는, 스미스 일등병이 다음주 토요일에 올더숏에서 카이로로 이동된다는 군사 기밀을 몰래 전한 것인지도 모른다. 너무 공상적일까? 그렇지 않다!

모스는 자신의 생각이 옳다고 믿었다.

저녁 그림자가 그의 책상 위에 떨어졌다. 그는 파일을 원래대로 갖다놓고, 캐비닛을 잠갔다. 조금씩 답이 완성되고 있었다. 그것은 참고서의 답과 같아 보였다.

16

10월 12일 화요일

화요일 오전 11시, 클로저가 마을 중심가로 가는 버스를 탄 지 30분 뒤, '키몬스 타이프라이터 사'라는 글자가 적힌 스테이션 웨건이 사우스다운 도로의 클로저 씨 집 밖에서 멎었다. 가슴 주머니에 '키몬스'라는 글자가 수놓인 잿빛 상의를 입은 남자가 차에서 내려, 하얀 문을 열고 들어가, 너무 웃자란 잔디밭 옆을 지나 현관문을 노크했다. 마거릿 클로저가 앞치마에 손을 닦으면서 문을 열었다.

"무슨 일이에요?"

"여기가 클로저 씨 댁입니까?"

"네."

"지금 계십니까?"

"지금은 없어요."

"부인이시군요?"

"네."

"남편께서 전화로 타이프라이터를 봐달라고 부탁하셨습니다. 캐리지가 자꾸 걸린다고 하시더군요."

"그래요? 들어오세요."

타이프라이터 회사의 직원은 주머니에서 작업 도구가 들어 있는 듯한 작은 상자를 일부러 보라는 듯이 꺼내더니, 무척 공손한 태도로 좁은 복도를 지나, 홀 오른쪽에 있는, 버나드 클로저가 대부분의 시간을 빛나는 영국 문학 연구에 바치는 방으로 안내받았다. 남자는 이내 타이프라이터를 찾았다.

"제가 옆에 있어야 하나요?"

클로저 부인은 부엌일로 돌아가고 싶은 모양이었다.

"아, 아닙니다. 2, 3분이면 끝납니다. 심한 고장만 아니면."

그의 목소리는 긴장한 것처럼 들렸다.

"그럼 끝나면 부르세요. 부엌에 있을 테니까요."

그는 주의 깊게 주위를 둘러본 뒤, 타이프라이터를 적당히 두드려보고 찌릉찌릉 하는 소리를 내며 캐리지를 좌우로 몇 번 움직여본 다음, 가만히 귀를 기울였다. 접시가 서로 부딪치는 소리가 들려왔다. 그는 안전하다고 느꼈지만 가슴이 두근거렸다. 작은 책상 오른쪽 첫번째 서랍을 서둘러 열었다. 클립, 볼펜, 지우개, 고무 밴드——수상한 것은 하나도 없다. 그는 차례로 아래쪽의 두 개의 서랍을, 그리고 왼쪽에 있는 세 개의 서랍 속을 조사했다. 모두 크게 다를 게 없었다. 클립으로 묶어둔 초고, 두꺼운 칼리지 회의비망록, 파일 케이스, 필기 도구. 그리고 필기용 종이, 그리고 또 선이 들어간 것, 새하얀 것, 칼리지의 이름 등이 인쇄된 것, 풀스캡판, 2절지, 4절지 등의 온갖 용지들. 그는 다시 팬터마임 같은 동작으로 귀를 기울이다가, 사기그릇 소리를 듣고 마음을 놓았다. 그리고, 각각의 필기 용지에서 한 장씩을 빼내어, 곱게 접어서 안주머니에 넣었다. 마지막으로 그는 4절지 한 장을 꺼내 타이프라이터에 끼우고, 캐리지를 움직여서

서둘러 타이핑했다.

다수의 응모 서류를 평가한 결과, 유감이지만 희망에 부응하지 못함을 알려……

클로저 부인이 현관까지 그를 배웅했다.

"이제 괜찮을 겁니다, 부인. 캐리지에 먼지가 끼어 있어서 그랬더군요." 루이스는 그럴듯하게 들려야 할 텐데 하고 생각했다.

"수리비가 필요한가요?"

"아닙니다. 필요 없습니다." 그는 돌아갔다.

루이스는 정오에 론스데일 칼리지 제2호관에 있는 버나드 클로저의 방문을 두드렸다. 클로저는, 안경을 끼고 머리가 긴 젊은 학생의 개인 지도를 막 끝내려던 중이었다.

"서두르지 않으셔도 됩니다." 루이스가 말했다. "끝날 때까지 기다려도 지루하지 않을 테니까요."

그렇지만 클로저는 이미 끝나 있었다. 지난 주 토요일에 루이스를 만났던 그는, 그 뒤의 일이 궁금했다. 학생은 다음 개인 지도일까지 《심벨린(셰익스피어의 로망스극)》의 상징성'에 대해 에세이를 제출하라는 끔찍한 숙제를 받고 곧 나갔다. 클로저는 문을 닫았다.

"그런데, 찾아오신 용건은?"

루이스는 오전 중에 있었던 일을 사실대로 얘기했다. 그는 조금도 숨기려 하지 않았고, 또 그럴 듯한 구실이 생각나지 않았다고 고백했다. 클로저는 그다지 놀라지는 않고, 다만 아내가 걱정되는 모양이었다.

"그건" 루이스가 말했다. "키몬스에 타이프라이터 수리를 부탁해두었다고 말씀하시면 문제없을 겁니다. 걱정하실 필요 없습니다."

"저한테 미리 얘기해줄 수는 없었습니까?"

"그럴 수도 있었지요. 하지만 모스 경감은 가능한 한 모르게 하기를 원했습니다."

"그래요." 클로저는 약간 불쾌한 목소리로 말했다. 루이스는 돌아가려고 자리에서 일어섰다.

"하지만 무엇 때문이죠? 무엇을 찾을 생각이었습니까?"

"만약 가능하다면, 어떤 통신문이 어느 기계로 타이핑되었는지 알고 싶었습니다."

"제가 관련되어 있다고 생각하셨나요?"

"우리는 일단 조사하지 않으면 안 됩니다."

"그래서?"

"그래서, 뭐 말입니까?"

"원하는 것을 찾았습니까?"

루이스는 우물거렸다.

"예."

"그래서요?"

"아니, 이렇게 말해야겠군요, 아무것도 찾지 못했습니다, 죄가 될 만한 것. 그런 뜻이었습니다."

"그러니까, 당신은 내가 타이프라이터로 무언가를 썼다고 생각했는데, 지금은 그렇게 생각하지 않는다는 거군요."

"에……, 그 일에 대해서는 모스 경감에게 물어보시죠."

"하지만 당신은 지금 편지가 적힌 것은……."

"저는 편지라고는 말하지 않았는데요."

"하지만, 사람들은 타이프라이터로 편지를 씁니다, 그렇죠?"

"그렇지요."

"전 어쩐지 범죄자 취급을 받고 있는 것 같은 기분이 드는군요."

"죄송합니다. 그럴 생각은 없었습니다. 하지만, 우리가 하는 일에 서는 모든 사람을 의심하지 않으면 안 됩니다. 저는 제가 할 수 있 는 한의 말을 했습니다. 우리가 찾고 있는 타이프라이터는 댁에 있 는 타이프라이터가 아니었습니다. 하지만 세상에는 많은 타이프라 이터가 있습니다, 그렇지 않습니까?"

클로저는 그것이 진실인지 어떤지 따지지는 않았다. 큰 돌출창에서 제2호관의 뜰의 당구대 같은, 매끄럽고 부드러운 녹색 잔디밭이 잘 보였다. 창 앞에는 커다란 마호가니 책상이 있고, 종이와 편지, 에세 이, 책 같은 것이 어지럽게 놓여 있었다. 그리고 그 한복판에 오래되 고 낡은, 커다란 타이프라이터가 떡하니 자리잡고 있었다.

키들링튼으로 돌아가는 길에, 루이스는 가로수가 늘어선 세인트저 일스의 넓은 거리를 달려, 갈림길에서 오른쪽으로 꺾은 뒤, 노스옥스 퍼드를 향해 밴버리 도로를 달렸다. 오른쪽에 보이는 커다란 공과대 학 블록을 지나가면서, 그는 검은 바지에 길고 두꺼운 코트를 입은 키 큰 여자, 사뭇 낙담한 듯이 몇 걸음마다 엄지손가락을 내밀면서 걸어가고 있는 것을 보았다. 여자는 진짜인 듯한 긴 금발을 등 중간 까지 늘어뜨리고 있었다. 루이스는 실비아 케이를 떠올렸다. 가엾은 여자. 그가 금발 옆을 지나갈 때 여자가 돌아보았다. 그는 눈을 크게 떴다. 세상에나! 아름다운 금발은 아름다운 턱수염과 긴 구레나룻을 기르고 있었다. 흥미로운 생각이…….

모스는 루이스한테서 보고를 받고, 그가 믿었던 편지는 클로저의 타이프라이터로 찍힌 것이 아니며, 또 용지도 클로저의 방에서 슬쩍 해온 것과 일치하지 않는다는 것이 확인되자, 불쾌함을 감출 수가 없 었다. 그때 한 가지, 그의 마음에 걸리는 것은 경찰의 위법 활동을 무마하는 일이었다. 클로저에게 얘기하기 위해 바로 루이스를 파견한 것은 그 때문이었다. 루이스가 오후 1시에 돌아와서 클로저와의 회견을 보고했을 때, 그는 열심히는 아니었지만 주의 깊게 귀를 기울였다.

"별로 기분 좋은 아침은 아니었겠군, 루이스."

"예. 그런 일은 두 번 다시 하고 싶지 않습니다."

모스는 동정했다.

"하지만 실제적인 피해는 없었다고 생각하네. 그렇지 않나, 루이스? 난 클로저에 대해서는 별로 걱정하지 않아. 그도 모든 것을 털어놓았다고는 할 수 없어. 그렇지만 클로저 부인은…… 방심할 수 없을지도 몰라. 어쨌든 고맙네." 그는 진심으로 그렇게 말했다.

"괜찮습니다. 할 만큼 했으니까요." 루이스는 개운한 기분이었다.

"한잔 하겠나?"

모스가 말했다. 두 사람은 밝은 기분으로 밖으로 나갔다.

마거릿 클로저처럼 눈치 빠르고 경험이 있는 여자가, 갑자기 찾아온 남자의 말을 절대로 곧이곧대로 믿지는 않는다는 것을 두 경관은 미처 생각하지 못했다. 더구나 클로저 부인은 버나드와 결혼하기 전에 비서로 일한 적이 있었다. 타이프라이터는 실은 부인의 것이었고, 그날 아침, 그녀는 그 타이프라이터로 두 통의 편지를 썼던 것이다. 한 통은 남편, 또 한 통은 키들링턴의 템스밸리 경찰 본부의 모스 경감 앞이었다. 타이프라이터는 아무데도 고장난 데가 없다는 것을 부인은 알고 있었다. 또 그녀는 키몬스 타이프라이터 사에서 온 침착하지 못한 남자가 버나드의 책상 서랍을 여는 것을 보았다. 저 남자는 무엇을 찾고 있는 걸까 하고 생각했지만, 그녀는 별로 마음에 두지 않았다. 그를 보내고 현관문을 닫으면서, 부인은 쓸쓸하고 피곤한 듯한 미소까지 띠었다. 그녀는 곧 두 통의 편지를 우체통에 넣을 생각이었다. 그러나 그 전에 확인하고 싶은 것이 있었다.

모스는 오후의 대부분을 책상 앞에서 보냈다. 클로저의 차에 대한 보고가 들어왔지만, 특별한 것은 없는 것 같았다. 강력한 약품으로 표백한 긴 금발 머리카락 한 가닥이, 운전석 옆 바닥에서 발견된 것 말고는 아무 것도 나오지 않았다. 제2의 아가씨에 대해서는 아무런 유류물도 없었다. 그밖에도 몇 가지 보고가 있었지만, 역시 수사를 진전시킬 정도의 것은 아니었다. 모스는 다른 사항에 주의를 돌렸다. 그는 이튿날 아침, 경범죄 재판소에 출두해야 했다. 다른 모든 사건의 심리가 있을 예정이었다. 그는 마음을 바꿔, 읽을 수 있는 확실한 데이터가 있는 것을 고맙게 생각하면서, 시간 가는 줄도 모르고 그 자료에 몰두했다. 손목시계를 보니 오후 5시였다. 그는 오후 시간이 눈 깜박할 사이에 지나간 것을 알고 깜짝 놀랐다. 하루가 거의 끝나가고 있었다. 내일이라는 새로운 날이 오고 있다. 웬일인지 그는 만족스러운 기분이었다. 그는 그것을 수요일이나 수 위도슨과 뭔가 관계가 있을 거라고 생각했다.

모스는 집에 돌아가려던 루이스에게 전화를 걸었다. 물론 루이스는 오겠다고 말했다. 그는 오랫동안 잘 견뎌준 아내에게 전화를 하는 것이 좋을지도 모른다. 그녀는 아마 감자칩이라도 만들고 있을 것이다.

"루이스, 클로저가 칼리지의 자기 방에도 타이프라이터를 가지고 있다고 했지? 그것도 체크해야 할 것 같은데, 어떤가?"

"그럼, 그렇게 하지요."

"하지만 이번에는 정면으로 하고 싶다고 말하고 싶겠지?"

"그게 가장 좋을 것 같습니다."

"그럼, 그렇게 하세."

모스는 론스데일 칼리지의 학장을 좀 알고 있었다. 그는 그 자리에서 바로 학장에게 전화를 걸었다. 루이스는 모스의 의뢰를 듣고 놀랐다. 경감은 이번에는 정말 정식으로 하려는 것이다. 루이스는 그의 얘기에 귀를 기울였다.

"그쪽에 타이프라이터가 몇 대나 있습니까? 예, 그렇습니다. 그것들을 포함해서…… 예, 그렇게 많습니까? 하지만 할 수 있겠지요? 물론 그렇게 해주신다면 저야 정말 감사하지요……. 그 편이 좋을까요? 아니, 저는 괜찮습니다……. 이번 주말에요? 좋습니다. 감사합니다. 그럼 설명드릴 테니까……."

모스는 방법을 설명하고 몇 번이고 인사를 되풀이한 뒤, 수화기를 놓으면서 부장 형사를 보며 싱긋 웃었다.

"협조적인 사람이지, 루이스?"

"그렇게 하는 수밖에 없겠지요."

"그럴지도 모르지. 하지만 우리로서는 시간과 수고를 절약할 수 있어."

"제 시간과 수고를 덜 수 있다는 말씀이군요."

"루이스, 우리, 자네와 나는 팀이네, 안 그런가?" 루이스는 고개를 끄덕이며 마지못해 동의했다. "주말에는 론스데일 칼리지의 모든 타이프라이터에서 증거가 모일 거야, 어떤가?"

"클로저의 것도 포함해서요?"

"물론."

"더 간단한 방법이!……."

"목표를 직접 노리자는 건가? 그 편이 간단하기야 하겠지. 하지만 자네는 공명정대한 영국법의 원칙에 따라 하고 싶다고 했네, 그렇지? 우리는 클로저에 대해 아무런 증거도 가지고 있지 않아. 그는 내 숙모인 프레다만큼이나 결백할지도 몰라."

루이스는 숙모 프레다라는 사람을 만난 적도 이름을 들은 적도 없었기 때문에, 거기에는 뭐라 말하지 않았다.

"클로저가 범인이라고 생각하십니까?"

모스는 엄지손가락을 입에 갖다 대었다.

"모르겠네, 루이스. 모르겠어."

"전 오늘 생각을 좀 해봤습니다." 루이스는 잠시 사이를 두었다가 말했다. "저는 아가씨 같은 어떤 사람을 보았는데, 가까이 가서 보니 그녀는 그녀가 아니라 그였습니다."

"애기가 무척 간결하군."

"그래도 제가 말하는 뜻은 이해하시겠지요?"

"이해하네. 우리가 젊었을 때는 남자답게 보이려고 애썼지. 여자처럼 보이는 놈은 기개가 없는 걸로 생각했으니까. 지금의 젊은 것들은 속눈썹을 붙이고 핸드백을 들고 다녀. 무슨 조화인지 원!"

그러나 모스는 그가 의미하는 것을 충분히 이해하고 있지 않았기 때문에, 루이스는 설명을 덧붙였다. 그는 아이디어맨은 아니었다. 그것을 스스로도 늘 알고 있었기 때문에, 자신의 생각을 피력하는 데 적지않게 주눅이 드는 걸 느꼈다.

"이건 그냥 생각해본 것일 뿐인데, 저먼 부인은 버스 정류장에서 두 사람의 아가씨를 만났습니다(그는 더 이상 계속할 필요가 없었지만, 모스는 침묵을 지키고 있었다). 그건 틀림없다고 생각합니다. 그녀는 실제로 그 중 한 아가씨와 애기를 했고, 또 한 사람은 실비아 케이였습니다. 다음에는 트레일러 운전 기사 베이커가, 아가씨들이 로터리 반대쪽에서 빨간 차를 얻어 타는 것을 목격했습니다. 그때 이미 날이 어두워지고 있었지요. 베이커는 아가씨가 둘이었다고 말했습니다. 그러나 그건 그가 잘못 본 것일지도 모릅니다. 저는 오전에 금발의 아가씨를 보았다고 맹세할 뻔했습니다. 그런데 그건 제 착각이었어요. 모든 사람들이 실비아에게 시선을 빼앗겼습니다. 모든 사람들의 눈이 그녀에게 집중되었습니다. 이상한 일이 아니지요. 하지만, 트레일러 운전기사가 실비아와 또 한 사람을 봤다고 해도, 그 또 한 사람의 인물이 아가씨 같은 차림을 하고 있지만, 실제로는 그렇지 않았다고 한다면 어떨까요? 또 한 인물은 남자였을지도 모릅니다. 저먼 부인이 보았다고 한 그 아가씨는 바지를 입고 있었고, 베이커한테서 들은 특징과 똑같았기 때문에, 우리는 같은 두 아가씨라고 생각했습니다. 그렇지만, 또 한 아가씨는 결국 우드스톡으로 히치하이크하는 것을 포기했다고 하면 어떨까요? 그 아가씨가 실비아를 따라 우드스톡으로 가는 것을 그만두었다고 한다면 어떻게 될까요? 실비아가, 역시 히치하이크를 하려고 기다리던 면식이 있는 남자를 만나, 둘이서 함께 히치하이크를 했다고 하면 어떨까요? 아마 경감님도 이 일은 생각하셨겠지만(모스는 어느 쪽이라고 말하지 않았다──그는 생각하지 않았다), 저는 얘기해야 한다고 생각했습니다. 우리는 살해한 남자를 찾고 있는 중인데, 어쩌면 그는 줄곧 실비아와 함께 차를 타고 있었을지도 모른다고 저는 생각했습니다."

"클로저의 증언이 있네, 루이스." 모스가 천천히 말했다.

"알고 있습니다. 가능하면, 그것을 다시 한번 보고 싶군요. 제 기억으로는 그는 두 번째 승객에 대해서는 별로 얘기한 것이 없었던 것 같습니다."

"음, 맞아." 모스는 인정했다. "그는 우리에게 얘기한 것 말고도 알고 있는 것이 있을 것 같은 느낌이 들어." 그는 파일 캐비닛에 다가가서, 파일에서 버나드 클로저의 진술서를 꺼내, 첫 장을 읽은 뒤 그것을 루이스에게 넘기고, 두 장째를 읽었다. 두 사람은 다 읽고 나자, 테이블 너머로 서로의 얼굴을 마주보았다.

"어떻습니까?"

모스가 소리내어 읽었다.

"'저는 도로 가까이 서 있는 아가씨를 똑똑히 보았습니다. 긴 머리의 매력적인 아가씨였는데, 하얀 블라우스에 짧은 스커트를 입고, 팔에 코트를 걸치고 있었습니다. 또 한 아가씨는 몇 야드 앞을 걸어가고 있어서 저에게는 등만 보였습니다. 그녀는 히치하이크는 친구에게 완전히 맡기고 있는 것 같았습니다. 머리는 검고, 제 기억이 정확하다면, 친구보다 몇 인치 키가 컸던 것 같습니다.' 자네는 어떻게 생각하나?"

"그리 분명하지 않습니다."

모스는 그밖에도 관계가 있는 부분을 찾아냈다.

"'뒤에 앉은 아가씨는 딱 한번 입을 열었던 것 같습니다. 그것은 시간을 묻기 위해서였습니다…….' 대략 알 텐데."

루이스는 자신의 가설을 고집했다.

"커플이 히치하이크를 할 때는, 여자는 일부러 다리를 내보이고 남자는 떨어져 있다는 얘기를 자주 듣습니다. 그리고 차가 멈춰선 뒤에야 남자가 나타나기 때문에, 운전자는 거절할 수 없는 거지요."

"이번 경우는 그렇지 않아."

"그건 알고 있습니다. 하지만 비슷한 데가 있습니다. '그녀는 히치하이크는 친구에게 완전히 맡기고 있는 것 같았습니다.'" 루이스도 증거를 인용해야 한다고 느꼈던 것이다.

"흐음. 하지만 자네 생각이 맞다고 치고, 또 한 아가씨는 어떻게 된 걸까?"

"집으로 돌아갔겠지요. 다른 곳으로 갔을지도 모르고요."

"하지만, 저면 부인의 얘기로는 그 아가씨는 우드스톡으로 가고 싶어했다는데 ? ”

“버스 정류장으로 갔을지도 모릅니다. ”

“차장은 그 아가씨를 기억하지 못했어. ”

“하지만 차장에게 물었을 때, 우리는 아가씨를 둘이라고만 생각했지, 한 사람이라고는 생각하지 않았습니다. ”

“흐음, 다시 한번 조사해볼 가치가 있을지도 모르겠군. ”

“그리고 또 한 가지. ”

썰물이 무정하게 밀려와서, 이미 모스가 쌓아올린 모래성을 씻어내기 시작했다.

“뭔가 ? ”

“실례가 된다면 용서해주셨으면 합니다만, 클로저는 또 한 아가씨는 실비아보다 키가 몇 인치 컸다고 했습니다. ”

모스는 신음했다. 그래도 루이스의 썰물은 가차없이 계속 밀려들었다.

“제 기억이 정확하다면 실비아 케이는 5피트 9인치(175센티미터)였습니다. 만약 또 한 아가씨가 제니퍼 콜비였다고 한다면, 그녀는 죽마에 타고 있었다는 얘기가 됩니다. 그녀의 키는 5피트 6인치(168센티미터) 정도밖에 되지 않습니다.

“하지만 루이스, 그런 부분에서 그가 거짓말을 한 건지도 몰라. 우리를 혼란에 빠뜨리려고, 그는 또 한 아가씨를 보호하고 있는 거야. ”

“저는 그냥 우리가 지금 쥐고 있는 증거를 근거로 생각하고 있을 뿐입니다. ”

모스는 고개를 끄덕였다. 학교 선생이 될까 하고 그는 진지하게 생각했다. 자신의 능력으로는 초등학교가 적당할 것이다. 철자법은 문제없다. 어째서 키에 대한 것을 생각하지 못했을까 ? 하지만 그는 그 이유를 알고 있었다. 그의 머릿속에서는 클로저가 범인이었던 것이다.

이제 커다란 파도가 모래 위의 성 중심부까지 밀려와서 소용돌이를 돌았다. 이미 해자를 넘어 성벽을 무너뜨리고 있었다. 오후 6시가 되어 있었다. 루이스의 아내가 만든 감자칩이 식어가고 있었다.

모스는 다리를 절면서 루이스와 함께 건물 밖으로 나갔다. 두 사람은 부장 형사의 차 옆에 선 채 몇 분 동안 얘기했다. 루이스는 선생님의 가벼운 철자법 실수를 발견한 초등학생 같은 느낌이 들었다. 그는 며칠 전부터 생각하고 있었던 사소한 일을 말하는 것을 주저하고 있었다. 내일로 미루는 것이 좋을까? 그러나, 내일은 모스가 재판소에 가느라 바쁘다는 것을 알고 있었다. 루이스는 큰 맘 먹고 말해 버렸다.

"제니퍼 콜비 앞으로 온 편지, 기억하고 계시죠?"

모스는 외울 수 있을 정도로 잘 기억하고 있었다.

"그게 왜?"

"원본에는 지문이 묻어 있지 않을까요?"

모스는 그 질문을 들으면서 허공의 한 점을 응시했다. 그리고 그는 힘없이 고개를 옆으로 저었다.

"이미 늦었네."

시간이 지날수록 초등학교가 점점 또렷한 이미지로 떠오르고 있었다. 모래 위의 성은 앞쪽으로 기울어 당장이라도 무너질 것만 같았다. 이제 누군가 다른 사람에게 일을 물려주는 수밖에 없었다. 그는 경찰 본부장을 만나야겠다고 생각했다.

경찰차가 그한테서 몇 야드 떨어진 곳에서 멈춰섰다.

"타시겠습니까?"

"괜찮네, 고마워." 모스는 우울한 기분을 떨쳐버렸다. "다음 주에는 최고의 컨디션일 거야. 이번 축구 시합에는 스타팅 멤버로 출전할 거네."

순경은 웃었다.

"좀 무리 아닐까요? 운전도 할 수 없는 몸으로는."

모스는 자신의 차에 대해서는 거의 잊고 있었다. 이미 한 주 이상이나 차고에 넣어둔 채였다.

"자네가 내 옆에 앉게. 이제 해봐도 될 것 같은데." 그는 운전석에 기어들어가, 오른발을 브레이크와 액셀 위에서 가볍게 흔든 다음, 브레이크 페달을 세게 밟아보고, 이 정도면 할 수 있겠다고 생각했다. 그리고 시동을 걸고, 마당을 돌며, 제대로 운전할 수 있는지 테스트한 뒤에, 차를 세우고, 곰인형을 선물 받은 고아처럼 싱글벙글하면서 차에서 내렸다. "어때, 잘 하지 않나?"

순경은 모스를 부축하여 건물에 들어가서 그의 방까지 데리고 갔다.

"내일부터 다시 차를 쓰시겠군요?"

"아마도."

그는 자리에 앉아 내일 일을 생각했다. 경찰 본부장을 만난다. 오후가 좋을 것이다. 경찰 본부장의 전화 번호를 돌렸지만 응답이 없었다. 경찰 본부장도 누군가를 만나러 간 것일까? 그는 수 위도슨과 만나는 날을 기다리고 있었다. 그렇지 않은 척해도 소용없는 일이다. 그런데, 이렇게 멍청한 짓을! 〈버드 앤드 베이비〉라니! 어째서 그녀를 '엘리자베스'나 '소르본느' 또는 '셰리던'에 초대하지 않았단 말인가? 어째서 교양 있는 남자들이 하는 것처럼, 그녀를 데리러 가겠다고 하지 않았을까? 얄미운 제니퍼 콜비! 하지만 아직 늦지 않았다. 그녀는 지금쯤 집에 돌아갔을 것이다. 그는 손목시계를 들여다보았다. 오후 6시 30분. 책상 위에 〈옥스퍼드 메일〉이 있었다. 그는 오락란을 살펴보았다. 〈정욕〉과 〈블루 덴마크〉는 '관객 여러분의 요청에 따라' 상영이 2주일 연장되었다. 그녀를 영화관에 데리고 가도 좋을 것이다. 그러나 '포르노 영화'는 곤란하다. 레스토랑은? 특별한 곳은 없다. 잠시 뒤 그는 다음 광고에 시선을 고정했다. '셰리던의 만찬과 댄스의 밤. 더블 티켓——6파운드. 오후 7시 30분——11시 30분. 간편한 복장으로 오세요.' 그는 '셰리던'에 전화를 걸었다. 예, 아직 더블 티켓이 몇 장 있습니다. 하지만 오늘 밤 안에 매진될 겁니다. 15분쯤 뒤에 다시 전화할 테니 기다려주겠소? 예, 더블 티켓을 한 장 남겨두지요.

제니퍼 콜비의 전화 번호는 파일 속 어딘가에 있었다. 그것은 이내 찾을 수 있었다. 그는 뭐라고 말할지 생각해 봤다. '미스 위도슨'——이것이 가장 좋다. 그는 수가 전화를 받으면 좋겠다고 생각했다.

따르릉 따르릉. 그는 흥분했다. 바보.

"네." 젊은 아가씨의 목소린데 누굴까? 전화에서 잡음이 들렸다.

"옥스퍼드 54385번지입니까?"

"네, 누굴 찾으세요?"

모스의 마음은 가라앉았다. 그 침착하고 맑은 목소리의 주인공은 틀림없이 제니퍼 콜비였다. 모스는 그리 성공적이지는 못했지만, 자기 같지 않은 말투를 하려고 시도했다.

"미스 위도슨 있으면 부탁합니다."

"네, 있어요. 누구시죠?"

"학교 때 친구입니다." 모스답지 않은 목소리가 대답했다.

"잠깐만 기다리세요, 모스 경감님."

"수! 수우!" 그는 제니퍼가 큰 소리로 부르는 목소리를 들었다.

"학교 때 친구한테서 전화!"

"여보세요, 수 위도슨이에요."

"안녕." 모스는 자신을 뭐라고 부르면 좋을지 망설였다. "모스요. 내일 밤, 술을 마시는 대신 '셰리던'에 가는 게 어떨까 해서. 댄스가 있어요. 더블 티켓이 있는데, 어떻소?"

"좋아요." 모스는 그녀의 목소리가 아름답다고 생각했다. "정말 잘 됐어요. 제 친구도 몇 명 간대요. 재미있을 거예요."

이게 뭔 일이람! 모스는 생각했다. "너무 많지는 않겠지? 나는 다른 사람들에게 당신을 빼앗기고 싶지 않아." 그는 무거운 마음으로 가볍게 말했다.

"그런데, 좀 많아요." 수는 인정했다.

"다른 곳으로 할까? 어디 아는 데 없소?"

"하지만 그건 무리일걸요. 벌써 티켓을 사셨을 거고, 틀림없이 재미있을 거예요."

자신은 솔직하게 말할 수 없는 남자인가 하고 모스는 생각했다.

"그렇군. 그런데, 당신을 데리러 갈 수 있는데 어떻게 할까?"

"부탁할게요. 제니가 차를 태워 주기로 했지만 만약 당신이……."

"그럼, 7시 15분에 데리러 가겠소."

"7시 15분요? 롱드레스를 입어야 할까요?" 모스는 몰랐다. "좋아요, 금방 알아볼 수 있을 테니까."

당신의 많은 친구들에게 물어볼 거군 하고 모스는 생각했다.

"그래요? 기대하겠소."

"저도요."

그녀가 수화기를 놓는 바람에, 모스는 애정을 담은 작별 인사를 할 기회를 놓치고 말았다. 그는 정말 기대하고 있는 것일까? 이런 일에서는 대개 어긋난 기대로 끝나기 십상이다. 그래도 조금은 좋은 일이 있을지도 모른다. 아니면, 실망하게 될까? 그는 아무래도 좋다고 생각했다. 어쨌든 맛있는 음식을 먹고, 젊은 아가씨를 품에 안아보는 것은 나쁘지 않다. 가벼운 발놀림으로 춤추면서…… 빌어먹을! 그는 완전히 그 일을 잊고 있었다. 머리가 어떻게 된 것이다. 멍청이, 바보! 그가 아름다운 미스 위도슨을 초대해놓고 꿈 속 같은 왈츠를 출 수 있다면, 랍비에게 돼지요리를 먹게 하는 것도 가능하리라. 그는 다리를 절면서 접수부까지 갔다.

"차를 불러 주게."

"2, 3분이면 한 대 옵니다. 지금은……."

"어서 차를 불러. 지금 당장." 마지막 말이 넓은 홀에 날카롭게 울려 퍼지자, 몇 사람의 머리가 돌아보았다. 접수부의 경사는 전화로 손을 뻗었다. "밖에서 기다리겠네."

"제가 운전할까요?" 접수부의 경사는 친절한 남자로, 몇 년 전부터 경감을 알고 있었다. 모스는 책상 옆에서 기다렸다. 그는 자기 자신에게 화를 내고 있었다. 그것은 당연한 일이었다. 하지만, 어째서 오래전부터 아는 사람에게 엉뚱한 화풀이를 한 건지, 그는 알 수가 없었다. 그는 자신의 방자함과 무례함을 저주했다.

"아, 부탁하네."

모스에게는 아무튼 운 나쁜 하루였다.

17

10월 13일 수요일 오전

수요일 아침 일찍, 갑작스러운 폭풍이 옥스퍼드 지역을 덮쳐, 굴뚝을 부수고, 텔레비전 안테나를 쓰러뜨리고, 지붕의 기왓장을 날려 보냈다. 오전 7시 뉴스에서는 옥스퍼드 주 키들링튼의 피해 상황이 흘러나오고 있었다. 그 마을의 위니프레드 위서 부인은 차고 지붕이 바람에 날려가 이층 창문으로 뛰어드는 바람에 하마터면 크게 다칠 뻔했다.

"말로는 도저히 설명할 수가 없어요." 그녀가 말했다. "정말 무서웠어요."

휴대용 라디오가 침대 옆 탁자의 전화기 옆에 있었다. 모스는 역시 전화기와 나란히 있는 자명종 시계로 오전 6시 50분에, 길고 편안한 잠에서 눈을 떴다.

뉴스가 끝나자, 그는 침대에서 나와 커튼 틈새로 밖을 내다보았다. 적어도 그의 차고는 무사한 것 같았다. 어쨌든 그 폭풍에도 잠이 깨지 않았다는 건 놀라운 일이었다. 어제의 기억들이 조금씩 그의 의식 속에 침투하여, 무거운 앙금처럼 마음속에 가라앉았다. 수면 중에 그를 지키고 있던 천사들은 사라지고 없었다. 그는 침대 끝에 걸터앉아, 턱의 까칠까칠한 수염을 손끝으로 쓰다듬으며, 오늘은 무슨 일이 일어날까 하고 생각했다. 사건이 진행됨에 따라 그의 기분을 나타내는 그래프는, 높은 봉우리와 깊은 골짜기가 있는 험준한 산맥처럼, 의기충천과 소침의 극심한 기복을 보여 주고 있었다.

8시 15분이 지나 수염을 깎고, 세수를 하고, 옷을 갖춰 입은 모스는, 활기와 자신감으로 차 있었다. 그는 간밤에 늦게 사용한 컵을 씻고, 자기 전에 마신 위스키 잔을 헹구고, 주전자에 물을 담은 다음, 심각한 문제에 몰두했다. 지난 2, 3일 동안, 그는 다친 발에 커다란 흰 운동화 뒷부분을 약간 찢어서 끈을 묶어 신고 있었다. 그렇지만, 이제는 보통 신발을 신어도 될 것 같았다. 그 우스꽝스러운 것을 신고 법정에 나가는 건 싫었고, 미스 위도슨이 댄스장에서 한쪽만 운동화를 신은 동반자를 좋아할 리도 없었다. 그에게는 신발은 두 켤레

밖에 없었고, 어울리는 양말 같은 건 아예 생각도 안 하고 있었다. 이러한 한정된 배합으로는, 그날 볼썽사나운 차림이 되지 않기를 바라는 것은 도저히 무리다. 그는 다시 오래 신었던 운동화를 신고, 단 골가게 M&S(마크스 앤드 스펜서)에 가서 큰 신발을 사기로 결정했다. 돈이 드는 하루가 될 것 같다. 홍차를 마시며 창밖을 바라보았다. 쓰레기통 뚜껑이 문으로 날아가버려 온갖 쓰레기가 흩어져 있었다. 지붕의 기왓장을 살펴봐야 하는데⋯⋯.

생각해보니, 어제의 일에 대한 자신의 견해는 균형을 잃고 있었던 것 같았다. 그는 나무에 너무 가까이 서 있었다. 지금은 평소와 같은 익숙한 숲이 보였다. 분명히 미궁인 것에는 변함이 없다. 하지만 같은 숲이다. 그의 몸은 평소의 기운으로, 거의 원래의 기운으로, 돌아간 것 같은 기분이었다. 그러나 그가 생각한 거친 수단──그건 과연 어떨까? 다시 한번 생각해보지 않으면 안 된다. 그렇지만 그의 마음속에는 더욱 당면한 문제가 있었다. 만년필과 빗과 지갑을 어디에 뒀더라? 뜻밖에도 그것이 셋 다 침실 벽난로 위에 나란히 있는 것을 보고 그는 안심했다.

애용하는 란치아는 아무 이상 없었다. 그걸 산 건 잘한 일 같았다. 마력이 좋고 안정감이 있으며, 기름을 가득 채우면 300마일을 달려준다. 그는 이따금 새로 사는 것을 생각할 때도 있었지만, 도저히 그럴 마음이 들지 않았다. 운전석 문과 차고 벽 사이의 좁은 공간에 몸을 비틀고 들어갔다. 그것은 언제나 성가신 일이었다. 게다가 그의 몸은 요즘 들어 약간 살이 찌기 시작하고 있었다. 하지만, 핸들 앞에 앉으니 기분이 좋았다. 그는 평소보다 공기 조절판을 약간 많이 당겼다──1주일이나 차를 그냥 세워뒀으니──그리고 시동을 걸었다. 부릉부릉⋯⋯ 부릉부릉⋯⋯ 부릉부릉⋯⋯ 부릉부릉. 안 된다. 공기 조절기를 더 열어줘야 할까? 그러나, 너무 많이 열어도 안 된다. 다시 한번. 부릉부릉…… 부릉부릉…… 부릉부릉…… 부릉부릉……
이상하다. 지금까지 이런 일이 없었는데. 하지만 삼세 번이다. 부릉
부릉…… 부릉부릉…… 부릉부릉. 배터리가 약해진 것일 게다. 이를
어쩌지? 1, 2분 쉬게 하여 기운을 회복시키자. 이번에는 되겠지, 어
디! 부릉부릉…… 부릉부릉…… 에잇! 다시 한번. 부릉부릉…….
"재수가 없군." 그는 혼잣말을 했다. "이제 어떻게 한다……" 그는
입을 다물고, 자기도 모르게 몸을 떨었다. 새벽이 그의 마음속에 퍼
져가기 시작하여, 아침의 보랏빛 비밀은 아침햇살에 투명하게 드러났
다. '살아서 새벽을 맞이하는 것은 최상의 기쁨이었다.' 워즈워스였던
가? 지난 주 〈타임스〉의 십자말풀이에 사용된 문구다. 파도는 간신
히 물러가기 시작했다. 하얀 물마루가 줄기차게 기슭으로 밀려왔지
만, 그 힘은 약해져 있었다. 그는 자신감을 되찾았다. 모래 위의 성
은 힘찬 바다에 굴하지 않았다.

옥스퍼드의 바커스 정비소의 지배인은 모스 경감의 사뭇 정중한 전
화에 감격하여, 10분 만에 새 배터리를 보내고 15분 만에 낡은 것과
교체해주었다. 구름은 높고 하얗고, 태양은 찬란하게 빛났다. 개방적
인 날씨, 라고 제인 오스틴이라면 말했을 것이다. 모스는 쓰레기통
뚜껑을 원래대로 닫아놓고, 뜰에 흩어진 쓰레기를 말끔하게 주웠다.

가을 학기 사흘째인 이날 아침, 옥스퍼드 대학 주변은 활기에 넘치
고 있었다. 새롭게 대학 스카프를 두른 신입생들이 어깨로 바람을 가
르며 번화가의 서점을 열심히 돌아다니거나, 조금은 뻐기면서 하이
스트리트에서 복잡한 콘 마켓 거리를 활보하고, 우르우스와 M&S에
들어갔다가, 각자의 취향에 따라 가까운 술집이나 커피 가게로 다시
몰려가고 있었다. 오후 1시에 모스는 M&S 지하에 있는 셀프서비스
남자용 구두코너 의자에 앉아 있었다. 그의 구두 사이즈는 보통은 8

이었지만, 오늘은 인내와 결의를 가지고 실험을 하고 있었다. 사이즈 9로는 안 될 것 같았다. 양말을 신은 채 진열장과 자신이 선택한 의자 사이를 몇 번이나 왕복한 끝에, 그는 사이즈 10의 검은 가죽 슬립온으로 결정했다. 물론 그것은 터무니없이 크게 보였고, 발이 나으면 결국 신지 않게 될 것이었다. 하지만 그래도 상관없다. 왼발에 양말을 두 켤레 겹쳐서 신으면 된다. 그러자 그는 양말이 생각났다. 구두 대금을 지불하고, 사이즈 10은 신어야 할 것 같은 거구의, 무뚝뚝한 여자가 어이없다는 듯한 표정으로 보고 있는 것을 아랑곳하지 않고 운동화 끈을 조른 뒤, 양말가게에 가서 화려한 것으로 여섯 켤레를 샀다. 만약 할 수만 있었다면, 그는 가벼운 발걸음으로 콘 마켓 거리로 걸어갔을 것이다. 차는 잘 나갔고, 법정은 끝났고, 사건도 잘 풀릴 것 같은 예감이었다.

다른 사람들도 쇼핑을 하고 있었다. 상점들은 번창하고 있었는데, 그것은 옥스퍼드 중심부인 메인스트리트의 대형 가게들뿐만이 아니었다. 커다란 발을 끌며 모스가 옆구리에 쇼핑백을 낀 무렵, 보틀리 도로에서 들어간 초라한 뒷골목에서는 더욱 신속하고 간단한 거래가 이루어지고 있었다. 존 샌더스는 적어도 이번에는 좋은 거래를 할 수 있었다.

18

10월 13일 수요일 오후

13일은 론스데일 칼리지에서는 가을 학기 최초로 손님을 초대하는 밤이었다. 버나드 클로저는 평소보다 조금 일찍 집을 나섰다. 오후 6

시 15분에 피터 뉴러브의 방을 노크한 그는, 대답을 기다리지 않고 그대로 들어갔다.

"버나드?"

"날세."

"술이라도 마시고 있게. 금방 나갈 테니까."

버나드는 오다가 수위실에 들러, 자기 우편함에서 세 통의 편지를 가지고 왔다. 두 통은 대충 뜯어보고 바로 재킷 주머니에 넣었다. '친전'이라고 적힌 세 번째 편지는 '학장으로부터' 온 편지였다.

'최근에 발생한 우드스톡 살인사건을 조사 중인 경찰은, 그들이 입수한, 수사상 중요한 증거일지도 모르는 편지의 출처를 찾고 있습니다. 경찰에서 본 칼리지 안의 모든 타이프라이터를 체크해달라는 요청이 있어서, 본인은 모든 동료에게 이 요청에 응해주기를 부탁하는 바입니다. 회계 담당이 이 업무를 맡는 것에 동의했습니다. 우리는 이 정당한 요구에 기꺼이 응해야 한다는 것이 본인과 부학장의 견해입니다. 그래서 본인은 살인사건의 수사 책임자인 모스 경감에 대해, 본 칼리지는 최대한 적극적으로 협조할 뜻을 전했습니다. 회계 담당자는 칼리지의 모든 타이프라이터의 리스트를 가지고 있지만, 그밖에도 특별 연구원의 방에 개인용 타이프라이터가 있을지도 모릅니다. 그런 것이 있다면 곧 회계 담당에게 알려주시기 바랍니다. 협조를 부탁합니다.'

"뭐 하나, 버나드? 술 안 마시나?" 피터가 목욕탕에서 나와 숱이 빠지기 시작한 머리를 이 빠진 빗으로 빗으면서 말했다.

"자네한테도 이런 것이 왔나?"

"우리의 존경하는 학장이 보낸 편지라면 분명히 받았네."

"무슨 일일까?"

"모르겠어. 아무튼 수수께끼 같아."

"언제 조사하지?"

"언제 하느냐고? 벌써 했어. 적어도 내 것은. 오늘 오후, 어떤 어린 아가씨가 찾아왔더군. 물론 회계 담당자와 함께. 뭔지 모를 내용을 약간 타이핑하고, 금방 나갔어, 유감스럽게도. 예쁜 아이였는데. 가끔 회계 담당자에게 실없이 놀러라도 다녀야겠어."

"내 것은 조사해도 헛수고일 거야. 그 타이프라이터는 아주 옛날에 나온 것이고, 리본은 벌써 반년 전부터 못쓰게 되어버렸어. 말하자면 '다된 물건'인 거지."

"그러면 의심스러운 것이 하나 줄어드는 셈이군, 버나드, 정말 안 마실 텐가?"

"오늘 밤엔 이제부터 마실 술만으로도 충분하다고 생각하지 않나?"

"생각하지 않는데."

피터는 의자에 앉아 고급 갈색 구두를 신었다. 사이즈 10, 그러나 M&S의 셀프 서비스 구두코너에서 산 것은 아니었다.

"한 잔 할 시간은 있을 것 같은데요."

이제 곧 오후 7시 30분이 되려하고 있었다.

"뭘로 하겠소?"

"드라이 셰리 부탁해요. 곧 돌아올게요. 화장을 좀 고치려고요."

그녀는 화장실로 갔다. 라운지 바에는 몇 명의 손님밖에 없어서, 주문한 술은 이내 나왔다. 모스는 그것을 가지고 구석자리에 가서 앉았다.

'셰리던'은 옥스퍼드에서 가장 현대적인 호텔로, 다른 곳에서 찾아오는 무대와 영화, 스포츠, 텔레비전 스타들의 대부분은, 세인트저일스 거리의 막다른 곳에서 약간 간 곳에 있는, 이 설비가 잘 갖춰진 커다란 석조 건물에서 숙박했다. 줄무늬 차양이 보도를 향해 나와 있고, 제복 입은 도어맨이 회전문에서 도로로 통하는 낮은 계단 위, 번쩍거리는 명판 옆에 서 있었다. 모스는 호텔 간부가 붉은 카펫을 어딘가에 준비하고 있는 게 아닐까 하는 느낌마저 들었다. 하지만, 오늘밤에는 붉은 카펫이 깔려 있지 않았다. 그렇기는커녕, 그는 호텔의 좁은 안마당에 차를 둘만한 공간을 찾지 못해, 세인트저일스 거리에 주차하지 않으면 안 되었다. 그리 좋은 출발은 아니었다. 그리고 두 사람 사이에서는 아직 대화가 무르익지 않고 있었다.

그는 돌아오는 그녀를 지켜보았다. 그녀는 코트를 벗고, 선망의 대상이 될 만한 우아한 모습으로 모스 쪽을 향해 걸어왔다. 긴, 새빨간 비로드 드레스가 부드러운 몸의 곡선을 드러내주고 있었다. 그의 심장은 갑자기 달콤하고 강하게 고동치기 시작했다. 그들의 눈이 마주치자 그녀는 미소를 지었다. 그녀는 모스 옆자리에 앉았다. 그는 차 안에서 그녀가 옆에 앉아 있었을 때와 마찬가지로, 그녀의 향수가 발하는 신비롭고 형언하기 어려운 기대감으로 차오르고 있었다.

"건강을 위해, 수."

"건강을 위해, 경감님."

모스는 이 호칭을 어떻게 하면 좋을지 알 수가 없었다. 그는 우연히 만난 옛날 제자가, 말끝마다 '선생님'이라고 부르는 통에, 곤혹스러워하는 늙은 학교 선생 같다는 기분이 들었다. 하지만, 다른 호칭을 듣는 것도 불편했다. 그는 '경감님'으로 참기로 했다. 그러다 보면 언젠가는 바뀔 때도 있을 것이다. 모스가 담배를 내밀자 그녀는 거절했다. 그녀가 셰리를 홀짝이는 것을 바라보던 모스는, 그녀의 길고 아름답게 손질된 손가락을 보았다. 반지도 끼지 않고, 매니큐어도 칠하지 않은 손이었다. 그는 그녀에게 그날 있었던 일에 대해 묻고, 그녀는 거기에 대답했다. 어쩐지 어색했다. 그들은 술을 마신 뒤, 라운지를 나가 에반스 룸으로 가기 위해 계단을 올라갔다. 그녀는 드레스를 약간 들어올렸고, 모스는 오른쪽 구두가 발에 끼는 것을 잊으려고 노력하는 한편, 왼발을 아치 모양으로 구부려 구두가 벗겨지지 않게 하려고 고심했다.

에반스 룸은 별로 튀지 않는, 고급스러운 취향으로 장식되어 있었다. 길이 잘 든, 작은 댄스플로어 주위에 테이블이 같은 간격으로 놓여 있고, 나이프와 포크가 하얀 테이블보 위에서 반짝반짝 빛나고 있었다. 테이블마다 켜져 있는 빨간 촛불의 파랗고 노란 불꽃이 점점 가늘어져 갔다. 모스는 그것을 수 위도슨처럼 우아하다고 생각했다. 몇 쌍의 커플은 벌써 자리에 앉아 있었다. 모스에게는 반갑지 않은 일이었지만, 그중에 그녀의 불쾌한 친구들도 있는 것이 확실했다. 소규모 밴드가 잠시 마음을 흔드는 듯한 나른한 멜로디를 연주했다. 그들이 테이블에 안내되었을 때 젊은 커플이, 마음이 바쁜 듯, 주위를 잊고 서로의 눈을 뚫어지게 응시하면서 댄스플로어에 섰다.

"전에 이곳에 와본 적 있소?"

그녀는 고개를 끄덕였다. 모스는 젊은 커플을 눈으로 쫓으면서, 필요 없는 상상은 하지 않기로 마음먹었다. 웨이터가 메뉴판을 가지고 왔다. 모스는 이 기분전환 거리를 환영했다.

"와인이 따라 나오나?"

"두 사람에 한 병이에요."

"그것뿐?"

"그거면 충분하지 않아요?"

"오늘밤은 특별한 밤 아니오?" 수는 아무 말도 하지 않았다. "샴페인을 한 병 하는 게 어떻겠소?"

"저를 집에 데려다 주실 건가요?"

"택시를 타면 되지."

"당신 차는 어떻게 하구요?"

"경찰이 와서 가지고 가겠지." 수가 웃었다. 모스는 그녀의 하얀 이와 육감적인 입술을 바라보았다.

"어떻게 할까?"

"저야 당신한테 달렸죠, 경감님."

정말로 그랬으면 좋겠다고 모스는 생각했다.

몇 쌍의 커플이 춤을 추기 시작했고, 수는 그들을 지켜보고 있었다.

"춤을 좋아하는 모양이군?"

수는 춤추는 사람들에게 시선을 향한 채 고개를 끄덕였다. 잘생긴 청년이 그들을 향해 손을 흔들었다.

"수, 잘 있었어?" 그녀는 손을 들어 거기에 답했다.

"누구요?" 모스가 공격적으로 물었다.

"아이어스 선생, 래드클리프의 인턴이에요."

그녀는 춤에 매료된 것 같았다. 그러나, 샴페인이 나오자 그녀는 모스의 궤도로 돌아왔고, 그때부터 한동안은 대화가 매끄럽게 진행되었다. 모스는 최선을 다해 친절하고 재미있게 얘기했고, 수는 즐겁고 편안해 보였다. 그들은 식사를 주문하고, 모스는 다시 샴페인을 잔에 따랐다. 밴드의 연주가 끝났다. 플로어의 커플들은 몇 초 동안 아쉬운 박수를 친 뒤 주위의 테이블로 돌아갔다. 아이어스 의사와 동행한 짙은 마스카라의 젊은 브루넷(살갗, 머리, 눈이 검은 색인 사람 : 옮긴이)이 모스의 테이블로 다가왔다. 수는 그들을 만난 것을 반기는 눈치였다.

"아이어스 선생님, 이쪽은 모스 경감님이세요." 두 남자는 악수를 나눴다. "그리고 이쪽은 샌드라. 샌드라, 모스 경감님이셔."

졸리는 듯한 눈을 한 샌드라도 래드클리프 병원에서 수와 함께 일하고 있는 간호사임이 분명했다. 밴드가 시끄러운 곡을 연주하기 시작했다.

"수와 춤을 춰도 될까요, 경감님?"

"물론이오."

모스는 미소를 지어 보였다. 이 불결한 플레이보이 인턴놈 같으니! 샌드라는 자리에 앉아, 흥미로운 눈빛으로 모스를 바라보았다.

"당신한테 춤을 신청할 수 없어서 무척 유감이군요." 그가 말했다.

"사고로 다리를 다쳤어요. 지금은 거의 나았지만."

샌드라는 진심으로 동정했다.

"어머, 어쩌다가 그렇게 되신 거예요?"

지난 1주일 동안 벌써 50번째나 되지만, 모스는 사고의 부수적인 상황을 되풀이해 얘기했다. 그러나 그의 마음은 수에게만 향하고 있었다. 모스는 그녀가 인턴을 따라 플로어로 나가는 것을 보면서 콜리지를 떠올렸다.

신부는 홀을 향해 걸어간다.
그녀는 붉었다, 장미처럼

그는 두 사람의 춤을 지켜보았다. 그는 수의 팔이 파트너의 목에 착 감기고, 그녀와 그의 몸이 밀착해 있는 것을 보았다. 그의 뺨이 그녀의 머리카락에 닿았고, 그녀는 행복한 듯이 그의 어깨에 머리를 기댔다. 모스는 질투와 불안에 견딜 수가 없었다. 그는 찰싹 달라붙어 있는 두 사람한테서 시선을 거두었다.

"나도 조금은 춤을 출 수 있을 것 같은데. 같이 추겠소?"

그는 샌드라의 손을 잡고 플로어로 이끌며, 오른팔로 그녀의 허리를 꼭 안고 끌어당겼다. 그러나 그는 곧 자신의 어리석음을 깨달았다. 다친 발은 순조롭게 움직였지만, 다른 쪽 발은 댄스 플로어에서 1센티미터 이상 올릴 자신이 없었고, 파트너의 발부리를 몇 번이나 차고 말았다. 다행히 춤은 곧 끝났다. 모스는 어설픈 다리에 대해 장황하게 사과를 늘어놓으면서, 안전한 테이블로 맥없이 돌아갔다. 수는 아직도 아이어스 의사와 밝게 얘기하고 있었다. 샌드라가 거기에 끼어들자, 세 사람은 와! 하고 큰 소리로 웃고 떠들었다.

10분 전에는 모스는 아무리 맛있고 촉촉한 스테이크라도, 오늘 밤에는 사해의 사과처럼 퍼석거리며 아무 맛도 없을 거라고 예상하고 있었지만, 지금 그는 억지로 요리를 입으로 나르고 있었다. 적어도 그는 먹을 수 있었다. 춤은 출 수 없어도, 완전히 중년이 되어버린 것을 절감하면서도, 수가 다른 남자를 선망하고 있다 해도, 그래도 그는 먹을 수가 있었다. 게다가 무척 맛있었다! 그들은 거의 얘기를 하지 않았다. 그렇지만 커피를 마시면서 그가 들은 말은 그를 놀라게 했다.

"어째서 저에게 데이트 신청을 할 마음이 드신 거예요, 경감님?"

모스는 그녀를 바라보았다. 얼굴에 내려온 다갈색 머리. 얼굴은 생기와 기쁨으로 넘치고, 빰은 와인으로 발그스름하게 물들어 있었다. 커다랗고 우수어린 눈이 특히 매력적이었다. 그는 뚜렷한 목적이 있어서 그녀에게 접근했던 것일까? 모스는 잘 알 수가 없었다. 그는 테이블에 양 팔꿈치를 짚고, 마주 깍지 긴 손 위에 턱을 얹었다.

"당신이 무척 아름다워서, 당신과 함께 있고 싶었기 때문이오."

수는 몇 초 동안 눈도 깜박이지 않고, 다정한 눈으로 모스를 응시했다.

"진심으로 하는 말이에요?"

수는 조용히 물었다.

"당신에게 제의했을 때는 진심이었는지 어땠는지 모르겠소. 그러나 지금은 진심이오, 그건 당신도 알고 있을 거요."

모스는 솔직하고 온화하게 말하면서 그녀의 눈을 지그시 응시했다. 그녀의 아래쪽 눈꺼풀에 아름다운 눈물이 어렸다. 수는 손을 뻗어 모스의 팔 위에 얹었다.

"나와 함께 춤춰줘요." 수가 속삭였다.

플로어는 복잡했고, 그들은 밴드의 달콤하고 낮은 리듬에 맞춰 천천히 몸을 움직일 뿐이었다. 수는 머리를 그의 뺨에 가볍게 갖다대었다. 모스는 그녀의 눈의 물기를 느끼며 더할 수 없는 기쁨을 맛보았다. 세상이 멈추고, 이 꿈 같은 순간이 영원히 계속되었으면 좋겠다고 생각했다. 모스는 수의 귀에 키스하며 어색한 사랑의 말을 속삭였다. 수는 더욱 더 깊이 그의 품에 몸을 기대오며, 더욱 강하게 그의 몸을 끌어당겼다. 음악이 끝났지만 그들은 서로 포옹한 채 서 있었다. 수는 그를 올려다보았다.

"어디로든 가요, 둘이서만."

모스는 그 뒤 몇 분 동안의 일은 기억나지 않았다. 그는 꿈을 꾸고 있는 듯한 상태에서 회전문 옆에서 기다렸고, 그런 다음 두 사람은 팔짱을 끼고 차가 있는 곳을 향해 세인트저일스 거리를 천천히 걸어갔다.

"할 말이 있어요." 차 좌석에 앉았을 때 수가 말했다.

"얘기해 봐요."

"당신은 저를 유혹했을 때는 진심인지 어떤지…… 진심으로 말한 것이 아닐지도 모른다고 했어요. 아, 뭐라고 말해야 할지 모르겠어요. 그러니까 당신은 저에게 뭔가 묻고 싶었던 거죠?"

"내가?" 모스는 되물었다.

"네, 제니퍼에 대한 일로. 우리가 처음 만난 것도 그 일 때문이었잖아요. 당신은 제니퍼가 우드스톡 살인사건과 관계가 있을 거라고 생각하고……" 모스는 고개를 끄덕였다. "그래서 저에게 그녀의 남자 친구에 대한 것과 뭔가를 묻고 싶은 거예요."

모스는 어두운 차 안에 말없이 앉아 있었다. "지금은 묻지 않겠소, 수. 걱정할 필요 없어요." 그는 수의 몸에 팔을 두르고 끌어당겨, 신이 만들어주신 가장 부드럽고 가장 감미로운 입술에 다정하게 키스했다. "다음에 언제 만날 수 있을까, 수?"

그렇게 말한 순간 그는 뭔가가 이상하다고 생각했다. 그녀의 몸이 굳어진 것이 느껴졌다. 그녀는 모스한테서 몸을 빼고 손수건을 꺼내어 코를 풀었다. 그녀는 당장이라도 울음을 터뜨릴 것 같았다.

"아뇨." 수는 말했다. "우린 만날 수 없어요."

모스는 전에 경험한 적이 없는 커다란 고통을 느꼈다. 그의 목소리는 긴장되었고 믿을 수 없다는 느낌이었다.

"하지만, 왜? 왜 만날 수 없다는 거요?"

"안돼요." 그녀의 목소리는 아무 일도 아닌 것처럼, 또 결정적으로 들렸다. "이젠 만날 수 없어요, 경감님. 저는 약혼했어요."

그녀는 간신히 마지막 말을 하고는, 모스의 어깨에 얼굴을 묻고 격렬하게 울음을 터뜨렸다. 모스는 그녀를 꼭 끌어안은 채 바닥 모를 비애를 느끼면서, 단속적인 흐느낌소리를 들었다. 앞 유리창이 그들의 숨결로 김이 서려 있었다. 모스는 그 습기를 손등으로 약간 닦았다. 밖에 세인트존스 칼리지의 묵직한 외벽이 보였다. 아직 오후 11시밖에 안 되어서, 한 무리의 학생들이 수위실 밖에서 떠들썩하게 웃고 있었다. 모스는 그 장소를 잘 알고 있었다. 그도 그곳의 학생이었던 것이다. 그렇지만, 그것은 벌써 20년 전의 일로, 그 이후의 세월은 어느새 그의 곁을 지나가 버렸다.

그들은 말없이 노스옥스퍼드까지 차를 달렸다. 모스는 수의 집 바로 앞에 란치아를 세웠다. 그때 현관문이 열리더니 제니퍼 콜비가 차

열쇠를 들고 나타나서 그들 쪽으로 걸어왔다.

"수, 생각보다 일찍 왔네."

수는 차창을 내렸다.

"음주 운전으로 걸리기 싫어서."

"들어오셔서 커피라도 한 잔 하시겠어요?"

그 질문은 차창 너머로 모스에게 향한 것이었다.

"아니오, 그냥 집으로 돌아가겠소."

"그럼, 다음에 봬요." 제니퍼는 수에게 말했다. "차를 두고 올게."
그녀는 작고 예쁜 피아트를 타고, 다음 가로의 임대 차고 쪽으로 솜
씨 좋게 운전해 갔다.

"좋은 차군요, 피아트." 모스가 말했다.

"영국차만큼은 아니잖아요?" 수가 말했다. 그녀는 가상하게도 다
시 울음을 터뜨리지 않기 위해 노력하고 있었다.

"신뢰도가 꽤 높은 것 같소. 혹시 고장 나는 일이 있어도 가까운
곳에 좋은 대리점이 있거든."

모스는 아무렇지도 않게 들리기를 바랐지만, 사실은 아무래도 상관
없었다.

"네, 금방 달려와 주더군요."

"바커스 정비소도 꽤 친절하던데."

"제니퍼도 그렇게 말했어요."

"그럼, 이만 가보겠소."

"정말 커피라도 마시지 않겠어요?"

"아, 됐어요."

수는 모스의 손을 잡고 가볍게 힘을 주었다.

"틀림없이 잠들 때까지 내내 울 거예요."

"그런 말은 하지 말아주시오."

그는 더 이상 고통을 받고 싶지 않았다.

"당신이 내 옆에서 함께 자주신다면 좋겠어요."

"나도 당신이 언제까지나 내 옆에서 함께 자줬으면 좋겠소."

그들은 더 이상 말하지 않았다. 수는 차에서 내려, 천천히 움직이기 시작하는 란치아에 손을 흔들며 현관을 향했지만, 눈물이 앞을 가려 잘 보이지 않았다.

모스는 무거운 마음을 안고 키들링튼으로 차를 몰았다. 그는 수를 처음 만났을 때와 마지막으로 만났을 때를 생각했다. 만약 다른 상황에서 만났더라면! 그는 전에 읽었던 무척 슬픈 시를 떠올렸다.

나는 그녀가 쓴 한 줄의 편지도, 그녀의 머리카락 한 오라기도 가지고 있지 않다

마음이 점점 우울해졌다. 집으로 돌아가고 싶지 않았다. 지금까지 이토록 고독을 느낀 적은 한 번도 없었다. 그는 '화이트호스'에 들러 더블 위스키를 주문하고, 아무도 없는 구석 자리에 가서 앉았다. 그녀는 그의 이름조차 묻지 않았다……. 그는 아이어스 의사와 동행했던 검은 눈의 샌드라를 떠올리며, 별로 부럽지는 않았지만, 그들은 아마 지금쯤 침대에 들어가 있을 거라고 상상했다. 그는 또 버나드 클로저를 생각하며, 블레넘 공원에서의 애인과의 밀회 때는, 그가 지금 맛보고 있는 슬픔의 반도 느끼지 않았을 거라고 생각했다. 수와 그녀의 약혼자도 생각하며, 상대방이 좋은 청년이기를 바랐다. 그는 더블 위스키를 한 잔 더 주문했다. 술에 취해 감상적이 된 그는, 주인이 폐점을 알렸을 때야 비로소 가게에서 나왔다.

그가 불필요할 정도로 신중하게 차를 차고에 넣은 뒤 현관문을 열려고 할 때, 전화벨 소리를 들려왔다. 그의 마음은 뛰기 시작했다.

그가 홀에 뛰어들었을 때는 전화벨 소리는 멎어 있었다. 그녀일까? 수였을까? 전화를 걸어볼 수도 있었다. 번호가 몇 번이었더라? 그는 몰랐다. 경찰의 파일 속에는 적혀 있었다. 전화해 보자. 그는 수화기를 들었다가 다시 놓았다. 수는 아닐 것이다. 수였다면 다시 걸겠지. 그가 '화이트호스'에 있는 동안 계속 전화를 걸었을지도 모른다. 빌어먹을! 한 번만 더 걸어줘, 수. 당신의 목소리를 듣게 해줘. 다시 한 번 걸어줘, 수. 하지만 전화는 그날 밤에는 다시는 울리지 않았다.

19

10월 14일 목요일

목요일 아침, 버나드 클로저는 아직도 술이 덜 깬 상태에서 일어났다. 오전 11시부터 학교에서 강의가 있었기 때문에, 그는 불안을 느끼면서 '밀턴의 시 스타일이 받은 여러 영향'에 대한 자신의 노트를 천천히 읽고 있었다. 9시 15분 전에 마거릿이 뜨거운 블랙커피를 갖다 주었다. 그녀는 언제나 그의 숙취에 대해 알고 있었다. 그리고 대개 입 밖에 내어 그 일에 대해 말했다. 그녀는 6시 반부터 일어나서 아이들의 아침 식사를 준비하고, 셔츠와 블라우스를 세탁하고, 침대를 정리하고, 침실을 청소했고, 지금은 현관에서 코트를 입고 있었다. 그녀는 문으로 얼굴을 내밀었다.

"기분이 어때요?"

버나드는 숙취를 떠올리게 하는 것이 싫어서 견딜 수가 없었다.

"괜찮아."

"뭐 사오라고 부탁할 것 없어요? 제산제(制酸劑)는?"

오랫동안 분쟁을 계속하며 국경을 사이에 두고 서로 대치하고 있는 두 나라——두 사람 사이는 그것과 닮은 일촉즉발의 상태였다.

마거릿! 마거릿! 그는 그녀와 대화를 하고 싶었다.

"아니야, 됐어. 마거릿, 나도 곧 나가야 해. 잠깐 기다려주지 않겠어?"

"안돼요, 지금 가야 해요, 점심 식사 때 집에 올 거예요?"

이렇게 되면 하는 수 없다.

"아니, 학교에서 해결할 거야."

현관문이 쾅 닫히는 소리가 들리자, 그는 그녀가 빠른 걸음으로 거리 끝까지 가서 모퉁이를 돌아 모습이 보이지 않을 때까지 지켜보았다. 그런 다음 부엌으로 가서 컵에 물을 가득 따라, 진정제를 두 알떨어뜨려 녹였다.

모스와 루이스는 그날 아침 9시부터 10시까지 협의를 하고 있었다. 확실하게 해두고 싶은 일과, 조사해보고 싶은 흥미로운 일이 몇 가지 있었던 것이다. 적어도 루이스에게 설명한 모스의 말에 의하면 그랬다. 루이스가 나간 뒤, 〈옥스퍼드 메일〉의 젊은 기자한테서 전화가 걸려왔다. 석간에 짧은 기사를 싣고 싶다는 것이었다. 그는 적당하게 대답하고 넘어갔다. 할 말은 별로 없었지만, 그는 가능한 한 자신감 있게 말하려고 애썼다. 그것은 사기를 높이는 데 좋은 것이다.

그는 케이의 파일을 꺼내 1시간 동안 사건 기록을 다시 읽어보았다. 11시에 그는 파일을 챙겨 넣고 옥스퍼드와 그 근교의 전화 번호부를 가져와서 C로 시작되는 이름의 번호를 찾았다. 그리고 포틀리 도로에 있는 초클리 앤드 선스의 지배인을 불러냈다. 하지만 운 나쁘게 존 샌더스는 그날 출근하지 않았다고 한다. 그의 어머니한테서 전화가 와서 심한 감기에 걸렸다고 했다는 것이다.

"그를 어떻게 생각하십니까?" 모스가 물었다.

"좋은 사람입니다. 얌전하고 좀 무뚝뚝한 것도 같지만, 요즘 젊은 사람들은 거의 다 그러니까요. 일은 잘 합니다."

"감사합니다. 그에게 좀더 묻고 싶은 것이 있었을 뿐입니다."

"우드스톡 살인 사건 말입니까?"

"예, 피해자를 발견한 사람이 그였습니다."

"신문에서 보고, 우리도 그 사람한테서 얘기를 듣고 싶었습니다."

"그래서 얘기하던가요?"

"아니, 별로. 그 일에 대해 말하고 싶지 않은 모양이었습니다. 그럴 만도 하다고 생각하지만."

"그렇지요. 정말 감사합니다."

"천만에요. 그의 주소를 알려드릴까요?"

"괜찮습니다. 이쪽에도 있어요."

루이스 쪽이 약간 운이 좋았다. 저면 부인은 집에서 계단을 청소하고 있었다.

"무슨 말씀이세요? 둘 다 분명히 여자였어요."

루이스는 고개를 끄덕였다. "한두 가지 사실을 확인하려는 것뿐입니다."

"아시다시피, 저는 그 중의 한 사람과 얘기까지 한걸요. 그 가엾은 아가씨 쪽은, 그런 일을 당하고 말아서…… 그리고 둘 다 거의 키가 비슷한 것 같았어요. 하지만 정말 좀처럼 생각이 나지 않아요……."

그럴 만하다고 생각하면서 루이스는 돌아섰다. 저면 부인은 다시 계단 청소를 계속했다.

루이스는 그 버스의 차장이 버스 회사 식당에서 커피를 마시고 있는 것을 발견했다.

"한 아가씨가 버스를 탔다고요? 지난번에는 두 사람이라고 하지 않았습니까?"

"맞아요, 그렇게 말했어요. 하지만 한 사람밖에 타지 않았던 게 아닌가 하는 생각이 문득 들어서 물어보는 겁니다."

"미안하지만 생각이 나지 않습니다. 정말 미안하군요. 그때 이후 시간이 상당히 지났으니까요."

"아니, 괜찮습니다. 방금도 말했듯이, 그런 생각이 들었을 뿐이니까요. 혹시 뭔가 생각나는 게 있으면……."

"알고 있습니다."

존 베이커는 자신의 집 뜰을 파고 있었다.

"아, 지난번에 왔던 분이군요."

"템스벨리 경찰의 루이스 부장 형사입니다."

"그랬지요, 용건은?"

루이스는 방문 목적을 설명했고, 조지의 대답은 앞의 두 사람의 대답보다 약간 나은 정도였다.

"글쎄, 남자였을지도 모르지만 저는 아무래도 두 사람 다 여자였다는 생각밖에 들지 않는군요."

사람들의 기억은 점점 희미해지고, 사건의 충격도 식어가고 있었다. 루이스는 점심을 먹기 위해 집으로 돌아갔다.

오후 2시에 그는 밴버리 거리에 있는 바커스 자동차 정비소의 정비 주임 사무실로 안내되었다. 거기서 9월 22일 또는 9월 27일 이후의 전표와, 고객에게 보낸 송장, 원장부, 그 밖에 수리한 차에 대한 갖가지 기록 등 수백 장이나 되는 카본 복사지를 1시간 이상 꼼꼼하게 조사했다. 그러나 아무것도 나오지 않았다. 그는 다시 한 시간을 들여 9월 초로 거슬러 올라가 조사해 보았지만, 갈수록 헛수고라는 생각만 들 뿐이었다. 제니퍼 콜비는 바커스의 단골손님이기는 하지만, 7월 이후에는 수리와 정비를 위해 차를 맡긴 적이 없었다. 그녀는 3년 전에 바커스에서 새 차를 샀고, 할부금은 거의 끝나 있었다. 지금까지의 지불에도 아무런 문제가 없었고, 차가 크게 고장난 일도 없었다. 7월 14일에 있었던 6천 마일(약 9,656킬로미터) 주행 뒤의 점검에서 두세 군데 사소한 수리를 했고, 요금 13파운드 55펜스는 7월 30일에 지불되었다.

루이스는 그리 놀라지는 않았지만 실망을 맛보았다. 콜비라는 여자에게 모스가 지나치게 집착하고 있는 것 같았다. 이 보고로 그는 그녀에 대한 의심을 완전히 털어버릴 것이다. 아니, 그럴까? 하고 루이스는 생각했다. 그는 신문 가판대까지 걸어가서 석간을 샀다. 제1면 아래, 오른쪽 구석의 표제가 그의 눈길을 끌었다.

우드스톡 살인사건

해결 임박

경찰은 정력적으로 수사한 결과, 9월 29일 밤 우드스톡의 '블랙 프린스'에서 시체로 발견된 실비아 케이의 폭행살인범이 체포될 날이 머지않았다는 자신감을 암시했다. 수사를 지휘하고 있는 템스밸리 경찰 본부의 모스 경감은, 오늘 이미 여러 명의 중요한 증인이 나타났다고 말했다. 동 경감은 범인이 체포되는 것은 이제 시간 문제로 여기고 있다.

루이스는 허세라고 생각했다.

자신감 넘치는 살인사건 수사의 리더는, 만약 좋아하는 레코드를 가지고 무인도로 가야 하게 되었을 때, 무엇으로부터 달아나는 것이 가장 기쁘냐고 하는 판에 박힌 질문을 받는다면, 아마 '위원회'라고 대답했을 것이다. 연금과 승진과 임명건을 논의하기 위해 열린 이 날 오후의 회의는, 메마른 사막처럼 끝없이 계속되었다. 이 회의에서 그가 한 말은 맥퍼슨 순경을 추천하는 한 마디뿐이었다. 그 얘기를 들으니, 그가 냉소적인 침묵을 지키는 평소의 습관을 깬 것도 무리가 아니라는 생각이 들었다. 회의는 5시 5분에야 겨우 끝났다. 그가 하품을 하면서 방으로 돌아오니, 루이스가 이번 토요일 블랙 풀에서 열릴 옥스퍼드 유나이티드 팀의 축구 원정 경기의 예상 기사를 읽고 있었다.

"보셨습니까?"

루이스는 그에게 신문을 건네며, 우드스톡 살인범의 심판일을 예고하는 표제를 가리켰다.

모스는 귀찮다는 듯이 말없이 기사를 읽었다.

"신문 기자라는 건 뭐든지 왜곡해서 쓰는 법이야."

수 위도슨의 하루도 시간이 느릿하게 지나갔다. 전날 밤 그녀는 무슨 일이 있어도 모스와 다시 한번 얘기를 나누고 싶었다. 어떤 말을 하고 싶은지는 스스로도 몰랐다. 그의 집 전화가 고장 났던 것일까? 그러나 아침 햇살 속에 다시 냉정함을 되찾은 그녀는, 자기가 간밤에 하려고 한 일이 얼마나 어리석은 것이었는지를 깨달았다. 토요일에는 데이비드가 주말을 함께 보내기 위해 찾아올 것이다. 그녀는 평소와 같은 시간에 그를 맞이하러 역까지 가야 한다. 사랑하는 데이비드, 그날 아침에도 그한테서 편지가 와 있었다. 정말 좋은 사람이고, 그녀는 그를 무척 좋아했다. 하지만…… 안돼! 모스에 대해서는 절대로 생각해서는 안돼. 하지만, 그것은 거의 불가능한 일이었다. 샌드라는 끝없이 질문을 해댔고, 아이어스 선생은 아무 거리낌 없이 그녀의 엉덩이를 만졌다. 그녀는 견딜 수 없이 비참한 기분이었다.

에미 샌더스 부인은 아들이 걱정되었다. 그는 지난 1주일 동안 내내 멍하고 기분이 저조해보였다. 지금까지도 그는 하루 이틀 직장에 나가지 않는 일이 있었고, 그때마다 부인은 사랑하는 아들의 꾀병에 대해 초클리 상회에 장황하게 변명하지 않으면 안 되었다. 하지만 오늘은 정말 걱정이었다. 존은 한밤중에 두 번이나 몸이 좋지 않았고, 그녀가 아침 7시에 들여다보았을 때는 땀에 젖어 몸을 떨면서 누워 있었다. 그리고 하루 종일 아무것도 먹지 않았다. 아들이 말리는 것도 듣지 않고 그녀는 오후 5시에 병원에 전화를 걸었다. 아니요, 급한 건 아니지만, 선생님께서 한번 와주실 수 없을까요?

오후 7시 반에 벨이 울렸다. 샌더스 부인이 현관문을 열자, 처음 보는 남자가 서 있었다. 하기는 요즘은 의사들도 자주 바뀌는 것 같다.

"존 샌더스 씨 댁입니까?"

"네, 어서 오세요, 선생님. 와주셔서 정말 감사해요."

"아니, 저는 의사가 아닙니다. 경찰서에서 온 경감입니다."

치핑노튼의 호텔 '벨'의 주인은 오후 8시 30분에 직접 예약을 받았다. 그는 예약 장부를 살펴본 뒤 다시 전화를 걸었다.

"내일 밤과 토요일 밤이라고 하셨죠?"

"맞아요."

"가능할 것 같군요. 더블룸이 있습니다. 욕실이 딸린 것이 좋을까요?"

"그렇게 해주시오. 그리고 가능하면 더블베드로 해주시오. 트윈베드에서는 도저히 잠을 잘 잘 수가 없어서."

"예, 그렇게 해드리겠습니다."

"편지로 예약할 시간이 없는데……."

"그건 걱정 마십시오. 이름과 주소만 말씀해주시면 됩니다."

"존 브라운 부부. 주소는 브리스틀 시 이글스 필드의 힐탑."

"알겠습니다."

"그럼 아내와 둘이서 갈 테니까 잘 부탁해요. 5시쯤 도착할 거요."

"예, 즐거운 여행이길 바랍니다."

주인은 수화기를 놓고, 예약 장부에 존 브라운 부부의 이름을 적어 넣었다. 그의 아내가 이전에 '벨'에 투숙했던 존 브라운의 수를 헤아리니 한 달에만 7명이나 되었다. 하지만, 그런 것에 지나치게 신경 쓰는 것은 그가 할 일이 아니었다. 어쨌든, 지금의 존 브라운은 매우 정중하고 좋은 교육을 받은 사람 같았다. 목소리도 느낌이 좋았고, 말투로 보아 잉글랜드 서부 사람인 듯했다. 그 자신과 마찬가지로. 그리고 그 중에 진짜 존 브라운 부부가 없으라는 법도 없었다.

20

10월 15일 금요일 오전

모스는 금요일 아침 늦게 눈을 떴다. 〈타임스〉는 벌써 현관 바닥에 놓여 있고, 한 통의 편지가 우체통에서 금방이라도 떨어질 것처럼 비어져 나와 있었다. 그것은 바커스에서 온 9파운드 25펜스의 청구서였다. 그는 그것을 맨틀피스 위 시계 뒤에 다른 청구서와 함께 밀어 넣었다.

자동차는 살짝 건드리기만 해도 기분 좋은 소리를 내기 시작했다.

그는 차 뒤에 스틱을 싣고, 경찰서에 가기 전에 래드클리프 병원에 먼저 들르기로 했다. 우드스톡 도로를 기어가듯이 참을성 있게 나아가고 있는 끝없는 자동차 행렬에 끼어들었을 때, 그는 이제부터 어떤 행동을 취할지를 생각했다. 물론 완전히 우연하게 그녀를 만날 수도 있다. 지난번에도 그랬던 것처럼. 아니면 불러낼 수도 있다. 그러나 그녀가 반겨줄까? 그는 그저 그녀를 다시 한 번 만나보고 싶었다. 그렇다면 만나면 되는 것이다! 조금도 부자연스러운 일이 아니다. 그는 간밤에 수의 꿈을 꾸었다. 그것은 막연하고 종잡을 수 없는 꿈이었고, 그녀의 모습은 그의 마음의 앞뜰에 서 있었을 뿐이었다. 수요일 밤의 전화는 그녀가 건 것이었을까?

그는 자동차 행렬에서 떨어져 나와 병원 안마당으로 들어갔다. 그리고 두 줄의 노란 선 위에 차를 세우고, 가장 가까운 곳에 있는 수위를 불러 두 개의 스틱과 그것을 빌렸을 때 썼던 반환서약서를 건네며 수속을 밟아달라고 부탁했다. 그래도 경찰인데!

그가 옥스퍼드를 뒤로 했을 때는 도로는 거의 비어 있었다. 그는 1분마다 자신을 저주했다. 병원 안에 들어가기만 하면 되었던 것이다. 이 바보 같으니! 그는 마음속으로는 바보가 아니라는 것을 알고 있었지만, 그렇다고 마음이 편해지지는 않았다.

루이스가 그를 기다리고 있었다.

"오늘의 예정은 어떻게 됩니까?"

"잠시 뒤에 같이 버스를 타보세." 이건 또 웬 소린가! 왜냐고 물어도 소용없을 것이다. "둘이서 우드스톡까지 버스를 타고 가볼까 하는데, 어떤가?"

"또 차가 고장 났습니까?"

"아니, 굉장히 쾌조야. 당연히 그래야지. 그 끔찍한 배터리 청구서가 오늘 아침에 날아왔더군. 얼마인지 맞춰보게."

"6파운드나 7파운드?"

"9파운드 25펜스야!"

루이스는 콧등에 주름을 잡았다.

"헤딩튼의 타이어와 배터리 가게가 쌉니다. 수고비는 전혀 받지 않아요. 언제나 거기에 부탁하고 있는데, 잘해 주더군요."

"차가 자주 고장 나는 모양이군."

"그 정도는 아니지만, 최근에 두세 번 펑크가 났지요."

"타이어를 갈아 끼울 줄 모르나?"

"그야 물론 할 수 있습니다. 파파 할머니도 아니고. 하지만 스페어 타이어를 가지고 있지 않아서 하는 수 없었지요."

모스는 듣고 있지 않았다. 그는 가슴 속에 피가 얼어붙는 듯한 동통을 느꼈다.

"자네는 천재야, 루이스! 전화 번호부를 이리 주게. 옐로 페이지를 보는 거야. 여기군. 두 집밖에 없어. 어느 쪽을 먼저 할까?"

"첫 번째 것으로 하시면?"

2, 3분 뒤에 모스는 카울리 타이어 앤드 배터리 서비스에 전화를 걸고 있었다.

"급한 일로 주인과 얘기를 하고 싶소. 여긴 경찰이오." 그는 루이스에게 윙크를 보냈다. "아, 난 모스 경감인데, 템스밸리의…… 아니, 아니, 그런 일은 아니오…… 실은 9월 27일부터 1주일 동안의 가게 기록을 조사해주었으면 하는데……. 그래요, 미스 제니퍼 콜비라는 사람이 자동차 배터리를 보충했는지, 아니면 펑크 수리를 했는지 여부를 알고 싶소. 철자는 COLEBY. 맞아요. 확실하게는 모르지만 아마 화요일이나 수요일쯤 될 거요. 알아보고 전화해주겠소? 빨리 조사해줬으면 좋겠는데. 굉장히 급한 일이어서. 맞아요, 이쪽 번호는 알고 있소? 그럼."

그는 두 번째 집에 전화를 걸어, 같은 말을 되풀이했다. 루이스는 모스의 책상 위에 펼쳐져 있는 실비아 케이의 파일을 넘겨보고 있었다. 그는 사진——놀랄 만큼 선명하고 광택이 있는 커다란 흑백 사진을 살펴보았다. 그것은 그날 밤 블랙 프린스 마당에 누워 있던 실비아 케이의 몇 장의 사진이었다. 정말 대단한 미인이라고 그는 생각했다. 하얀 블라우스는 왼쪽으로 난폭하게 찢겨져 있고, 네 개의 단추 가운데 가장 아래의 것만 남아 있는 채, 왼쪽 가슴이 완전히 드러나 있었다. 루이스는 남성 잡지에 나오는 모델의 도발적인 포즈를 생생하게 떠올렸다. 그 사진들을 한 장 한 장 바라보는 것은 에로틱한 경험이 될 수도 있을 것 같았다. 그러나 루이스는 금발의 후두부와 처참하게 부서진 두개골을 떠올렸다. 그는 자신의 사랑하는 딸을 생각했다. 벌써 열세 살이다. 몸매도 어느새 여자다워져 있었다……. 아, 자식을 키운다는 게 얼마나 힘든 세상인지! 딸이 무사히 자라기를 그는 기도했다. 그리고 실비아 케이를 이런 지경으로 만든 자를 무슨 일이 있어도 찾아내야 한다고 뼈저리게 느꼈다.

모스는 전화를 끝내고 있었다.

"무슨 일인지 설명해주시겠습니까?" 루이스가 말했다.

모스는 의자 등받이에 기대어 2, 3분 동안 생각에 잠겼다.

"루이스, 자네한테 좀더 일찍 얘기해 두었어야 했는데, 확실하지 않은 사실이 한두 가지 있었네. 지금도 확실한 건 아니지만. 난 처음부터 사건의 대략적인 줄거리를 파악했다는 자신감을 가지고 있었지. 즉 이런 얘길세. 두 아가씨가 우드스톡까지 차를 얻어 타려고 했어. 그리고 그녀들은 둘 다 차를 얻어 탔다는 상당히 뚜렷한 증거가 있네."

루이스는 고개를 끄덕였다.

"그런데 그들을 태워준 사람도, 또 한 아가씨도 나타나지 않았어.

나는 자신에게 물었지. '왜?' 이 두 사람이 굳게 입을 다물고 있는 건 무엇 때문인가? 두 사람 중 한 사람이 말하지 않는 거라면 충분히 그럴만한 이유를 생각할 수 있어. 하지만 양쪽 다 그런 건 무슨 까닭일까? 이 두 사람이 공범자라는 생각은 도저히 들지 않더군. 그렇다면, 그밖에 생각할 수 있는 건 무엇일까? 내가 본 바로 너무나 있을 법하다고 생각되는 것은, 두 사람이 서로 아는 사이라는 걸세. 하지만, 그래도 충분한 설명이 아니라는 느낌이 들더군. 대부분의 사람들은 서로 알고 있다는 이유만으로 증언을 거절하거나, 치밀한 거짓말을 하지는 않지. 하지만 만약, 그들이 무슨 일이 있어도 두 사람만의 비밀로 해두고 싶은 뭔가 떳떳지 못한 이유를 가지고 있다면 어떻게 될까? 게다가 그 떳떳지 못한 이유가, 그들이 상대를 너무 잘 알고 있다는 사실이었다면 어떨까? 만약 두 사람이 분명하게 말해 애인 관계에 있었다고 하면 어떨까? 두 사람에게는 난처한 상황이 아닐 수 없겠지. 아니, 배후에 살인사건이 있다면 난처한 정도로 끝나는 문제가 아니야."

루이스는 그가 애기를 좀 더 빨리 진행해줬으면 좋겠다고 생각했다.

"여기서 조금 거슬러 올라가서 생각해보세. 우리가 얻은 증언에서, 두 아가씨와 자동차 운전자의 만남은 완전한 우연임이 밝혀졌네. 저면 부인의 증언은 그 점에서는 참으로 확실했어. 우리는 실컷 헛수고를 한 끝에, 빨간 차의 운전자를 찾아냈네. 클로저였지. 그는 증언 속에서 아내 외의 여자와 관계하고 있다는 것과 밀회 장소가 블레넘 공원이라는 것을 인정했어. 게다가, 이것 역시 그 자신의 증언이지만, 그는 9월 29일 수요일 밤에 그 애인과 만나기로 약속되어 있었네. 나는 이 단계에서 대담한 추리를 시도해봤어. 그 애인이 그가 차에 태운 아가씨들 중의 한 사람이었다고 하면 어떨까?"

"하지만……." 루이스가 끼어들려고 했다.

"루이스, 기다리게. 그렇다면 실비아 케이가 그 애인이었을까? 난 그렇게 생각하지 않아. 존 샌더스 군이 29일에 실비아와 만날 약속——아무리 막연한 것이었다 해도——을 한 것을 우리는 알고 있네. 이 일은 아무런 증거도 되지 않지만, 그래도 두 사람 가운데 실비아 쪽이 그럴 가능성이 적다고 할 수 있지. 그래서 남은 또 한 명의 승객——미스 또는 미세스 X. 저먼 부인은 미스 X가 침착하지 못하고 약간 흥분한 기색이었다고 말했네. 데이트 약속, 그것도 중요한 데이트 약속이 있었고, 약속 시간이 다가오고 있다는 사정이 없는 한, 우드스톡으로 가기 위해 그렇게 애태우거나 흥분하지는 않을 거라고 나는 생각하네. 클로저는 고작 1시간 정도라고 말했어. 기억하고 있나?"

"그렇지만……." 그는 다시 끼어들었다.

"또 저먼 부인의 얘기에서 실비아와 또 한 아가씨는 서로 친구 사이라는 것이 밝혀졌어. 내일 아침에는 이 일이 농담거리가 될 거라고 말한 것이 그 증거야. 그래서, 우리는 실비아의 근무처를 조사했고, 미스 제니퍼 콜비에게 온 기묘하고 참으로 불가해한 편지를 입수했네. 나는 그녀가 바로 X가 아닌가 하고 의심하게 되었지. 분명히 편지의 증거만으로는 단정할 수 없는 일이지만, 조사를 계속할 만한 가치는 있다고 생각하네. 제니퍼는 영리한 여자야. 그녀는 내 추측을 두 가지 점에서 혼란시켰어. 우선 그녀는 블레넘 공원 안이 아니라, 우드스톡 바로 앞의 술집에 있었다고 했던 점이네. 두 번째는 이건 나에게는 커다란 난제였고, 지금도 그렇지만 그녀가 차를 가지고 있었다면, 왜 우드스톡까지 버스를 타거나 히치하이크를 할 필요가 있었는가 하는 점이야. 분명히 그녀는 차를 가지고 있네. 이건 내 추리에 치명적인 장애로 보였어. 하지만 정말 그럴까? 내 차는 배터리가 나가는 바람에 수요일 아침에 꼼짝도 하지 않았어. 자네 차도 최근에 두세 번 펑크가 났는데, 고치려고 하면 스스로 고칠 수 있었다고 자네는 말했어. 파파 할머니가 아니니까. 제니퍼 콜비도 그런 할머니는 아니지. 하지만 그녀는 여자야. 그녀가 차가 움직이지 않는다는 걸 알면 어떻게 할까? 단골 정비소에 전화를 걸겠지. 누구라도 그렇게 할 거야. 그래서 자네는 바커스에 가서 조사했지만, 헛수고로 끝났어.

하지만 조금 전에 나는 뭔가가 머리에 번쩍 스친 것 같은 느낌이 들었네. 내가 차 배터리 청구서 얘기를 했을 때, 자네는 타이어와 배터리 가게에 대해 말하더군. 여기서 중요한 문제는, 제니퍼가 차가 고장난 것을 안 것이 언제인가 하는 걸세. 설마 회사가 끝나는 5시 반 전일 리는 없어. 그런데 요즘의 정비소는 그 시각 이후에는 거의 일을 하지 않아. 종업원은 퇴근하고 없지. 하지만 자네가 말한 타이어와 배터리를 취급하는 가게 같은 작은 곳의 종업원이 일하는 시간은 노동조합처럼 철저하지 않다고 나는 생각하네. 조사해 볼 가치가 있는 거지. 나는 이렇게 추측하네. 그날 밤 제니퍼는 차를 수리해줄 곳을 찾지 못했어. 그들이 고치지 못해서가 아니라, 시간에 맞춰 고칠 수 없었던 거지. 그녀는 6시 15분이나 30분까지 고장난 사실을 몰랐을지도 몰라. 그래도 그녀는 어떻게 해보려고 노력했을 거라고 나는 생각하네. 그래도 소용없었다면 그녀는 어떻게 할까? 당연히 버스를 타는 것을 생각할 수 있네. 그녀는 지금까지, 버스를 탈 필요는 없었지만 우드스톡으로 가는 버스는 늘 보아왔지. 실비아가 살해당한 날 밤 5번 정류장에 있었던 것은 제니퍼라고 내가 믿는 것은 그런 이유에서일세. 그녀는 그곳에서 자기처럼 우드스톡에 빨리 가고 싶어하는 실비아를 만났고, 두 사람은 히치하이크를 하기로 했네. 그녀들이 로터리를 지나가자 한 대의 차가 섰지. 클로저의 차. 이건 완전한 우연이라고는 할 수 없을 것 같군, 그렇지 않나? 그도 우드스톡으로 가지 않으면 안 되었고, 제니퍼와 거의 같은 시간에 그곳에 도착하기로 되어 있었으니까. 날은 이미 상당히 어두워져서 그녀인 줄 그가 알아보았는지 어떤지는 잘 모르겠어. 하지만 알았던 게 아닌가 하는 생각이 드네."

모스는 얘기를 끝냈다.

"그리고 무슨 일이 일어났다고 생각하십니까?"

"그 뒤 2, 3마일(3, 4킬로미터) 동안 무슨 일이 있었는지는 클로저가 나에게 얘기했네."

"그의 말을 믿습니까?"

모스는 생각에 잠긴 채, 금방 대답하지 않았다. 전화벨이 울렸다.

"아니야, 믿지 않아."

루이스는 경감을 지켜보았다. 전화의 상대방이 무슨 말을 하는지는 들리지 않았다. 모스는 평온하게 귀를 기울이고 있었다.

"고맙소." 그는 마침내 말했다. "몇 시가 좋겠소? 알았소. 그럼."

수화기를 내려놓은 그에게 루이스는 기대의 눈길을 보냈다.

"뭐라고 합니까?"

"루이스, 아까도 말했지만 자넨 역시 천재야!"

"그녀의 차는 역시 고장이었습니까?"

모스는 고개를 끄덕였다.

"9월 29일, 수요일 저녁 6시 15분에 미스 제니퍼 콜비한테서 카울리 타이어 앤드 배터리 서비스에 전화가 걸려왔어. 완전히 펑크 난 앞 타이어를 급히 갈아 끼워 달라고 했지. 7시 무렵까지 갈 수 있다고 대답하자, 그러면 늦는다고 그녀가 말했다는군."

"가능성이 있군요."

"크게 있지. 그럼 함께 버스를 타러 가볼까?"

두 사람은 11시 35분발 4A의 우드스톡행 버스를 탔다. 버스는 반쯤 비어 있었고 그들은 2층 앞자리에 앉았다. 모스는 입을 다물고 있고, 루이스는 사건의 기묘한 진전에 대해 생각했다. 버스는 상당한 속도로 달리며, 우드스톡에 도착할 때까지 네 번밖에 서지 않았다. 세 번째로 섰을 때, 모스가 부장 형사의 옆구리를 찔렀다. 루이스는 어디쯤인가 하고 창밖을 내다보았다. 버스는 벡블로크 변두리에 있는 얕은 수로 옆에 서 있었다. 그곳에는 초가지붕을 인 커다란 집이 있고, 뜰에는 화려한 줄무늬 파라솔 아래에 테이블과 의자가 많이 놓여 있었다. 그가 머리를 숙여 창문 아래로 내다보니, 술집이 보이고 '골든 로즈'라는 글자가 보였다.

"흥미롭지 않나?" 모스가 말했다.

"무척."

루이스는 대답했다. 무슨 말이든 해야 할 것 같았던 것이다.

우드스톡에서 내리자 모스가 앞장서서 걸어갔다.

"한 잔 할까, 루이스?"

그들은 블랙 프린스의 칵테일 바에 들어갔다.

"안녕하시오, 맥피 부인. 나를 기억하지는 못하겠지?"

"아주 잘 기억하고 있어요, 경감님."

"기억력이 좋군." 모스가 말했다.

"두 분, 뭘 드시겠어요?"

"제일 좋은 비터 두 잔."

"일 때문에 오셨나요?"

모스의 태도에 대한 반감보다 그녀의 타고난 호기심 쪽이 더 강했다.

"아니, 아니. 당신 얼굴을 한 번 더 보고 싶어서 들렀을 뿐이오."

그는 오늘 아침에는 기분이 괜찮은 모양이라고 루이스는 생각했다.

"신문에서 봤는데, 사건 쪽은······." 그녀는 말을 찾고 있었다.

"수사는 잘 되어가고 있지. 안 그런가, 루이스?"

"물론이죠."

루이스가 말했다. 어쨌든 그도 '정력적인 수사'를 펼치고 있는 두명 가운데 한 명인 것이다.

"이 가게에서는 두세 시간 정도 휴식을 주지 않나?"

모스가 물었다.

"아, 이곳은 대우가 아주 좋아요." 그녀는 그에 대해 약간 태도가 부드러워져 있었다. 자신이 얼마나 일을 잘하는지 인정받는 것은 늘 기쁜 일이다. "실은 오늘밤과 토요일과 일요일, 만 이틀 동안 휴가를 낼 수 있어요."

"둘이서 어디 갈까?" 모스가 물었다.

그녀는 직업적인 미소를 지었다.

"어디가 좋을 것 같아요, 경감님?"

좋았어, 아가씨! 하고 루이스는 생각했다.

모스는 메뉴판을 받아 자세히 들여다보았다.

"이 집 요리, 맛있소?" 모스가 물었다.

"직접 확인해 보시죠."

모스는 그렇게 할까 하고 생각하는 것 같더니, 그 대신 가까운 곳에 맛있는 피쉬 앤드 칩스를 먹을 수 있는 가게가 없느냐고 물었다. 그런 가게는 없다고 그녀가 대답했다. 손님이 몇 명 들어오자, 두 경관은 옆문을 통해 안마당으로 나갔다. 그들 오른쪽에 앞 타이어를 양쪽 다 빼버린 차가 웅크리듯이 앉아 있었다. 차 밑에 그리스와 기름이 묻지 않도록 덧옷을 입은 블랙 프린스의 주인이 엄청나게 큰 렌치를 들고 누워 있었다. 그의 옆에는 극히 최근까지 길고 무거운 타이어 스패너를 넣어 두었던 접이식 도구 상자가 있었다.

모스와 루이스가 마당에서 밖으로 나갔을 때, 한 젊은 남자가 두 사람을 알아보지 못하고 칵테일 바에 들어가서 토닉 워터를 주문했다. 존 샌더스는, 초클리 앤드 선스에서 다시 일할 정도는 아니지만, 우드스톡의 사교 생활에 다시 뛰어들 수 있을 정도로는 건강이 회복된 모양이었다.

돌아가는 버스 속에서 모스는 잉글랜드 중부 전역의 버스 시간표와 노스옥스퍼드의 지도를 열심히 살펴보았다. 그리고, 이따금 시계를 들여다보거나 수첩에 짧은 메모를 하기도 했다. 루이스는 시장기를 느꼈다. 피쉬 앤드 칩스 가게가 없었던 것은 정말 유감이었다.

21

10월 15일 금요일 오후

그날 오후 3시 30분에 '친전'이라는 도장이 찍힌, 두툼한 봉투가 모스의 책상에 배달되었다. '학장으로부터'였다. 학장은 매우 용의주도하고 완벽하게 조사해주었다. 그것은 확실했다. 론스데일 칼리지에는 모두 93대의 타이프라이터가 있었다. 대부분 칼리지의 것으로, 다양한 경위를 거쳐 특별 연구원들의 방에 자리잡고 있었다. 20대 이상은 칼리지 교직원의 사물이었다. 한 장 한 장에 번호를 매긴 93장의 종이가 커다란 클립으로 깔끔하게 정리되어 있고, 따로 호치키스로 묶은 두 장의 종이에는 타이핑 견본의 색인이 적혀 있었는데, 당연한 일이지만 학장의 타이프라이터가 No1이었다. 모스는 종이를 한 장 한 장 넘겨보았다. 예상했던 것보다 대대적인 작업이 될 것 같았다. 감식과 직원들을 불러서 물어보니 한 시간 정도 걸린다는 것이었다.

그 날 오후 대부분을 자신의 보고서를 타이핑하는 데 보낸 루이스가, 모스의 방으로 돌아간 것은 오후 4시 15분이었다.

"루이스, 이번 주말에는 쉬고 싶겠지?"

"아닙니다, 뭐, 할일이 있다면 하겠습니다."

"아무래도 일이 많을 것 같은데. 조촐한 대면을 시켜도 좋을 때라고 생각하지 않나?"

"대면요?"

"그렇네. 미스 콜비라는 인물과 클로저라는 인물의 조촐한 대면. 어떻게 생각하나?"

"약간은 해결에 도움이 될지도 모르겠군요."

"으음. 내일 아침 커피 네 잔 제공할 정도의 돈은 있겠지, 경찰에 도?"

"그럼 저도 입회하라는?"

"우리는 팀이네, 루이스. 전에도 말했을 텐데."

모스는 타운 앤드 가운 보험회사에 전화를 걸어 파머 씨를 부탁했다.

"누구신가요?" 뻐기기 좋아하는 주디스였다.

"폴리스라고 합니다만." 모스는 말했다.

"잠깐만 기다리세요, 폴리스 씨…… 네, 말씀하세요."

"죄송하지만 기억에 없는 이름인 것 같은데요, 저는 파머입니다."

"예, 나는 모스입니다. 모스 경감."

"아, 경감님이시군요." 멍청한 아가씨 같으니!

"미스 콜비한테 할 얘기가 좀 있는데요. 내밀하게. 그녀에게……."

파머가 그의 말을 가로막았다.

"경감님, 정말 유감이지만 그녀는 오늘 오후에는 회사에 없습니다. 주말을 느긋하게 런던에서 보내고 싶다고 해서…… 저도 사원들에 대해 가끔은 눈감아줍니다. 때로는 그러는 편이 회사 운영에 도움이 되거든요……."

"런던이라고요?"

"예, 친구들 하고 함께 주말을 보낸다고 합니다. 낮 기차를 탔습니다."

"연락처는 두고 갔습니까?"

"유감이지만 아마 없을 겁니다. 하지만 원하신다면……."

"아니, 됐습니다."

"무슨 전할 말이라도."

"아니오, 본인이 돌아온 뒤에 직접 연락하지요." 어쩌면 수를 다시 만날 수 있을지도 모른다…… "언제 돌아옵니까?"

"잘 모르겠습니다. 아마 일요일 저녁쯤에 돌아오지 않을까요?"

"알겠습니다. 감사합니다."

"별로 도움이 되지 못해서……."

"파머 씨 탓이 아니지요."

모스는 약간 무뚝뚝한 목소리로 전화를 끊었다.

"루이스, 우리의 작은 새 한 마리는 달아나버린 것 같아."

다음에는 버나드 클로저다. 그는 먼저 칼리지에 전화해보기로 했다.

"수위실입니다."

"클로저 씨 방에 연결해주겠소?"

"잠시만 기다리십시오."

모스는 왼손 손가락으로 테이블을 톡톡 두드렸다. 빨리 해!

"기다리고 계십니까?"

"예, 기다리고 있어요."

"전화를 받지 않는데요."

"오늘 오후에 칼리지에 있었소?"

"아침에는 봤습니다만. 잠시만 기다려 주십시오." 3분 뒤, 모스는 이 수위란 작자, 능청스럽게 뜰에서 산책이라도 하고 있는 게 아닐까 하는 생각이 들기 시작했다.

"아직도 기다리고 계신가요?"

"아, 아직 기다리고 있어요."

"선생님은 이번 주말에 어디로 가셨습니다. 무슨 회의가 있는 모양입니다."

"언제 돌아오는지 알아요?"

"모르겠습니다. 칼리지 사무실로 연결해 드릴까요?"

"아니, 됐어요. 나중에 다시 전화하지요."

"알겠습니다."

모스는 몇 초 동안 수화기를 든 채 가만히 있다가, 잠시 뒤 가만히 내려놓았다. "어쩌면, 어쩌면……." 그는 생각에 잠겨 있었다.

"우리의 작은 새 두 마리가 다 날아가버린 모양이군요."

"어쩌면 회의가 런던에서 열리고 있는 건지도 몰라."

"설마?"

"어떻게 생각하면 좋을지 도무지 모르겠군."

30분 뒤에 감식과의 조사 결과가 전화로 보고되었을 때, 그는 당혹해하고 있었다. 루이스는 경감의 기묘한 반응을 지켜보았다.

"확실한가? 잘못 안 건 아니겠지? 그래, 수고했네. 이쪽으로 가지고 와주게. 고맙네…… 루이스, 놀라지 말게."

"편지 말입니까?"

"그렇네. 편지——지금 '몇 명의 친구들'을 방문하기 위해 런던으로 가고 있는 아가씨한테 누군가가 보낸 편지. 타이프라이터의 소유자를 알아낸 모양이야."

"누굽니까?"

"그게 도무지 이해가 안돼. 지금까지 한 번도 들은 적이 없는 인물이야! 피터 뉴러브라고 하던데."

"피터 뉴러브가 누군데요?"

"알아보세."

그가 그날 오후 두 번째로 론스데일 칼리지에 전화를 걸자, 조금 전의 그 수위가 나왔다.

"뉴러브 선생님 말인가요? 아니, 학교에는 계시지 않을 겁니다. 연락장을 조사해보겠습니다……. 역시 월요일까지 안 계십니다. 무슨 전할 말이라도, 없습니까? 그래요? 그럼."

"하는 수 없군." 모스는 말했다. "우리의 작은 새는 모두 달아나버렸네. 이제 이곳에 남아 있어도 별 수 없어. 안 그런가?"

루이스도 동의했다.

"이 어질러진 것을 정리는 해야겠지?" 모스가 말했다.

루이스는 그의 쪽 테이블에 있는 서류를 그러모았다. 실비아 케이의 사진과 블랙 프린스의 안마당의 세밀한 도면이었다. 이 도면에는 가느다란 거미줄 같은 글씨로 안마당에서 발견된 모든 것이 상세하게 기록되어 있었다. 그는 그곳에 누워 있는 살해된 아가씨의 클로즈업 사진에 다시 눈길을 주었다. 그리고 무참하게 노출된 그녀의 아름다운 몸을 가려주고 싶은, 아버지와 같은 충동을 느꼈다.

"이런 일을 한 놈은 반드시 때려잡아야 합니다." 그는 중얼거렸다.

"뭘 그렇게 보고 있나?" 모스는 그한테서 사진을 받아들었다.

"놈은 변태입니다, 그렇게 생각하지 않습니까? 블라우스를 이렇게 찢어서 그녀의 몸을 모든 사람들 눈에 노출시키다니. 정말이지 어떤 놈인지 얼굴을 보고 싶군요."

"그거라면 그다지 어렵지 않다고 생각하네." 모스가 말했다.

루이스는 믿을 수 없다는 표정으로 그를 쳐다보았다.

"그걸 아신단 말입니까?"

모스는 천천히 고개를 끄덕이며, 실비아 케이에 대한 파일을 집어넣었다.

제3부 살인자를 찾아라

22

수는 일요일 오후 7시 13분발 버밍엄행 열차를 타는 데이비드를 배웅했다. 그녀는 무척 멋진 주말이었다고 그에게 말했다. 정말 그랬다. 두 사람은 토요일에는 영화를 보고 맛있는 중국 요리를 먹으며 함께 있다는 기쁨을 만끽했다. 그리고 일요일은 대부분의 시간을 헤딩튼에 있는 데이비드의 부모님 집에서 보냈다. 그들은 인상이 좋고 친절한 사람들로, 눈치 빠르게 젊은 연인들을 가능한 한 둘만 있게 해주었다. 두 사람은 데이비드가 월릭 대학 대학원에서 야금학 연구를 끝낸 뒤, 가을쯤에 결혼할 생각이었다. 그는 대학강사가 될 수 있을 것 같았고(제1등급의 성적이었다), 수도 그것을 원하고 있었다. 공장에서 근무하는 화학자나 다른 직장에서 일하는 야금학자보다 대학강사 쪽이 결혼 상대로서 더 바람직했기 때문이다. 데이비드에 대해 단 한 가지 찬성할 수 없는 것은, 그가 야금학을 선택한 일이라고 수는 생각하고 있었다. 그것은 그녀가 학생 시절에, 금속 세공 가게의 냄새와 가느다란 은조각 같은 것 속에서 경험했던 혐오감을 불러일으켰다. 그것은 또 금속을 다루는 사람들의 손을 연상하게 했다. 일종의 불길함 같은 것이 배어 있어 아무리 꼼꼼하게 씻어도 지워지지 않는 것이다.

열차는 옥스퍼드 역에 몇 분 동안 서 있었다. 비어 있는 객차의 창문에서 얼굴을 내민 그에게 수는 아낌없이 키스 세례를 퍼부었다.

"당신을 다시 만나서 정말 기뻤어, 달링." 데이비드가 말했다.

"고마워요."

"당신도 즐거웠어?"

"물론이에요." 수는 밝게 웃었다. "다 알면서 왜 물어요?"

데이비드는 미소지었다.

"그냥 확인하고 싶었을 뿐이야."

두 사람은 다시 한번 키스했고, 수는 움직이기 시작한 열차를 따라 걸음을 옮겼다.

"2주일 뒤에 다시 만나. 편지 꼭 해."

"잊지 않을게요, 안녕."

그녀는 열차가 플랫폼에서 꼬리를 감출 때까지 손을 흔들었다. 점점 짙어가는 어둠 속에 열차의 마지막 차량이 붉은 불빛을 깜박이면서, 곡선을 그리며 북쪽으로 멀어져가는 모습을 지켜보았다.

수는 플랫폼을 천천히 빠져나와 지하도를 건너 반대쪽 개찰구로 나갔다. 그곳에서 입장권을 건네고 네거리로 걸어갔다. 2번선의 버스가 올 때까지 그곳에서 30분 동안 기다리지 않으면 안 되었다. 그녀가 노스옥스퍼드에서 버스를 내렸을 때는 8시가 지나 있었다. 그녀는 길을 건너, 아래쪽을 향해 찰튼 거리를 걸으면서 지난 이틀 동안의 일을 생각했다. 수요일 밤의 일은 데이비드에게 도저히 말할 수가 없었다. 어차피 얘기할 만한 일이 있었던 것도 아니었다. 사소한 실수였을 뿐이다. 대부분의 사람들도——물론 약혼중인 사람들도——때로는 어리석은 짓을 하는 법이라고 그녀는 생각했다. 게다가 절대로 남에게 얘기할 수 없는 일도 있는 것이다. 데이비드가 질투할 것이 두려워서는 아니었다. 그는 그런 타입과는 전혀 달랐다. 온화하고 침착하며, 감정에 휘둘리지 않는 데이비드. 조금쯤은 질투해도 괜찮을 텐데. 하지만 그런 남자가 아니라는 것을 그녀는 알고 있다. 어쩌면 알고 있다고 생각하고 있는 건지도 모른다. 그녀라면 1마일(약 1.6킬로미터) 떨어진 곳에서도 질투를 발견할 수 있었다. 그녀는 모스를 생각했다. '셰리던'에서 닥터 아이어스와 경박한 짓을 한 그녀를 모스는 질투하고 있었다. 미칠 듯이 격렬하게 질투하고 있었다. 그녀는 그가 질투하는 것을 은근히 즐겼지만, 곧…… 아니, 이제 그를 생각하는 것은 그만두자. 그렇지만 그녀는 데이비드를 생각하며 눈물을 흘린 적은 한번도 없었다. 수요일 밤, 침대 속에서 울 거라고 그녀가 말했을 때, 모스는 그 말을 믿었을까? 그녀는 믿어주기를 바랐다. 그것은 진심이었으니까. 아, 또 그를 생각하고 말았다. 처음에는 데이비드에 대한 생각이었는데, 어느새 그로 바뀌어버리는 것이다. 그는 그녀 따위는 조금도 생각하고 있지 않을 것이다……. 데이비드! 그 사람이야말로 그녀의 남편이 되어야 할 사람이었다. 데이비드와 결혼하면 그녀는 행복을 손에 넣을 수가 있다. 결혼. 큰 전진이라고 모두들 말한다. 하지만 그녀는 지금 스물세 살…… 모스가 자신을 생각해주면 좋겠다고 생각한다……. 안 돼, 그를 잊지 않으면!

그러나 그녀가 그를 잊는 것은 허락되지 않았다. 집에 도착한 수는 밖에 란치아가 서 있는 것을 보았다. 그녀의 가슴은 터질 것처럼 높이 고동치고, 생각지도 못한 기쁨이 혈관을 물결처럼 달리는 것 같았다. 수는 집에 들어가 곧장 거실로 갔다. 그는 그곳에 있었다. 앉아서 메리와 얘기를 나누고 있었다. 그녀가 들어가자 그는 일어섰다.

"안녕."

"안녕하세요." 수는 작은 소리로 말했다.

"실은 콜비 양을 만나러 왔는데, 좀 더 있어야 돌아올 것 같군요. 그래서 메리와 재미있게 얘기하는 중입니다."

메리하고? 이 땅딸보에 주근깨투성이, 꼬마 탕녀 같으니! 저리 비켜! 메리. 우리를 둘만 있게 해줘. 2, 3분만이라도 좋으니까. 부탁이야! 수는 격렬한 질투를 느꼈다. 그러나 메리는 매력적인 경감에게 완전히 빠져버린 듯, 얼른 사라져줄 기색이 전혀 없었다. 여름 코트를 아직 벗지도 않은 수는, 당장이라도 자신을 삼켜버릴 것 같은 절망의 물결과 싸우면서 의자 팔걸이에 걸터앉았다.

수는 자기도 모르게 입을 열었다.

"그녀는 아마 페딩튼 발 8시 15분 기차를 탈 거예요. 이곳에는 10시쯤 도착할걸요."

앞으로 2시간이다. 고스란히 2시간이 있는 것이다. 메리만 사라져준다면! 그는 밖으로 술을 마시러 가자고 제의해 줄지도 모른다. 그러면 둘이서만 얘기할 수 있다. 하지만, 이제 희망을 잃어버린 그녀는 2층으로 뛰어올라갔다. 그녀가 나가자, 모스는 일어서서 메리에게 대접에 대한 인사를 했다. 현관문을 연 뒤 그는 메리를 돌아보았다. 수에게 잠깐 내려와 달라고 말해주지 않겠소? 수와 얘기하고 싶은 것이 있어서. 그리하여 메리도 2층으로 올라가 가까스로 무대에서 사라졌다. 모스가 콘크리트 차도로 나가자 수가 현관문에 나타났다.

"저에게 할 얘기가 있다고요, 경감님?"

"수, 당신이 자는 방은 어디요?"

그녀는 밖으로 나가 그와 나란히 섰다. 그녀가 현관 바로 위의 창문을 가리키면서 그녀의 팔이 그의 팔에 가볍게 닿았을 때, 모스는 관자놀이 근처에 날카로운 통증을 느꼈다. 그는 키가 그리 큰 편이 아니어서, 그녀가 지금처럼 하이힐을 신고 있으면 두 사람은 거의 비슷한 키였다. 그녀가 팔을 내리자 우연을 가장한 듯, 두 사람의 손이 자연스럽게 부딪쳤다. 수, 당신의 손을 그대로 두어요. 빼지 말아요, 달링. 그는 그 접촉에 전기 같은 충격을 느꼈다. 그는 손가락을 그녀의 손목에 부드럽게 가만히 움직였다.

"왜 그런 걸 알고 싶으신 거죠?"

그녀의 목소리는 갈라져 있었고, 숨쉬기가 괴로운 모양이었다.

"글쎄. 이곳을 지나갈 때, 당신의 방 창문에 불빛이 보이면 당신이 있다는 걸 알 수 있으니까."

수는 더 이상 견딜 수가 없었다. 그녀는 모스의 손에서 자신의 손을 빼더니 옆으로 돌아섰다.

"제니퍼를 만나러 오셨죠?"

"그래요."

"그렇게 전할게요. 그녀가 돌아오는 대로."

모스는 고개를 끄덕였다.

"그녀가 우드스톡 사건과 뭔가 관계가 있다고 생각하시는 거죠?"

"아마도, 뭔가."

두 사람은 한 순간 말없이 서 있었다. 소매 없는 드레스를 입고 있는 수는 떨지 않으려고 노력하고 있었다.

"그럼 이제 가봐야겠소."

"안녕히 가세요."

"안녕." 걷기 시작한 그는 거의 문까지 갔을 때 뒤돌아보았다.

"수." 그녀는 현관문에서 멈춰 섰다.

"네?"

그가 다시 돌아왔다.

"수, 잠시 나하고 함께 밖에 나가지 않겠소?"

"아……." 수는 더 이상 아무 말도 할 수 없었다. 그녀는 그에게 매달려, 그의 어깨 위에서 기쁨의 눈물을 흘렸다. 문이 열리는 소리도 두 사람 귀에는 들어오지 않았다.

"실례해요." 침착하고 품위 있는 목소리가 들리더니, 제니퍼 콜비가 두 사람 옆을 지나 집 안으로 들어갔다.

다른 사람들도 귀로에 올라 있었다. 버나드 클로저는 제니퍼 콜비와 같은 열차를 타고 런던에서 돌아왔다. 그러나 그들은 다른 자리에 앉아 있었다. 만약 두 사람이 2번선 플랫폼에 내리는 것을 본 사람이 있다 하더라도, 그들이 서로 아는 사이일 거라는 생각은 꿈에도 하지 못했을 것이다.

같은 시간에 피터 뉴러브도 우드스톡의 교회 거리에서 빨간 머리의 미인과 작별을 고하고 있었다. 두 사람은 아직도 충족되지 않았다는 듯이 열렬하게 키스를 주고받았다.

"또 연락할게, 게이."

"꼭이요, 정말 고마워요."

돈이 드는 주말이었다. 정말 만만찮은 경비였다. 그러나 피터의 생각으로는 그만한 가치가 충분히 있었다.

23

10월 18일 월요일

월요일 아침, 모스는 아무리 마음이 무거운 일일지라도, 그것을 하는 것이 자신의 의무라고 생각했다. 하지만 그건 얼마나 두려운 일인지! 승리의 순간이, 사건의 대단원이 다가오고 있었다(그는 그것을 절대적으로 믿고 있었다). 그런데도 그는 마치 자신이 범인인 것 같은 기분이었다. 제니퍼 콜비는 루이스가 차로 데리고 왔다. 연행할 때의 불쾌한 절차를 생략해 주려는 모스의 배려였다. 버나드 클로저는 가능하다면 스스로 출두하고 싶다고 말했다. 그것은 허락되었다. 모스는 두 사람에게 어떻게 서두를 꺼내는 것이 좋을지 생각하려 했지만, 도무지 마음이 집중되지가 않았다. 그래서 모든 것을 되는 대로 맡기기로 했다.

오전 10시 25분에 클로저가 약속 시간보다 5분 일찍 나타났다. 모스는 커피를 따라주고, '회의'에 대해 별것 아닌 질문을 두세 가지 해 보았다.

"뭐, 늘 똑같지요. 하품만 하다 왔습니다." 클로저가 말했다.

"의제는 뭐였습니까?"

"대학 입시였습니다. 우등 자격에 대해 말들이 많더군요. 학교심의회는 우리에게 그다지 호감을 가지고 있지 않으니까요. 옥스퍼드는 아카데믹 엘리트주의의 마지막 보루라고 생각하고 있습니다. 하지만 제 생각으로는……"

그는 더 이상 토론을 계속할 수가 없었다. 루이스가 제니퍼 콜비를 데리고 들어왔기 때문이다. 클로저는 자리에서 일어섰다.

"두 분, 서로 아는 사이입니까?"

모스가 물었다. 그 목소리에 빈정대는 느낌은 전혀 없었다.

기묘하게도——적어도 모스에게는 그렇게 생각되었다——제니퍼와 클로저는 악수를 나눴다.

"안녕하세요?" 하고 인사가 교환되자, 모스는 약간 당혹해하면서 커피를 두 잔 다시 따랐다.

"정말 아는 사이군요?" 그다지 자신이 없는 목소리였다.

"서로 무척 가까운 곳에서 살고 있어요. 그렇죠, 클로저 선생님?"

"예, 맞습니다. 버스에서도 자주 만납니다. 분명히 콜비 양이죠? 아동학대 방지협회 일로 온 적이 있는 것 같은데."

제니퍼는 고개를 끄덕였다.

모스는 일어서서 설탕 그릇을 돌렸다. 가만히 앉아 있을 수 없는 기분이었다.

그 뒤의 몇 분 동안, 루이스는 경감도 이제 날이 완전히 무뎌졌는가 하고 의심하지 않을 수 없었다. 모스는 "그――" 또는 "에, 그러니까", "사실을 말하면", "어떤 이유에서 우리가 생각한 것은" 등을 연발하면서, 마지막에 가서야 간신히, 마치 사과하는 투로, 중요한 두 사람의 용의자에게 서로 애인 사이가 아니냐고 빙 둘러서 물었다.

제니퍼는 큰 소리로 웃었고 버나드는 멋쩍은 듯이 미소지었다. 먼저 입을 연 것은 버나드였다.

"그런 의심을 받다니 더할 수 없는 영광이군요. 정말 콜비 양의 애인이었으면 얼마나 좋을까 하는 생각이 들 정도입니다. 하지만, 유감스럽게도 대답은 아니오입니다. 말씀드릴 건 이것뿐입니다."

"콜비 양은?"

"지금까지 클로저 선생님과 얘기를 한 적은 두 번뿐이었던 것 같아요. 아동학대 방지협회의 기부를 부탁했을 때죠. 집으로 가는 버스 안에서 이따금 뵙기도 했어요. 타는 것도 내리는 것도 같은 정류장이니까요. 하지만 선생님은 언제나 2층으로 가시는 것 같던데, 저는 절대로 가지 않아요. 전 담배 냄새를 무척 싫어하거든요."

세 개비째 담배를 피우고 있던 모스는, 또 다시 제니퍼 콜비한테 한 방 먹었다고 느꼈다. 그는 클로저 쪽을 향했다.

"클로저 씨께 묻고 싶은 것이 있는데, 대답하기 전에 잘 생각하십시오, 당신이 살인사건──당신의 차를 탔던 아가씨가 살해된 사건으로 이곳에 와서 부탁했던 것을 잊지 마시고."

모스는 제니퍼의 얼굴에 놀라는 표정이 떠오르는 것을 보았다.

"여기 있는 콜비 양은 그날 밤 당신이 태워준 두 아가씨 가운데 한 사람인가요?"

버나드의 신속하고 명쾌한 대답은 모스에게 충격을 주었다.

"아닙니다. 경감님, 아니에요. 이건 확실하게 단언할 수 있습니다."

"콜비 양은? 당신은 클로저 씨의 차를 얻어 탔던 또 한 명의 승객이었던 것을 부정합니까?"

"네, 부정하고말고요. 절대로."

모스는 커피를 마저 마셨다.

"경감님, 우리, 뭔가 서류에 서명해야 하는 것 아닌가요?"

제니퍼의 목소리에는 날카로운 야유가 담겨 있었다.

모스는 고개를 저었다.

"아니오. 당신이 하는 말은 루이스 부장 형사가 기록하고 있어요. 하지만 콜비 양, 질문이 한 가지 더 있는데 지난 주 주말에 당신이 머물렀던 런던 친구의 주소를 가르쳐줄 수 있겠소?"

제니퍼는 핸드백에서 극히 평범한 봉투를 꺼내 랭카스터 가든스의 주소를 썼다. 그런 다음 문득 생각난 듯이 전화 번호까지 적어 봉투를 모스에게 건넸다.

"그들은 거짓말을 하고 있어. 두 사람 다." 그들이 돌아가자 모스가 말했다.

옥스퍼드 중심가로 가야 하는 클로저는, 친절하게도 동료 용의자를 차에 태워주기로 했다. 모스는 두 사람이 지금 어떤 말을 나누고 있을지 궁금했다. 루이스는 계속 말없이 앉아 있었다.

"들었나?" 모스는 화가 나서 말했다.

"들었습니다."

"두 사람은 거짓말쟁이라고 나는 말했네. 거짓말쟁이라고."

루이스는 그래도 묵묵부답이었다. 경감은 잘못 생각하고 있다, 그것도 굉장히 잘못 생각하고 있다고 그는 생각했다. 그 자신도 거짓말하는 사람을 신문한 적이 없지 않았다. 클로저와 콜비는 정직하게 진실을 말했다고 그는 굳게 믿었다.

모스는 엄격한 눈길로 부하를 응시했다.

"자, 확실히 말하게!"

"뭘 말입니까?"

"뭘 말이냐고? 무슨 얘긴지 모를 리가 없을 텐데? 자네는 내가 정신이라도 이상해진 거라고 생각하고 있겠지? 머리가 이상해졌다고 생각하고 있어. 다른 사람이 하는 말은 뭐든지 믿으면서 내가 하는 말은 믿지 않는 건가? 자, 말해. 난 듣고 싶어."

루이스는 당황했다. 뭐라고 말하면 좋을까? 모스는 눈빛을 번쩍이고 심술궂고 밉살스러운 목소리로 말하며, 마지막 남은 자제심마저 잃어가고 있었다.

"어서 말해! 뭐든지 말해 보란 말이야. 난 알고 싶으니까!"

루이스는 경감을 쳐다보았다. 그 눈에는 비통한 패배감이 나타나 있었다. 이 상황을 잘 수습하고 싶었지만, 루이스는 그럴 수가 없었다. 그가 처음부터 모스의 마음에 들었던 것은 바로 그런 성격 때문이었다. 그것은 그의 타고난 정직함이며 성실함이었다.

"경감님이 잘못 알고 있는 거라고 생각합니다."

대단한 용기가 필요했지만, 그는 과감하게 말했다. 하지만 거기에 대한 모스의 반응도 대단했다.

"내가 잘못 알고 있다고? 루이스, 경고해 두지만, 우리 중에 어느 한쪽이 잘못하고 있다고 한다면 그건 내가 아니야, 자네야. 알겠나? 자네라고, 내가 아니야. 그 혐오스러운 두 인간들이 거짓말을 하고 있어, 죄를 피하려고 거짓말을 하고 있다는 것을 간파해 낼 만한 머리가 없다면, 자네는 이 사건을 담당할 자격이 없어. 알겠나? 자네는 이 사건을 담당할 자격이 없어."

루이스는 마음이 몹시 아팠다. 하지만 그것은 자신을 위해서가 아니었다.

"누군가 다른 사람을 붙이는 것이 좋을 것 같군요, 이 사건에는."

"맞아."

모스는 조금씩 진정되기 시작했다. 루이스도 그것을 알 수 있었다.

"그 뉴러브라는 사람 말입니다, 그를……."

"뉴러브? 어디의 누구?"

루이스는 난처한 얘기를 꺼내고 말았다. 진정되어 가던 모스의 분노와 좌절감이 다시 불타올랐다.

"뉴러브? 우리는 그런 이름은 한 번도 들은 적이 없어. 그야 물론, 그는 타이프라이터를 가지고 있지. 하지만 그렇다고 그것이 범죄가 되나? 그 편지를 쓴 것은 그가 아니야, 클로저야. 그런 걸 모른다면, 자네는 까막눈이야!"

"하지만, 어쩌면……."

"나가주게, 루이스. 이제 자네한테는 질려버렸어."

"이 사건에서 손을 떼라는 의미입니까?"

"몰라. 아무래도 좋으니까, 혼자 있도록 나가주게." 루이스는 나갔고 그는 혼자가 되었다.

2, 3분 뒤에 전화벨이 울렸다. 모스는 수화기를 집어 들기는 했지만, 누구하고도 말할 기분이 아니었다. "난 없어." 그가 소리쳤다. "벌써 집에 갔어." 그는 수화기를 찰칵 내려놓고, 자기 속에 틀어박

혀 생각에 잠겼다. 수조차 잊고 있었다. 마지막 모래성은 마침내 무너지고 말았다. 오랫동안 밀물을 견뎌왔던 그것은, 지금은 형태도 없는 납작한 모래더미가 되어 있었다. 그러나 그것이 무너져 사라졌을 때, 그의 마음에는 한 줄기의 이상한 빛이 비치기 시작했다. 그는 의자에서 일어나 캐비닛을 열고, 실비아 케이의 파일을 꺼냈다. 그리고, 첫 장을 펼친 뒤, 오후도 기울어 방이 어두워지기 시작했을 때까지 여전히 그것을 읽고 있었다. 이윽고 글씨가 보이지 않게 되었을 때, 새롭게 어떤 무서운 생각이 고뇌하는 그의 마음속에 싹트기 시작했다.

7시 15분에 드라마틱한 뉴스가 들어왔다. 마거릿 클로저가 자살한 것이다.

24

10월 18일 월요일

하이 스트리트에서 제니퍼 콜비를 내려준 버나드 클로저가, 베어 거리에서 주차할 장소를 발견할 수 있었던 것은 행운이었다. 지금은 교사조차 대학 밖에 차를 두는 것이 허용되지 않고 있다. 그는 강사 대기실에서 점심을 먹고, 오후부터 저녁까지 내내 연구를 하고 있었다. 두 아이들은 1주일 예정으로 학교에서 가까운 위탬 숲에 캠핑하러 가고 없었다. 이럴 때는 1주일에 한 번은 부모가 아이를 만나러 가는 것이 보통이었지만, 클로저 집안의 아이들은 오지 않아도 된다고 말했다. 그래서 두 사람은 가지 않기로 했다. 적어도 버나드와 마거릿에게는 판에 박힌 감자칩과, 아무 것이나 토마토소스를 친 요리

대신, 제대로 된 식사를 할 수 있는 기회가 될 것이다.

버나드는 6시 20분쯤 대학을 나섰다. 그 무렵에는 교통량이 다시 줄어들기 시작하여, 편하게 집으로 돌아갈 수 있었다. 그는 열쇠로 문을 열고 안에 들어가, 윗도리를 벗어서 걸었다. 이상한 냄새가 났다. 가스 냄샌가?

"마거릿!" 그는 서류 가방을 거실에 내려놓았다. "마거릿!" 부엌 쪽으로 갔지만 문이 잠겨 있었다. "마거릿!" 문손잡이를 돌려보니 안쪽에서 완전히 빗장이 걸려 있었다. 그는 문을 쾅쾅 두드렸다. "마거릿! 마거릿! 안에 있어?" 가스 냄새가 아까보다 강하게 코를 찔러 왔다.

입술이 바짝바짝 마르고 목소리는 공포에 떨고 있었다. "마거릿!" 그는 급히 현관으로 돌아가 옆문을 지나 뒷문으로 갔다. 그것도 잠겨 있었다. 그 순간 그는 어린아이처럼 울음을 터뜨렸다. 개수대 위의 커다란 창문으로 들여다보니 전깃불이 켜져 있었다.

한 순간, 희망의 불씨에 다시 불이 붙었고, 잠시 빛나다가, 그리고 꺼졌다. 그의 눈길이 포착한 악몽 같은 광경은 너무나 기묘하고 믿을 수 없는 것이었다. 그것은 의미가 없는 영상이 되어 그의 망막에 흐릿하게 떠올랐다. 의미가 없는 광경——그것은 밝은 안색으로 눈빛을 반짝이며, 가만히 한 점을 응시한 채 웃고 있는 밀랍 인형이었다. 저렇게 바닥에 앉아 그녀는 도대체 무엇을 하고 있는 걸까? 오븐 청소라도 하는 걸까?

그는 담 옆에 떨어져 있던 벽돌을 주워 유리창을 깼다. 안으로 손을 집어넣어 창문을 열면서 손가락이 깊이 베이고 말았다. 구토를 자아내는 가스 냄새가 거의 물리적인 충격이라고 할 수 있을 정도로 격렬하게 그를 덮쳐왔다. 몇 초쯤 뒤 그는 얼굴을 손수건으로 덮고, 간신히 창문으로 기어올라 안으로 들어가서 가스 밸브부터 잠갔다. 마거릿의 머리는 오븐 바로 안쪽에서 부드러운 붉은 쿠션 위에 기대고 있었다. 그는 쿠션을 원래의 장소——응접실 안락의자——에 갖다 놓아야 한다고, 마비된 신경으로 기묘한 생각을 하고 있었다. 그리고 충격에 사로잡힌 멍한 눈길로 자신의 손의 찢어진 상처를 바라보며, 그것을 손수건으로 기계적으로 닦았다. 문설주와 창문 틈새를 막은 갈색 테이프가 눈에 들어왔다. 마거릿이 아이들에게 주는 생일 선물을 포장할 때 늘 하는 것처럼, 끝이 예쁘게 잘려 있었다. 아이들! 아이들이 집에 없어서 정말 다행이다! 내열 플라스틱을 붙인 식기 세척기 위에 가위가 놓여 있었다. 그는 자동 기계처럼 그것을 집어 서랍에 넣었다. 가스 냄새가 아직도 견딜 수 없을 만큼 심했고, 그는 가슴이 메슥거리기 시작했다. 그리고 쏟아진 잉크가 압지에 흡수되듯이, 이 사건의 무서운 의미가 그의 마음에 서서히 스며들기 시작했다. 그는 마거릿이 죽었다는 것을 깨달았다.

그는 부엌문을 열고 복도에 있는 전화기를 집어 들었다. 그리고 얼이 빠진 듯 불명료한 목소리로 경찰을 불러달라고 말했다. 전화번호부 옆에 그에게 보내는 편지가 놓여 있었다. 그는 그것을 집어 가슴 주머니에 넣고 부엌으로 돌아갔다.

10분 뒤에 경찰이 도착했을 때, 그는 어둡고 멍한 눈길로 아내의 머리에 손을 댄 채, 그 옆에 앉아 있었다. 시끄러운 현관벨 소리도 그의 귀에는 들어오지 않았다.

모스는 경찰차와 구급차보다 불과 2, 3분 늦게 도착했다. 모스에게 전화를 걸어 알려준 것은 옥스퍼드 시경의 벨 경감이었다. 클로저가 꼭 그렇게 해달라고 부탁했던 것이다. 지금까지 몇 번 만난 적이 있는 두 경감은 복도에 서서 낮은 목소리로 얘기를 주고받았다. 버나드는 경찰의에 의해 순순히 부엌에서 끌려나와, 지금은 두 손에 얼굴을 묻은 채 응접실에 앉아 있었다. 그는 주위에서 무슨 일이 일어나고 있는지, 무슨 얘기가 오고 있는지 전혀 신경 쓰지 않는 것처럼 보였는데, 모스가 방에 들어오자 갑자기 얼굴을 쳐들었다.

"아, 경감님." 모스가 클로저의 어깨에 손을 얹었지만, 위로가 될 만한 말이 생각나지 않았다. 어떤 말도 위로가 되지 않을 것 같았다. "경감님, 제 아내의 유서입니다." 버나드는 가슴 호주머니에 손을 넣어 아직 뜯지도 않은 봉투를 내밀었다.

"당신한테 쓴 것이군요. 받을 사람은 내가 아니라 당신입니다." 모스가 조용히 말했다.

"알고 있습니다. 하지만 읽어주십시오. 저는 읽을 수가 없습니다." 그는 다시 손에 얼굴을 묻고 흐느껴 울었다.

모스는 의견을 구하듯이 동료 경감의 얼굴을 쳐다보았다. 벨이 고개를 끄덕이자 모스는 가만히 편지를 뜯었다.

사랑하는 버나드

당신이 이 편지를 읽게 될 때에는 저는 이미 이 세상 사람이 아니겠죠. 저의 죽음이 당신과 아이들에게 어떤 슬픔을 가져다줄지 알고 있어요. 바로 그것 때문에 지금까지 결심이 서지 않았어요. 하지만, 이젠 도저히 더 버틸 수가 없어요. 무슨 말을 해야 할지 모르겠군요. 그러나 당신 탓이 아니라는 걸 알아줬으면 해요. 저는 당신한테는 좋은 아내가 아니었고, 아이들한테는 정말 형편없는 엄마였어요. 많은 일들이 겹쳐서, 이 모든 것에서 달아나 편안하게 쉬고 싶어요. 이젠 더 이상 도저히 살아갈 수가 없어요. 얼마나 이기적인지는 잘 알고 있고, 또 모든 것에서 도피하려는 것일 뿐이라는 것도 알고 있어요. 그렇지만 달아나지 않으면 저는 미쳐버릴 것 같아요. 저는 달아날 수밖에 없어요. 맞서서 싸울 용기가 이제 저에겐 없어요.

계산서 따위는 당신 책상 위에 모두 정리해 두었어요. 앤더슨 씨의 사과나무 전지 대금을 제외한 청구서는 모두 지불했어요. 앤더슨 씨에게 지불할 건 5파운드인데, 그 사람 주소를 알 수가 없군요.

지금 우리가 정말 행복했던 지난날을 떠올리고 있어요. 그것만은 그 누구도 나한테서 빼앗아갈 수 없을 거예요. 아이들을 부탁해요. 잘못은 저에게 있어요. 아이들 탓이 아니에요. 당신이 저를 너무 비난하지 말고, 용서해 주기를 기도해요.

마거릿

클로저의 마음의 상처를 치유해주는 편지는 아니었지만, 그도 언제까지나 그것을 피하기만 할 수는 없었다.

"읽어 보시죠."

버나드는 편지를 읽었다. 하지만 아무런 감정도 드러내지 않았다. 그의 절망은 이미 밑바닥에 이르러 있었던 것이다.

"우리 아이들은 어떻게 해야 할까요?"

그는 가까스로 그렇게 물었다.

"그건 걱정 마십시오. 모든 걸 우리에게 맡겨요."

경찰의의 목소리는 단호했다. 그는 이런 상황에는 익숙했고, 이제부터 취해야 할 조치에 대해서도 잘 알고 있었다. 그가 할 수 있는 일은 별것 아니었다. 하지만 필요한 일이었다.

"당신은 좀 쉬시……."

"우리 아이들은 어떻게 해야 할까요?"

그는 절망에 사로잡혀 말할 수 없이 초췌해보였다. 모스는 그를 의사의 손에 맡겼다. 벨과 함께 거실로 돌아간 모스는 영수증과 보험증

서, 저당지불서, 주식채권 리스트가 있는 것을 보았다. 마거릿이 깔끔하게 정리하여 책상 위에 놓고 그 위에 문진을 얹어 두었던 것이다. 그는 그것들을 손대지 않고 그대로 두었다. 남편과 아내——그 아내는 오전 중에 그가 클로저를 신문했을 때는 살아 있었다——만의 것이기 때문이다.

"자넨 저 사람을 알고 있나?" 벨이 물었다.

"오늘 아침에 만났네. 우드스톡 살인사건 때문에."

"그래?" 벨은 놀라는 것 같았다.

"아가씨들을 차에 태운 사람이 바로 그였어."

"그가 사건과 관련이 있다고 생각하나?"

"모르겠네." 모스는 말했다.

"오늘 일도 뭔가 관련이 있을까?"

"모르겠어."

구급차는 아직 밖에서 기다리고 있었고, 길가에 있는 모든 집에서 호기심에 찬 눈들이 커튼 뒤에서 내다보고 있었다. 모스는 부엌에서 마거릿 클로저를 내려다보았다. 생전의 그녀를 본 적은 한번도 없었지만, 살아있었을 때는 얼마나 아름다웠을까 하고 그는 생각했다. 마흔 살 정도일까? 머리가 약간 세어가고 있다. 하지만 탄력 있는 스타일의 좋은 체격에, 지금은 창백하게 일그러져 있지만 단정한 얼굴이었다.

"시체를 이곳에 그대로 둘 필요가 없을 것 같군." 벨이 말했다.

모스는 고개를 끄덕였다.

"맞아."

"이 북해 가스는 죽을 때까지 상당히 시간이 걸리네."

둘이서 몇 분 동안 두서없는 얘기를 나눈 뒤, 모스는 돌아갈 채비를 했다. 막 밖에 나가 차에 타려고 했을 때, 경찰의가 불러 세웠다.

"경감님, 잠깐만 외주십시오." 모스는 다시 집 안으로 들어갔다.

"그가 꼭 하고 싶은 얘기가 있답니다."

클로저는 머리를 의자 등받이에 기대고 앉아 있었다. 숨결이 거칠고, 이마에 땀이 배어 나온 것이 보였다. 그는 깊은 충격 상태에 있어서, 이미 누가 준 진정제를 먹고 있었다.

"경감님." 그는 무기력하게 눈을 떴다. "경감님, 꼭 하고 싶은 얘기가" 여기까지 말하는 데도 대단한 노력이 필요했다. 모스는 의사를 쳐다보았다. 의사는 천천히 머리를 좌우로 흔들었다.

모스가 말했다.

"내일 아침에, 내일 아침에 합시다."

"경감님, 꼭 얘기해야 합니다."

"예, 알고 있어요. 하지만 지금 말고 내일 얘기합시다. 내일이면 기운도 좀 회복될 겁니다."

모스가 클로저의 이마에 손을 대보니 끈적하게 땀이 배어나와 있었다.

"경감님!"

그러나, 클로저가 초점을 맞추려고 애쓰고 있던 벽 위쪽 모서리가 눈앞에서 완만하게 무너지고 있었다. 각이 일그러지면서 나선형으로 변하더니, 사라졌다.

천천히 차를 몰아 사우스다운 도로를 빠져나오던 모스는, 정말 클로저의 집과 제니퍼 콜비의 집이 가깝다는 것을 알 수 있었다. 달이 검은 구름 속에 숨어 있어서 어두웠다. 집집마다 거실 창문이 커튼으로 가려진 직사각형의 불빛처럼 보였다. 그 대부분에 텔레비전의 창백한 빛이 비치고 있었다. 그는 특히 한 집을 주시하며, 그 집의 하나의 창문——현관 바로 위——을 올려다보았다. 그러나 그것은 어두웠다. 그는 그대로 차를 몰았다.

25

10월 19일 화요일 오전

간밤에 거의 잠을 자지 못한 모스는, 아침에 눈을 뜨자 머리가 지끈지끈 아픈 것을 느꼈다. 그는 자살을 혐오했다. 그녀는 왜 그런 짓을 한 것일까? 자살은 비겁자가 어두운 절망으로부터 도피하는 것에 지나지 않는 것일까? 아니면 나름대로, 왜곡된 형태의 용기를 보여주는 용감한 행위일까? 아니, 그렇지 않다. 자살은 많은 다른 사람들의 생활과 관련되는 일이다. 무거운 짐은 사라지는 것이 아니라, 한 사람의 어깨에서 다른 사람의 어깨로 옮겨갈 뿐이다. 모스의 마음은 쉴 생각도 하지 않고, 끝없이 움직이는 회전목마처럼 빙글빙글 돌고 있었다.

9시 지나 그는 사무실 의자에 앉아 있었는데, 침울한 마음은 그 축처진 어깨에도 드러나 있었다. 그는 루이스를 불렀다. 루이스는 방에 들어가기 전에 불안한 마음으로 문을 노크했다. 그런데 모스는 전날의 불쾌했던 작은 에피소드에 대해서는 완전히 잊어버린 것 같았다. 그는 루이스에게 마거릿 클로저가 자살한 것을 얘기했다.

"그 사람, 뭔가 중대한 얘기를 하려는 걸까요?"

이 질문에 대한 답을 채 듣기도 전에 문을 노크하는 소리가 들렸다. 젊은 여직원이 우편물을 갖다놓고, 밝은 목소리로 "안녕하세요?" 하고 인사한 뒤 나갔다. 열 통이 넘는 편지를 살펴보고 있던 모스의 눈길은, '필히 친전'이라고 적힌 미개봉 편지에 머물렀다. 봉투가 전날 밤에 클로저의 집에서 본 것과 똑같았다.

경감님께

한 번도 뵌 적은 없지만, 경감님이 실비아 케이 살인사건을 수사하고 계시다는 것은 신문에서 보았습니다. 저는 좀더 일찍 이 사실을 알렸어야 했습니다. 지금이라도 늦지 않았으면 좋겠군요. 실은 경감님, 실비아 케이를 살해한 사람은 저입니다(이 문장에 두 줄의 밑줄이 그어져 있었다).

상세하게 설명하겠습니다. 조금 혼란스러운 데가 있을지도 모르지만 이해해주세요. 아주 먼 옛날의 일처럼 생각되어서요.

약 6개월 전부터——정확하게 6개월입니다——어쩌면, 그보다 더 오래되었을지도 모르지만——저는 남편이 다른 여자와 관계를 맺고 있다는 사실을 알고 있었습니다. 딱히 증거가 있었던 것은 아니었고, 지금도 없습니다. 그렇지만, 남자가 그런 일을 아내에게 계속 숨긴다는 건 불가능한 일입니다. 우리가 결혼한 지는 15년이 되었고, 저는 남편에 대해 속속들이 알고 있습니다. 남편이 하는 말, 하는 일, 그 모습——그 모든 것에 분명하게 드러나 있었습니다. 그는 아마 무척이나 불행했을 것입니다.

9월 22일 수요일, 저는 헤딩튼의 저녁 강좌에 나가기 위해 오후 6시 반에 집을 나섰습니다. 하지만 바로 그곳으로 간 것은 아니었고, 밴버리 도로에서 약간 벗어난 곳에서 차 안에서 기다리고 있었습니다. 상당히 오랫동안 기다린 것 같은 느낌이 드는군요. 게다가 자신이 무엇을 할 생각인지도 잘 몰랐습니다. 7시 15분쯤에 버나드——제 남편——가 차를 몰고 찰튼 도로 교차로에 와서 오른쪽으로 돈 뒤, 북쪽의 로터리 쪽으로 향하더군요. 저는 열심히——운전이 그리 능숙한 편이 아니었고, 주위가 어두워지기 시작했기 때문에, 필사적으로 남편을 쫓아갔습니다. 도로는 그리 혼잡하지 않아서, 두세 대 앞에 그의 차가 똑똑히 보였습니다. 우드스톡 도리의 로터리에서 그는 A34호선 쪽으로 돌았습니다. 그런데 그가 너무 빨리 차를 몰아서 저는 미처 따라가지 못하고 점점 멀어지기만 했습니다. 저는 결국 그를 놓쳤다고 생각했습니다. 전방에서 도로 공사가 벌어지고 있어서, 1마일 정도, 자동차는 일렬로 나아가지 않을 수 없었습니다. 저 앞쪽에서 커다란 트레일러가 천천히 달리고 있었기 때문에 저는 다시 버나드의 차를 따라잡을 수 있었습니다. 버나드는 겨우 6, 7대 앞에 있었습니다. 트레일러는 다음 로터리에서 블레이든 쪽으로 돌았고, 저는 간신히 버나드를 따라잡아, 그의 차가 첫 번째 모퉁이에서 왼쪽, 즉 우드스톡 중심가를 향해 도는 것을 보았습니다. 당황한 저는 어떻게 해야 할지 생각이 나지 않았습니다. 그래서 다음 모퉁이를 돌아서 차를 세우고, 걸어서 조금 전의 장소로 돌아갔습니다. 그때 그의 차는 이미 보이지 않았습니다. 저는 헤딩튼으로 돌아갔고 강좌에는 20분쯤 늦어서 들어갔습니다.

다음 수요일인 9월 29일에는 평소보다 10분 이상 빨리 집에서 나와, 다시 우드스톡으로 차를 몰았습니다. 마을 변두리에 차를 세워놓고, 지난 주 버나드가 돌았던 거리까지 걸어가 보았습니다. 저는 어디서 남편을 기다릴까 하고 망설였습니다. 자신이 하고 있는 행동이 우스꽝스럽게 생각되었고, 또 들키지 않을까 걱정도 되었지만, 길 왼쪽에서 충분히 안전한 장소를 발견했습니다. 저는 버나드에게 들키는 것이 두려웠습니다. 만약 버나드가 올 경우의 얘기지만 저는 거기서 기다리며, 모퉁이를 돌아오는 한 대 한 대의 차를 주의 깊게 바라보았습니다. 이쪽으로 오는 차——안에 타고 있는 사람도——를 지켜보고 있다는 건 그야말로 어린아이가 하는 짓이었습니다. 그는 7시 15분에 나타났습니다. 저는 몸이 심하게 떨리는 것을 느꼈습니다. 그는 혼자가 아니었습니다. 하얀 블라우스를 입은 긴 금발의 젊은 여자가 운전석의 그이 옆에 앉아 있었습니다. 그 차가 저의 6, 7야드(5, 6미터) 앞에서 돌았기 때문에 저는 두 사람이 저를 본 것이 틀림없다고 생각했습니다. 차는 블랙 프린스 주차장으로 들어갔습니다. 다리가 떨려오고, 쿵쿵 하는 맥박 소리가 귀에 들렸습니다. 하지만 뭔가에 홀린 것처럼 다음 행동으로 옮겨갔습니다. 저는 가만히 안마당에 들어가서 살펴보았습니다. 벌써 몇 대의 차가 주차해 있고, 버나드의 차는 몇 분 동안 보이지 않았습니다. 한 대의 차 뒤——안 마당 왼쪽——를 돌아가자 남편과 여자가 보였습니다. 남편의 차는 역시 왼쪽 끝에 있었고, 트렁크가 담 쪽을 향하고 있었습니다. 아마 후진하면서 들어갔겠지요. 두 사람은 운전석에 앉아서 잠시 얘기하고 있었습니다. 저는 차가운 분노가 치밀어 오르는 것을 느꼈습니다. 버나드와 행실이 좋지 않은 여자——그녀는 열일곱 살 정도로 보였습니다. 저는 두 사람이 키스하는 것을 보았습니다. 그런 다음 그들은 운전석에서 나와 뒷좌석으로 갔습니다. 더 이상은 보이지 않았습니다——그건 저에게는 그나마 구원이었습니다.

제가 어떤 기분이었는지는 잘 설명할 수가 없군요. 이 편지를 쓰고 있는 지금, 그 일들은 하잘것없는——정말 아무것도 아닌 일로 생각됩니다. 저는 질투보다 강한 분노를 느꼈습니다. 그것은 분명합니다. 버나드에게 이렇게 수모를 당했다고 하는 타는 듯한 분노였습니다. 두 사람이 차에서 내린 것은 5분 가량 지나서였습니다. 그들은 뭔가 얘기를 나누고 있었습니다——하지만 내용은 들리지 않았습니다. 그때 저는 안마당의 지면 위에서 스패너——긴 타이어스패너——를 발견하고, 그것을 주워들었습니다. 왠지는 모릅니다. 너무 무섭고, 너무 분했습니다. 그러자 갑자기 남편이 차에 시동을 걸고, 라이트를 켰고, 안마당 전체가 환해졌습니다. 차가 이내 움직이기 시작하여 안마당에서 나가자, 어둠이 전보다 더욱 짙어진 것 같았습니다. 여자는 아까와 같은 곳에 서 있었습니다. 저는 그녀와의 사이에 있는 3, 4대의 차 뒤를 가만히 돌아서 그녀에게 다가갔습니다. 소리 없이 다가갔기 때문에 그녀는 알아채지 못했습니다. 그녀의 후두부를 내려쳤을 때, 그리 큰 힘은 들어가지 않았던 것 같습니다. 그것은 마치 꿈속 같았습니다. 아무 느낌도 없었습니다──후회도 공포도 아무것도 없었습니다. 가장 구석의 담장 옆에 쓰러진 그녀를 그대로 두고 저는 떠났습니다. 주위는 완전히 깜깜했습니다. 그녀가 언제, 어떻게 발견될지 몰랐지만, 제게는 아무래도 상관없는 일이었습니다.

버나드는 제가 실비아 케이를 죽였다는 것을 줄곧 알고 있었습니다──제가 옥스퍼드로 돌아가는 도중에 그가 저를 추월했습니다. 제가 알았으니 그도 저를 보았을 게 틀림없습니다. 또 한동안 제 뒤에서 달리고 있었기 때문에, 제 번호판도 보았을 것입니다. 그가 추월했을 때, 저는 그의 차를 똑똑히 보았습니다.

경감님이 버나드에게 어떤 의심을 품고 계시는지 알고 있습니다. 그러나 그것은 경감님의 실수입니다. 그가 무슨 말을 했는지는 모르지만──경감님이 그를 신문하신 것도 알고 있습니다. 만약 그가 거짓말을 했다면, 그건 저를 보호하기 위해서였을 겁니다. 하지만 저는 이제 누구에게도 보호받을 필요가 없습니다. 버나드를 잘 부탁합니다. 저 때문에 그를 너무 괴롭히지 말아주세요, 그는 많은 남자들이 하는 짓을 했을 뿐이고, 그 일에 대한 책임은 저에게 있으며, 다른 누구에게도 있지 않습니다. 저는 그에게 좋은 아내가 아니었고, 아이들에게도 좋은 엄마가 아니었습니다. 저는 다만 지쳤을 뿐입니다. 이젠 이 모든 것을 더 이상 견딜 수가 없습니다. 자신이 한 짓을 저는 지금 진심으로 후회하고 있습니다. 하지만 물론 변명하려는 것은 아닙니다. 달리 제가 뭐라고 말할 수 있을까요? 무슨 할말이 있을까요?

모스의 목소리는 점점 작아지더니 사라졌고, 방안은 조용했다. 모스가 편지를 읽는 것을 들으면서 루이스는 마치 마거릿 클로저가 그 자리에 있는 것 같은 깊은 감동을 느꼈다. 그러나 이제 그녀가 입을 여는 일은 없을 것이다. 그는 그 집을 방문했을 때를 생각하며, 지난 두세 달 동안 그녀가 얼마나 괴로웠을지 상상해 보았다.

"경감님은 이런 일을 상상해 보셨습니까?"

"아니." 모스가 말했다.

"꽤나 충격적이군요, 정말 생각지도 못한 일이에요."

"하지만 그녀의 문장 스타일은 그리 좋다고 생각되지 않는군." 모스는 그렇게 말하며 편지를 루이스에게 건넸다. "아무래도 대시를 너무 많이 사용한 점이 마음에 걸려."

이러한 비평은 무정할 뿐만 아니라, 이 경우에는 어울리지 않는다는 생각이 들었다. 루이스는 직접 편지를 읽어보았다.

"어쨌든 타이핑이 세련되고 깔끔하군요."

"마지막에 자기 이름을 직접 서명하지 않고 타이핑한 것은, 약간 이상하다고 생각하지 않나?"

단 한 통의 편지에서 모스의 상상력은 어디까지 비약할지 알 수 없는 일이라고 생각하며, 루이스는 속으로 어이가 없었다.

"그녀가 쓴 것으로 생각하지 않으시는 것 같군요."

모스는 상상력을 발휘하는 것을 마지못해 중지했다.

"그래. 그녀가 쓴 게 맞아."

루이스는 경감의 기분을 조금은 알 것 같은 느낌이 들었다. 물론 아직 정리해야 할 일은 조금 남아 있지만, 사건은 실질적으로는 이미 끝난 것이다. 화를 잘 내고 변덕스러운 경감과 함께 일하는 것도 그에게는 그럭저럭 즐거운 일이었다. 그러나 이젠…… 전화벨이 울리자 모스가 받았다. 그는 '그래'를 열 번도 넘게 되풀이한 뒤에 수화기를 내려놓았다.

"클로저가 래드클리프 병원에 입원했다는군. 가벼운 심장 발작이래. 적어도 이틀 동안은 면회 사절이네."

"이제 그 사람한테서는 별다른 정보를 얻을 수 없겠군요."

루이스가 말했다.

"아니야, 얻을 수 있어."

모스는 의자 등받이에 기대어, 당돌한 초등 학생처럼 손을 머리 뒤로 깍지 끼고, 가장 먼 벽의 구석을 멍한 눈길로 응시했다. 루이스는 입을 다물고 있는 것이 상책이라고 생각했지만, 시간이 지날수록 견디지 못하고 안절부절못하고 있었다.

"커피라도 드시겠습니까?" 모스는 전혀 들리지 않는 것 같았다. "커피 하시겠어요?" 마치 귀가 잘 들리지 않는 사람이 보청기 스위치를 끈 것과 같다고 그는 생각했다. 몇 분이나 지난 뒤에야 그의 잿빛 눈의 초점이 주위 세계에 다시 맞춰졌다.

"좋아. 이것으로 한 가지는 확실해졌네, 루이스. 클로저 부인은 우리의 용의자 리스트에서 삭제해도 되겠어."

26

10월 19일 화요일 오후

정오 무렵, 피터 뉴러브는 자신의 방에 앉아 있었다. 손님이 찾아올 예정은 없었다. 보통 때 같으면 버나드가 진을 마시러 들를 무렵이었지만, 마거릿이 자살하고 버나드가 심장발작으로 쓰러졌다는 뉴스가 이 날 아침 대학 전체에 퍼져 있었다.

이 이중의 나쁜 소식에 누구보다도 큰 충격을 받은 것은 피터였다. 그는 마거릿을 잘 알고 있었고, 그녀를 좋아했다. 또 버나드와는 학부 제도의 대학에서 흔히 볼 수 있는 학문과 취미를 통한 우정으로 이어진 친구 사이였다. 병원에 전화해보니, 적어도 목요일까지는 버나드를 면회할 수 없다고 했다. 그는 대신 꽃을 보냈다. 버나드는 꽃을 좋아하는데, 이젠 꽃을 들고 가 줄 아내가 없는 것이다. 그는 아이들에 대해서도 물어보았다. 그들은 핸든에 있는 숙모의 집에 가 있다는 것이었다. 그런 조치가 과연 아이들에게 얼마나 도움이 될지 의문이라고 피터는 생각했다.

문을 노크하는 소리가 들렸다.

"열려 있어요."

모스 경감과는 초면인 그는 술을 권했고, 경감이 이를 거절하지 않았을 때는 놀랍기도 하고 기쁘기도 했다. 모스는 퉁명스럽게 들릴 정도로 솔직하게 방문 이유를 설명했다.

"저 타이프라이터로 찍은 거라고요?"

뉴러브는 테이블 위의 뚜껑이 열린 휴대용 타이프라이터에 눈길을 주며 얼굴을 찌푸렸다.

"틀림없습니다."

뉴러브는 조금 당혹해하는 것 같았지만, 아무 말도 하지 않았다.

"제니퍼 콜비라는 젊은 아가씨를 알고 있습니까?"

"아니, 모릅니다." 뉴러브는 더욱 더 얼굴을 찌푸렸다.

"하이 스트리트에서 일하고 있습니다. 이곳에서 멀지 않은 곳이지요, 타운 앤드 가운이라는 보험회사인데."

뉴러브는 고개를 저었다.

"물론 본 적은 있을지도 모르지만 모릅니다. 이름도 들은 적이 없습니다."

"그런 이름의 사람에게 편지를 쓴 적은 없습니까?"

"예, 쓸 리가 없지 않습니까? 방금도 말했듯이 그런 이름은 들은 적도 없으니까요."

모스는 입술을 약간 오므리며 계속했다.

"뉴러브 씨 외에 저 타이프라이터를 사용하는 사람은?"

"글쎄요, 잘은 모르겠지만 아마 거의 모두라고 할 수 있지 않을까요? 시험지가 놓여 있을 때 외에는 방문을 거의 잠그지 않아서."

"그러니까, 문을 열어 두고 아무나 마음대로 들어와서 술을 마시고, 책을 읽고, 당신의 타이프라이터도 사용할 수 있게 하고 있다는 말씀입니까?"

"아니, 그렇다는 건 아닙니다. 하지만 많은 사람들이 놀러 옵니다."

"특히 누굽니까?"

"글쎄요, 예를 들면 이번 학기에 새로 부임해온 젊은 메르이시 연구원이 자주 찾아왔습니다."

"그리고?"

"그밖에도 많이 있지요." 그는 조금 불안한 기색이었다.

"그런 친구 중에서 누군가가 당신의 타이프라이터를 사용하고 있는 것을 본 적이 있습니까?"

"아니, 본 적은 없습니다."

"모두 자신의 것을 사용하겠죠?"

"예, 그럴 겁니다."

"그것이 당연하니까요, 그렇죠?"

"예."

"그럼 짚이는 사람이 아무도 없군요?"

"도움이 되어 드리지 못해서 미안하지만 전혀 생각이 나지 않는군요."

모스는 느닷없이 질문을 바꿨다.

"클로저 부인을 알고 계셨습니까?"

"예."

"그럼 부인의 소식은 들으셨겠군요."

"예." 뉴러브는 조용히 말했다.

"버나드 클로저에 대한 것도?"

뉴러브는 고개를 끄덕였다.

"그는 당신 친구 중 한 사람이라더군요."

뉴러브는 이번에도 고개를 끄덕였다.

"오늘 아침에 그의 방에 들어가 봤습니다. 정확하게 말하면, 냄새를 맡으며 다녔다고 할까요? 그런 일도 가끔은 하지 않을 수 없습니다. 그리 좋아하지는 않지만."

"이해합니다."

"정말로 이해하실까요?" 그의 목소리는 약간 신경질적으로 들렸다. "그 사람도 이 방에 자주 옵니까?"

"자주 옵니다."

"그가 뭔가 필요한 것이 있을 때 당신한테 부탁할 거라고 생각하십니까?"

"다른 사람에 비해서 그렇다는 의미인가요?"

"그렇습니다."

"아마 저에게 부탁하러 오겠지요."

"그의 타이프라이터로는 점 하나 찍을 수 없다는 것을 알고 있었습니까?"

"아니, 몰랐습니다." 뉴러브는 거짓말을 했다.

론스데일 칼리지에서 모스를 내려준 뒤, 루이스는 따로 해야 할 일이 있었다. 루이스는 그 일의 의미를 전혀 이해할 수 없었지만, 모스는 극히 중요한 일이라고 말했다. 뭔가가 경감에게 갑자기 활기를 부여하고 있었다. 그러나 수사 초기 때 같은, 밝고 떠들썩한 모스는 더 이상 아니었다. 어딘지 모르게 무시무시한 분위기가 있어서, 루이스는 조금 무서운 기분이 들 때가 있었다. 루이스는 모스로 하여금 탈선한 천재성을 발휘하게 하는 편지가 더 이상 오지 않기를 바랄 뿐이었다.

루이스는 밴버리 도로와 마스튼페리 도로 모퉁이에 있는 서머타운 헬스센터의 좁은 안마당으로 경찰차를 몰고 들어갔다. 헬스센터는 돌계단을 올라가면 정면에 하얀 현관이 있는, 크고 훌륭한 붉은 석조 건물로, 19세기 후반에 밴버리 도로의 부자들이 지은 수많은 아름다운 집들의 하나였다. 루이스는 미리 약속을 잡아두었기 때문에, 1분쯤 기다렸을 뿐 이내 소장의 진료실로 안내되었다.

"이것이 부탁하신 서류입니다."

닥터 그린은 파일을 루이스에게 넘겼다.

"이게 전부입니까? 모스 경감이 전부 받아와야 한다고 강력하게 지시했습니다만."

닥터 그린은 잠시 말이 없었다.

"거기에 들어 있지 않은 것은…… 에——, 우리가 미스 케이와 나눈…… 에——, 그녀의, 에——, 개인적인 성생활에 대해, 에——, 우리가 그녀와 나눴다고 생각되는 대화의 기록뿐입니다. 당신도 이해해주실 거라고 생각하지만, 의사와 환자 사이에는, 에——, 비밀을 지켜야 한다는, 에——, 도의적인 측면이 있으니까요."

"그러니까, 그녀는 마약을 상용하고 있었다는 말씀이군요."

품위 있는 닥터 그린이 피하려고 애쓰고 있던 예민한 문제를, 루이스는 경찰의 구둣발로 사정없이 짓밟았다.

"에——…… 저는, 에——, 꼭 그렇게 말한 것은 아닙니다. 제가, 에——, 말한 것은, 우리 의사가, 에——, 진료실 안에서 환자로부터 들은, 에——, 비밀 이야기를, 에——, 폭로하는 것은, 에——, 도덕에——그렇습니다, 도덕에 어긋나는 일입니다."

"그녀가 만약 마약을 상용하고 있었다면, 선생님은 확실하게 그렇다고 말할 수 있었을까요?"

루이스는 아랑곳하지 않는 얼굴로 물었다.

"아무래도 그건, 에——, 매우 어려운, 에——, 질문입니다. 당신은, 에——, 우리는, 에——, 아니, 당신은 마치 유도 신문을 하고 있는 것 같군요. 제가 말하는 것은 다만……."

이 소장은 암 환자에게는 그 사실을 어떻게 통보할지 루이스는 궁금해졌다. 아무튼 상당히 시간이 걸릴 것만은 틀림없을 것 같았다. 그는 선량한 의사에게 고맙다는 말을 한 뒤 얼른 진료실에서 나왔다. 하지만 그린의 "에——" 하는 목소리가 귀에서 들리지 않게 된 것은 건물 입구의 돌계단을 반쯤 내려간 뒤였다. 그는 아내에게, 에——, 닥터 그린에 대해 얘기하게 될 것이다.

약속한 대로, 루이스는 1시에 론스데일 칼리지 앞에서 모스를 차에 태웠다. 그는 직업상의 비밀을 지키려 하는 양심적인 닥터 그린의 곤혹스러워하던 모습을 경감에게 얘기했지만, 모스의 반응은 냉담했다.

"그녀가 마약을 상용하고 있었다는 것을 우리는 알고 있었네. 기억하고 있겠지?"

루이스는 기억하고 있어야 했다. 그는 보고서를 읽었던 것이다. 게다가, 그 내용을 가능한 한 머리에 잘 넣어두라는 모스의 특별한 지시도 있었다. 그때는 그 일이 그렇게 중요한 것으로 생각되지 않았다. 모스는 이미 그때부터 그 일이 사건과 관련이 있다는 걸 알고 있었을까? 그것은 의문이라고 루이스는 생각했다. 그가 의문을 가진 것은 당연한 일이었다.

루이스는 시외를 향해 차를 몰았다. 모스는 길을 바꿔 우드스톡의 로터리에 있는 모텔에 들르자고 말했다.

"한잔 하면서 샌드위치라도 먹지 않겠나?"

'모리스'라는 바에 들어가서 자리에 앉자, 모스는 실비아 케이에 대한 의사의 보고서를 열심히 읽었다. 그것은 단편적이기는 하지만 그녀의 애처로울 만큼 짧았던 전 생애——생후 이틀째의 가벼운 황달에서, 죽기 전 8월의 팔 골절까지——에 걸쳐 있었다. 홍역, 손등의 사마귀, 중이염, 두통(근시로 인한?) 등이 기록되어 있었지만, 큰 병력은 아니었다. 기묘하게도 우유부단의 화신 같은 양심적인 그린의 글씨는, 무척 동글동글하고 단정해서 읽기가 아주 편했다. 그가 직접 실비아를 진찰한 것은 마지막의 두통과 팔 골절 때뿐이었다. 모스는 파일을 루이스에게 넘겨준 뒤, 바텐더에게 술을 한잔 더 따르게 했다. 의사의 기록에는 검시보고서에 있는 사실도 적혀 있었는데, 루이스는 기억력에 대해서는 그다지 자신이 없었다.

"자네, 팔이 부러져본 적 있나?" 모스가 물었다.

"없습니다."

"굉장히 아프다더군. 말초신경이니 뭐니 하는 것과 관계가 있다고 하던데. 발을 다쳤을 때도 마찬가지로, 굉장히 아프다네."

"경감님은 잘 아시겠군요."

"하지만 나처럼 건강한 체질인 사람은 빨리 낫지." 루이스는 그 말을 흘려들었다. "눈치챘나?" 모스는 계속했다. "그린은 그녀가 죽기 전날 그녀를 만났어."

루이스는 파일을 다시 열었다. 그는 내용을 읽었지만 날짜에는 신경 쓰지 않았던 것이다. 다시 읽어보니 모스가 말한 대로였다. 실비아는 9월 28일 래드클리프 병원 정형외과 의사의 편지를 받고 서머타운 헬스센터를 찾아갔다. 그 편지에는 '팔이 아직 많이 굳어 있고, 다소의 통증이 있다. 치료가 더 필요하다. 지금까지 하던 대로 화요일과 목요일 오전에 물리요법을 계속하는 것이 바람직하다'고 되어 있었다.

루이스는 진찰 장면을 상상할 수 있었다. 그때 갑자기 어떤 생각이 그의 머리를 스치고 지나갔다. 모스와 함께 다닌 덕택인지, 그의 상상력도 장족의 발전을 이룬 것 같았다. "설마, 에———……." 그린의 나쁜 버릇까지 옮아버린 모양이다.

"설마, 뭔가?" 모스는 이상하리만치 진지한 얼굴로 말했다.

"그린과 실비아 사이에 육체 관계가 있었던 건……."

모스는 희미하게 미소지으며 남은 술을 마셨다.

"곧 알게 되겠지."

"하지만, 경감님은 이 의사의 보고가 매우 중요하다고 하셨습니다."

"지극히 중요하지."

"경감님이 알고 싶었던 것을 알아내셨습니까?"

"그런 셈이네. 한번 확인해보고 싶었을 뿐이라고 할까? 어제 그린과 전화로 얘기했네."

"그래서 그는, 에——, 그는, 에——" 루이스는 흉내를 냈다. 수사의 마지막 단계의 긴장된 나날 속에서 유일하게 숨통이 트이는 순간이었다.

수는 화요일 오후 휴가를 얻을 수 있어서 기뻤다. 사고과에서 일하는 건 중노동으로, 특히 다리가 아팠다. 집에는 그녀 혼자 있었다. 그녀는 토스트를 만들어 놓고, 물기를 머금은 아름다운 눈으로 좁은 부엌 바닥의 하얀 타일을 응시하면서 앉아 있었다. 데이비드에게 편지를 쓰겠다고 약속했기 때문에, 오늘 오후에는 무슨 일이 있어도 그것을 해치워야 했다. 그녀는 뭐라고 쓰면 좋을지 생각하고 있었다. 일에 대한 얘기, 지난 주말에 그를 만나서 기뻤다는 말, 그리고 다시 만날 날을 얼마나 기다리고 있는지에 대해 써볼까? 하지만 그것들은 모두 건성이라는 느낌이 들었다. 그녀는 자신의 변덕을 뼈아프게 책망했다. 그러나, 그때조차도 그녀는 다른 누구의 바람이나 희망보다 특히 데이비드의 그것보다 자신의 바람과 희망을 소중하게 여기고 있다는 것을 알고 있었다. 그에 대해, 모스에 대해 생각하는 것은 헛된 일이다. 도저히 희망이 없고 어리석은 일일 뿐만 아니라 위험하기까지 했다. 그러나 그녀는 참을 수 없이 그가 그리웠다. 그가 전화를 걸어주기를 애타게 기다렸다. 한번만이라도 그를 만나고 싶었다. 어떻게 해서든…… 그녀는 부엌에 앉아 하얀 타일을 조용히 응시하면서, 자책감과 외로움과 비참함에 가슴을 떨었다.

화요일 오후 제니퍼는 무척 바빴다. 파머가 편지 초안을 주며 손질해달라고 부탁해 왔다. 크리스마스 뒤에 거의 모든 보험료가 10퍼센트 오를 예정이었기 때문에, 회사의 모든 고객들에게 통지를 보내지 않으면 안 되었다. 아이 참, 지배인도! 하고 제니퍼는 생각했다. 그 사람 머리가 별로 좋지 않아. 그의 편지의 첫 문장은 얄미운 라틴어 연습 문제를 연상시켰다. 위치(which) 뒤에 위치가 오고, 또 다시 위치가 이어지고 있었다. 마치 마녀(witch)의 집합 같다고 그녀는 생각하며, 스스로도 멋진 재치라고 혼자 미소지었다. 그녀는 자신감을 가지고 대담하게 문장을 고쳤다. 여기에 마침표를 찍고, 여기에는 새로운 한 개의 절을 넣고, 이곳은 좀 더 센스 있는 말로 바꾸고——
아, 이제 좀 마음에 들어.

그녀가 회사 안에서 특출하게 머리가 좋다는 것을 알고 있는 파머 씨는, 중요한 편지는 으레 그녀에게 봐달라고 부탁하고 있었다. 그렇지만, 그녀는 이곳에 오래 있지 않을 생각이었다. 지난주에 두 군데 새로운 일자리를 알아보았다. 그러나 그 일은 아무한테도 말하지 않을 생각이었다. 물론 파머 씨한테도. 지금의 회사에서 일하는 것이 싫은 것은 아니었다. 싫고 좋고의 문제가 아니었다. 게다가 그녀의 급료는 메리와 수의 것을 합친 것과 비슷할 정도로 많았다…… 수를 생각하자. 그녀는 런던에서 돌아온 일요일 밤을 떠올렸다. 두 사람이 그렇게 포옹하고 있는 광경을 보고 그녀는 얼마나 기뻤는지 모른다! 그녀는 그 장면을 다시 한번 눈앞에 그리며, 입술에 잔인한 미소를 머금었다.

손질한 초안을 파머 씨 방으로 가지고 가자, 주디스가 편지를 구술하고 있는 고용주의 무척 배려 깊은 속도를 좇아가려고 분발하고 있었다. 제니퍼는 편지 초안을 그에게 건넸다.

"두세 군데 정정해 두었어요."

"아, 고마워. 급하게 쓰느라고 머리에 떠오르는 대로 썼거든. 좀 조잡하다고는 생각했지만 말이야. 정말 고마워. 잘했어."

제니퍼는 아무 말도 하지 않았다. 그곳을 나와 타이피스트의 방을 향해 복도를 걸어가는 그녀의 아름다운 입술에는, 조금 전과 같은 심술궂은 미소가 떠올라 있었다.

세 아가씨 가운데 세 번째인 메리——키가 작고 주근깨투성이인 데다 억지가 강한 메리는 라디오 옥스퍼드에서 일하고 있었다. BBC 라면 그녀에게 '진행기록 담당'이라는 빛나는 명함이 주어졌을지도 모르지만, 이 지방국에서 그녀가 하는 일은 하잘것없는 것이었다. 그녀도 제니퍼와 마찬가지로 직장을 바꾸고 싶었다. 그렇지만 제니퍼와는 달리, 거의 아무런 자격증도 가지고 있지 않았다. 제니퍼는 머리가 좋고 속기와 타이프 등 많은 자격증을 가지고 있었다. 그녀는 학교에서도 틀림없이 공부를 잘했을 거라고 메리는 생각했다. 세련되고 언제나 뭐든지 다 알고 있다는 듯한 얼굴…… 세 아가씨의 공동 생활은 나무랄 데 없이 원만했다. 그런데 메리는 다른 곳으로 이사하는 것도 괜찮다고 생각하고 있었다.

수는 좋은 친구다. 메리는 그녀를 좋아했다. 하기는 요즘 수는 자주 우울해지고 말수도 적어졌다. 그건 이성문제 때문이다. 수는 그 경감님을 좋아하게 되고 만 것일까? 그렇다 해도, 메리는 그녀를 비난하지 않을 것이다. 적어도 수는 인간적이었다. 하지만 제니퍼에 대해서는 알 수가 없었다.

화요일 점심 식사 뒤, 방송국의 조수 한 사람이 메리와 얘기하려고 찾아왔다. 턱수염을 기른 쾌활한 성격의 그는, 어린 자식이 다섯이나 있으면서도 여자에 대해 관심이 많았다. 메리는 그의 호감을 적극적으로 거부하지는 않았다.

27

10월 21일, 22일 목요일, 금요일

버나드 클로저의 병세는 병실 담당 간호사에 의하면 '만족할 만한 것'이었다. 목요일 오후에는 침대에 일어나 앉아 첫 번째 면회객을 맞이했다. 기묘하게도 모스는 그를 만나게 해달라고 강력하게 요구하지 않았고, 면회인 제1호가 될 권리를 포기했다.

피터 뉴브르는 오랜 친구가 건강해진 것을 보고 기뻐했다. 두 사람은 2, 3분 동안 자연스러운 모습으로 조용히 얘기를 나눴다. 꼭 해야 할 얘기가 몇 가지 있어서 피터가 그것을 입에 올리자, 버나드는 다른 데로 화제를 돌렸다. 하지만 그는 버나드가 이해했을 거라고 생각했다. 이제 돌아가야 할 시간이었다. 그러나 버나드에게 팔을 붙잡혀 피터는 다시 침대에 걸터앉았다. 버나드의 머리 뒤 금속틀 위에 산소 튜브가 달려 있고, 침대 반대쪽에는 눈금이 많이 매겨진 기계가 삼엄하게 놓여 있었다.

"피터, 자네한테 할 말이 있네."

피터는 얘기를 듣기 위해 몸을 조금 앞으로 내밀었다. 버나드는 말하기가 괴로운 듯, 한 마디 할 때마다 숨을 깊이 들이마셨다.

"내일 듣도록 하겠네. 지금은 조용히 쉬는 게 좋을 것 같아."

"부탁이니 있어 주게." 버나드의 목소리는 점점 애원조가 되어 가고 있었다. "자네한테 꼭 얘기해야 해. 우드스톡 살인사건에 대해서는 알고 있겠지?"

피터는 고개를 끄덕였다.

"내가 그 두 아가씨를 차에 태워주었네." 버나드는 다시 거친 숨을 몰아쉬며, 입술에 희미한 미소를 지었다. "정말 일이 이상하게 꼬여버렸어. 나는 그 중 한 아가씨와 만나기로 되어 있었지. 그런데 두 사람은 버스를 타지 않았고, 내 차에 타게 되었다네. 그래서 모든 것이 뒤죽박죽이 되고 말았어. 아가씨들은 서로 아는 사이였어. 그것이 나를 불안하게 만들었지."

버나드는 잠시 숨을 돌렸다. 피터는 오랜 친구를 가만히 지켜보며, 자신의 눈에서 불신의 빛을 지우려고 애썼다.

"간단하게 말하면, 나는 또 한 아가씨와 관계를 맺고 말았네. 믿을 수 있나, 피터? 나는 또 한 아가씨와 관계를 가졌다네! 그 여자는 굉장했어. 정말 굉장한 여자였어. 피터, 내 얘기 듣고 있나?"

버나드는 뒤로 몸을 기대고, 슬픈 듯이 머리를 흔들며 다시 한번 깊이 숨을 내쉬었다.

"나는 그녀를 가졌어, 차 뒷좌석에서. 그녀는 나를 야수처럼 느끼게 해주었지. 그리고, 그리고 나는 그녀와 헤어졌어. 기묘하게 들리겠지만, 그녀와 헤어졌어. 그리고 차를 타고 집으로 돌아갔어. 그것뿐이야."

"그녀와 블랙 프린스에서 헤어진 거군?"

버나드는 고개를 끄덕였다.

"그래, 그녀가 발견된 그 장소에서. 자네한테 얘기하고 나니 마음이 후련해지는군."

"경찰에 얘기할 건가?"

"자네한테 부탁하고 싶은 건 바로 그 일이네, 피터. 실은 나는……" 버나드는 잠시 말을 끊었다. "이 얘기를 자네한테 해도 되는지 모르겠어. 절대로 아무한테도 말하지 않겠다고 약속해주게."

버나드는 걱정스러운 듯이 피터를 쳐다보았지만, 괜찮을 거라고 확신하고 있는 것 같았다. "그날 밤 안마당에 누군가가 있었던 것을 난 분명히 보았네. 물론 누구인지는 몰랐어."

버나드는 입을 열 때마다 피로의 정도가 높아져 갔다. 피터는 걱정스러운 기색으로 일어섰다.

"제발 가지 말아주게." 힘든 고비는 이제 조금 밖에 남지 않았다.

"누군지 몰랐어——완전히 깜깜했으니까. 그렇지만 왠지 마음에 걸리더군. 나는 근처 술집에서 위스키를 더블로 마시고, 차를 타고 집으로 돌아갔네."

그는 몹시 천천히 말을 했다.

"도중에 그녀를 추월했어. 나 같은 바보가 또 있을까? 그녀에게 발각되고 말았어."

"누구 말인가? 누구를 추월했나, 버나드?"

눈을 감고 있는 버나드의 귀에는 피터의 목소리가 들어오지 않는 것 같았다. "난 조사해 보았어. 그녀는 야간 강좌에 가지 않았어."

버나드는 무거운 눈꺼풀을 열었다. 그는 누군가에게 얘기한 것으로 마음이 가벼워졌다. 상대가 피터였던 것도 다행이었다. 그러나 피터는 망연자실, 당황하고 있는 것 같았다. 그는 일어서서 몸을 구부리고, 가능한 한 조용하게, 그러나 분명하게 버나드의 귓전에 대고 말했다.

"그러니까 자네 생각으로는 그녀를 죽인 것이 마거릿이라는 얘긴가?"

버나드는 고개를 끄덕였다.

"그리고 그녀가 자살한 것은 그것 때문에……."

버나드는 피곤한 머리를 다시 한번 앞으로 끄덕였다.

"내일 다시 오겠네. 아무 생각 말고 쉬도록 하게."

피터는 돌아가려고 병실을 나가다가, 다시 자신의 이름이 불리는 것을 들었다.

버나드가 눈을 뜨고 오른손을 힘없이 쳐들고 있었다. 피터는 침대 옆으로 돌아갔다.

"버나드, 지금은 안돼. 자넨 잠을 자야 해."

"사과하고 싶네."

"사과?"

"타이프라이터에 대해 경찰이 알았겠지?"

"그래. 바로 내 것이었더군."

"그걸 사용한 건 날세, 피터. 자네한테 미리 말했어야 했는데."

"됐어. 별일 아니야."

사실은 중요한 일이었다. 버나드는 알고 있었다. 그러나 그는 너무 지쳐 있어서 더 이상 생각할 수가 없었다. 마거릿은 죽었다. 그것은 가슴이 찢어지는 현실이었다. 마거릿이 죽었다는 무서운 현실이 만들어낸 커다란 공동을, 그는 가까스로 이해하기 시작하고 있었다.

버나드는 누워서 깜박 졸았고 비몽사몽 속을 헤매고 있었다. 그 속에서 그 장면의 등장 인물들이 모여 그 장면을 재현했고, 그 자신은 마치 완전히 제3자인 것처럼 감정이 섞이지 않은 또렷한 눈으로 바라보고 있었다.

버나드는 여자들을 보았을 때 이내 그녀를 알아보았지만, 그녀가 왜 히치하이크를 하는 건지 이해할 수가 없었다. 아가씨들은 서로 말을 하지 않았고, 그녀는 뒷좌석에 앉아 있었다. 그와 마찬가지로 그녀도 갑자기 위험한 상태가 되었음을 느꼈던 게 틀림없었다. 그녀는 다른 한 아가씨와 아는 사이임이 분명했다. 그녀가 벡블로크에서 내리겠다고 말했을 때는 안도감마저 느꼈을 정도였다. 그도 담배를 산다는 핑계로 차에서 내렸다. 두 사람은 목소리를 죽여 조심스럽게 얘기했다. 오늘 밤의 데이트는 그만두는 게 좋겠다고 그가 말했다. 그는 걱정이 되었다. 그런 위험을 범할 수는 없었다. 하지만 나중에 데리러 올 수 있잖아요? 그녀는 점점 분노를 드러내면서 말했다. 그는 드라이브 도중에, 옆 자리에 앉은 아가씨가 그와 얘기하는 것을 그녀가 질투하는 것 같다고 느끼고 있었다. 그는 옆에 앉은 아가씨에게 특별히 잘 보이고자 했던 건 아니었다. 어쨌든 그때는 그렇지 않았다. 그는 정말 걱정이 되었고, 그래서 그녀에게 그렇게 말한 것이다. 다음 주에 또 만날 수 있어, 늘 하던 방법으로 편지를 쓸게. '골든 로즈' 문 바로 안쪽에서 서로 흥분하여 소곤소곤 얘기를 주고받은 것은 약 30초로, 그보다 길지는 않았다. 그녀의 눈은 격렬한 분노와 맹목적인 질투로 빛나고 있었다. 그는 그녀의 기분을 이해했다. 그 역시 그녀를 원했으니까——전보다 더욱 강하게.

그는 차로 돌아가 우드스톡으로 갔다. 신경 쓰이는 상대가 없어지자, 금발의 아가씨는 더욱 조심하는 기색이 없어진 것 같았다. 편안하게 뒤로 몸을 기대고 있는 모습이 너무나 관능적이었다. 얇은 흰색 블라우스의 첫 번째 단추가 열려 있고, 블라우스가 햇볕에 잘 그을린 두 개의 열매를 감싸고 있는 것처럼 부풀어 올라, 금방이라도 안에서 콩알이 터져 나올 듯한 실크 콩깍지 같았다.

"무슨 일 하는 분이세요?"

"대학에서 근무하고 있어."

"강사?"

"맞아." 두 사람의 눈길이 마주쳤다. 우드스톡에 도착할 때까지 내내 이런 식이었다. "그런데, 어디서 내릴 거지?"

"아무 데든 상관없어요."

"남자 친구를 만나러 가는 길 아닌가?"

"30분쯤 뒤에요. 시간은 충분해요."

"만나는 장소는?"

"블랙 프린스, 아세요?"

"그 전에 나하고 한잔 할까?"

그는 흥분했고 침착을 잃어가고 있었다.

"좋아요."

안마당에 공간이 남아 있었기 때문에, 그는 차를 후진하여 왼쪽 담벼락 앞에 차를 세웠다.

"여기서 마시는 건 그리 좋은 생각 같지 않은데요."

여자가 말했다.

"그럴지도 모르겠군."

여자가 다시 좌석에 몸을 기대자, 허벅지의 스커트가 말려 올라갔다. 앞으로 뻗은 긴 다리는 그를 유혹하듯이 조금 벌어져 있었다.

"결혼했어요?"

여자가 물었다. 그는 고개를 끄덕였다. 여자의 오른손이 이따금 까닭도 없이 기어레버를 만지작거리고 손가락으로 손잡이를 쓰다듬었다. 두 사람의 숨결로 창문이 점점 흐려졌다. 그는 계기판 왼쪽 위로 상체를 뻗었다. 그때 그의 팔이 여자의 몸에 닿자, 여자가 몸을 가볍게 앞으로 밀어오는 것이 느껴졌다. 그는 헝겊을 꺼내어 건성으로 여자 옆의 창문을 닦았다. 여자 앞으로 가볍게 몸을 숙였을 때, 여자의 오른손이 다리에 놓이는 것을 느꼈다. 여자는 그 손을 치우려 하지 않았다. 그가 왼팔을 여자의 좌석 등받이로 돌리자, 그녀는 그를 향해 얼굴을 돌렸다. 도톰한 입술이 벌어져 있고, 그를 애태우듯이 혀로 그것을 핥고 있었다. 더 이상 저항할 수 없게 된 그는, 돌연한 정열에 몸을 맡긴 채 그 입술에 키스했다. 여자의 혀가 물결치며 그의 입안으로 미끄러져 들어왔고, 그를 향하고 있는 여자의 부푼 젖가슴이 그의 몸에 밀착되었다. 그는 오른손으로 여자의 다리를 어루만졌고, 그녀가 몸을 조금 앞으로 기울이며 다리를 벌려 유혹했을 때는 동물적인 기쁨마저 느꼈다. 여자는 길고 격렬한 키스를 끝낸 뒤, 그의 귓불을 핥으면서 속삭였다.

"블라우스 단추를 끌러줘요. 브래지어를 하지 않았어요."

"뒷좌석으로 갈까?" 그는 갈라진 목소리로 말했다. 그의 그것이 거대하게 솟아 있었다.

그것은 너무나 빨리 끝났다. 그리고 그는 자신의 반응을 부끄러워했다. 그는 여자한테서 달아나고 싶었다. 여자는 완전히 변해버린 것처럼 보였다. 짧은 사이의 변화였다.

"이제 돌아가야겠어."

"벌써?" 여자는 블라우스 단추를 천천히 끼우고 있었는데, 매력적인 분위기는 이미 사라지고 없었다.

"그래, 유감이지만."

"좋았죠?"

"물론이지. 알고 있을 텐데."

"언제 다시 만나지 않을래요?"

"좋고말고." 그는 더욱 더 달아나고 싶어졌다. 밖에서 누군가 엿보는 사람이라도 있는 것 같은 느낌이 들었기 때문일까?

"당신의 이름을 아직 듣지 못했어요."

"당신도 그래."

"실비아예요, 실비아 케이."

"이봐, 실비아." 그는 가능한 한 부드러운 목소리를 내려고 애썼다. "이렇게 하는 게 어떨까? 오늘 일을 우리 사이에 일어난 멋진 사건으로 생각하지 않겠어? 오늘 밤 여기서 일어난 딱 한 번의 추억으로서."

그녀는 기분이 나빠진 것 같았다.

"이젠 절 만나고 싶지 않다는 거예요? 당신도 다른 남자들하고 똑같군요. 욕심을 채우고 나면 겁쟁이가 된다니까."

그녀는 말투까지 변해버렸다. 소호의 골목길에서 주운 싸구려 매춘부 같았다. 그러나 그녀의 말은 옳았다. 정말 맞는 말이었다. 그는 목적을 이루었다. 그러나 그녀는 그렇지 않았단 말인가? 그녀는 창녀일까? 그는 군대에 있던 시절의 일과, 매독에 걸린 남자들에 대한 얘기가 생각났다. 여기서 달아나지 않으면 안 된다. 이 작은 밀실과 어둡고 비참한 술집 마당에서. 호주머니에 손을 넣어보니 1파운드짜리 지폐가 있었다. 그것과 몇 개의 동전 외에 그는 수중에 가진 것이 없었다.

"1파운드! 겨우 1파운드! 기가 막혀. 날 싸구려 여자로 생각했군요, 앞으로는 더 많은 돈을 가지고 다녀야 할 거예요, 없으면 손을 대지를 말던가."

그는 수치심과 자신의 추악한 몰골을 뼈저리게 느꼈다. 그녀를 따라 그도 차에서 내렸다.

"당신의 이름을 알아내고 말 거야. 틀림없이, 두고 봐!"

그 뒤 무슨 일이 있었는지 그는 알지 못했다. 자신이 뭔가 말했고 그녀도 뭔가 대답한 것은 희미하게 기억했다. 자신의 차의 전조등이 안마당 전체를 비추었고, 거리로 나갈 때 자동차의 행렬에 틈이 생기기를 기다리고 있었던 것도 기억하고 있었다. 차를 세우고 더블 위스키를 마신 것, 중앙 분리대가 있는 도로를 최대 속도로 달린 것, 한 대의 차 뒤에 다가가서 옆으로 추월한 뒤, 동요하면서 밤길을 달린 것도 기억하고 있었다. 그리고 목요일 오후, 그는 〈옥스퍼드 메일〉에서 실비아 케이가 살해되었다는 기사를 읽었다.

물론 그 편지를 쓴 것은 어리석은 짓이었지만, 적어도 피터의 혐의는 이제 지워졌을 것이다. 종이에 뭔가를 써 남기는 것은 언제나 실패의 원인이 된다. 그러나 그때까지는 그것은 재치 있는 방법이었다. 그것은 그녀가 먼저 제의한 것으로, 필요한 일처럼 생각되었다. 노스 옥스퍼드 우편 집배원의 배달 업무는 형편없었고——지금은 빨라야 오전 11시다——회사 여직원이 편지를 받는 건 아무도 눈여겨보지 않는 것 같았다. 게다가 그는 시간이 임박할 때까지 확실한 예정을 세울 수 없을 때가 많았다. 때로는 여러 번의 착오가 있었지만, 대개의 경우 그 방법은 무척 효과적이었다. 둘이서 연구해낸 그 방법은 정말 괜찮아 보였다. 편지의 날짜조차 눈여겨보는 사람이 아무도 없었기 때문이다.

때로는 짧은 메시지를 편지에 끼워 넣기도 했다. 그 마지막 편지처럼. 그 마지막 편지…… 모스는 머리가 좋은 사람임이 틀림없지만,

진상을 완전히 꿰뚫어볼 정도로 영리하지는 않았다. 물론 그는 모스에게 모든 진실을 얘기한 것은 아니었다. 그렇다고 일부러 그를 혼란시킬 작정도 아니었다. 하기는 그런 점이 전혀 없었던 것은 아니다. 예를 들면 두 아가씨의 키에 대해서이다……. 그는 모스를 만나고 싶지 않았다. 이런 상황만 아니었다면, 아마 두 사람은 서로를 더 잘 아는 친구가 될 수도 있었을 것이다.

어느새 깜박 잠이 들었던 모양이다. 눈을 떴을 때는 날이 어두워져 있었다. 희미한 빛 속에서, 간호사의 조용하고 하얀 모습이 병실 구석의 작은 테이블 맞은편에 앉아 있는 것이 보였다. 다른 환자들은 대부분 잠들어 있었다. 갑자기 그는 현실 세계로 다시 끌려나왔다. 마거릿은 죽었다. 왜? 무엇 때문에? 그녀의 유서에 적혀 있었던 그런 이유에서일까? 그는 더 이상 삶과 마주할 자신이 없었다. 그는 아이들을 생각했다. 그 아이들에게는 어떤 식으로 설명되었을까?

찌르는 듯한 날카로운 통증이 그의 가슴을 덮쳤다. 그는 자신이 죽을 거라는 사실을 문득, 확실하게 깨달았다. 간호사가 옆에서 지키고 있고 지금은 의사도 있었다. 그는 땀에 흠뻑 젖어 있었다. 마거릿! 그녀가 실비아를 죽인 것일까? 아니면 그가? 그런 건 아무래도 상관없었다. 통증이 잦아들면서 그는 이상하게 편안한 것을 느꼈다.

"선생님." 그는 속삭이듯이 말했다.

"안정하셔야 합니다, 클로저 씨. 곧 편안해질 거예요."

그러나 클로저는 심각한 관상동맥 혈전증에 걸려 있었고, 목숨을 건질 수 있는 가망은 그리 많지 않았다.

"선생님. 편지를 대신 써주시겠습니까?"

"예, 그러지요."

"모스 경감님 앞입니다. 적어주십시오."

의사는 수첩을 꺼내 환자가 부르는 대로 짧은 글을 썼다. 그는 마음에 걸리는 듯이 클로저를 쳐다보았다. 맥박이 급속하게 약해지고 있었다. 기계가 움직이고 있고, 그 검은 다이얼의 바늘은 눈금의 가장 위를 가리키고 있었다. 버나드는 얼굴이 산소마스크로 덮여 있는 것을 느끼며, 주위의 미세한 점까지 기묘하게 똑똑하게 보았다. 죽음은 자신이 원했던 것보다 훨씬 편안하다고 그는 생각했다. 살아 있는 것보다 편안하다. 그는 놀랄 만큼 난폭하게 마스크를 벗어던지고 마지막 말을 했다.

"선생님, 아이들에게 제가 사랑하고 있다고 전해주십시오."

클로저는 눈을 감고 깊은 잠에 빠지는 것처럼 보였다. 오전 2시 35분이었다. 그리고 그날 아침 6시 30분에 숨을 거두었다. 그것은 동쪽 하늘에 흩어져 있는 잿빛 구름 속에서 태양이 떠오르기 전이었고, 새벽에 일하는 잡역부가 병원 손수레를 덜컹거리면서 복도를 지나가기 전이었다.

모스는 옆에 서서 그를 내려다보았다. 아침 8시 반, 버나드 클로저의 유해는 2시간쯤 전에 병원 영안실에 조용히 옮겨져 있었다. 모스는 클로저를 좋아했다. 그 지적인 얼굴은 상당히 핸섬했다. 마거릿은 옛날에 그를 깊이 사랑했을 것이라고 모스는 생각했다. 아마, 마음속으로는 내내 사랑하고 있었을 것이다. 마거릿뿐만이 아니었다. 그녀 말고도 누군가가 있었다. 그렇지 않나, 버나드? 모스는 손에 든 종이 쪽지로 시선을 옮겨 그것을 다시 한번 읽었다.

"모스 경감님, 죄송합니다. 저는 당신에게 많은 거짓말을 했습니다. 그녀가 이번 일에 말려들지 않도록 해주십시오. 그녀는 사건과는 아무 관계도 없습니다. 관계가 있을 리가 없습니다. 실비아 케이를 죽인 것은 저입니다."

그녀는 누구를 가리키는 것일까? 적어도 의사는 이 짧은 편지를 받아 적으면서 그렇게 생각했다. 그러나 모스는 알고 있었다. 그리고 버나드 클로저가 죽기 전에 진상을 파악했음을 그는 알았다. 그는 다시 한번 죽은 남자를 바라보았다. 그의 발은 돌처럼 차가웠다. 그는 이제 푸른 들판에서 유쾌하게 웃음을 터뜨리는 일은 없을 것이다.

모스는 천천히 발길을 돌려 방에서 나갔다.

28

10월 22일 금요일 오전

같은 금요일 아침 늦게, 모스는 자신의 사무실에 앉아서 오늘 아침의 일을 루이스에게 얘기하고 있었다.

"지금까지 이 사건의 해결이 어려웠던 것은, 관계자들의 증언이 완전한 엉터리가 아니라, 거짓말과 진실이 교묘하게 섞여 있었기 때문일세. 하지만 다행히도 앞으로 한 걸음이면 해결에 도달할 수 있게 되었어."

"아직도 해결되지 않은 거란 말입니까?"

"물론이지. 이것으로는 제대로 결말이 났다고 할 수 없지 않은가? 자백을 얻을 수 있는 건 좋은 일이지만, 자백이 둘일 경우에는 어떻게 하나?"

"그건 아마 영원히 알 수 없는 일일 겁니다. 하지만 두 사람은 오로지 서로를 보호하려 하고 있을 뿐입니다. 상대가 저지른 죄를 자신이 뒤집어쓰려는 거라고 저는 생각합니다."

"루이스, 자네는 범인이 누구라고 생각하나?"

루이스는 답을 준비하고 있었다.

"그녀라고 생각합니다."

"흐음." 가능성은 5대 5였지만, 루이스의 추측은 잘못되어 있었다. 적어도 모스는 그렇게 생각했다. 하지만 그는 최근 들어 몸의 컨디션이 그리 좋지 않았다. "루이스, 얘기해 보게. 그 가련한 클로저 부인을 범인으로 단정하는 이유를."

"클로저에게 다른 여자가 생긴 것을 알고 있는 그녀가, 그의 뒤를 밟아 우드스톡에서 그를 본 것은 사실일 거라고 생각합니다. 그녀의 편지에 적혀 있었던 내용은 현장에 가지 않으면 알 수 없는 것 아닙니까?"

"계속하게."

"예를 들어, 차가 안마당 어디에 주차되어 있었는가 하는 것을 들 수 있습니다. 두 사람이 뒷좌석으로 간 일도 그렇지요. 우리는 그 사실을 몰랐습니다. 그렇지만, 뒷좌석에서 실비아의 머리카락이 발견된 것과도 합치합니다. 그녀가 지어낸 이야기라고는 생각할 수 없습니다. 그런 일은 신문을 통해서는 알 수 없는 겁니다. 신문에는 전혀 나오지 않았으니까요."

모스는 맞다는 듯이 고개를 끄덕였다.

"루이스, 또 한 가지 사실을 가르쳐주지. 그 수요일 밤, 그녀는 헤딩튼의 강좌에 결석했어. 출석부에 그녀의 이름이 체크되어 있지 않더군. 내가 조사해봤어."

루이스는 보강 증거를 얻은 것을 기뻐했다.

"그런데도 경감님은 그녀가 범인이라는 걸 믿지 않으시는군요?"

"그녀가 아니라는 사실을 난 알고 있어." 모스는 태연스럽게 말했다. "이봐, 루이스. 만약 그날 밤 마거릿 클로저가 살의를 품고 있었다면, 타이어스패너로 맞은 것은 버나드의 머리 쪽이었을 거라고 나는 생각하네. 실비아를 죽인다고 무슨 소용 있겠나?"

루이스는 도저히 수긍할 수 없다는 눈치였다.

"그건 아니라고 생각합니다. 경감님의 말씀도 일리가 있지만, 여자라는 것은 한 사람, 한 사람 저마다 다 다릅니다. 어떤 여자가 이럴 것이다, 아니면 저럴 것이라고 일률적으로 말할 수는 없습니다. 무슨 짓이든 할 수 있는 여자도 있습니다. 그녀는 자신의 남편을 빼앗아간 여자에게 극심한 질투심을 느낀 것이 틀림없습니다."

"하지만 그녀는 질투했다고는 말하지 않았네. '불타는 듯한 분노'를 느꼈다고 말했지, 기억하나?"

루이스는 기억하지 못했다. 하지만 그는 기회는 이때라는 듯이 공격으로 돌아섰다.

"그렇지만 경감님은 왜 갑자기 그녀의 말을 곧이곧대로 믿기로 하신 겁니까? 그녀가 하는 말은 믿을 수 없다고 말씀하셨을 텐데요."

모스는 고개를 끄덕이며 그것을 인정했다.

"내가 하고 싶은 말이 그걸세. 그들이 한 말은 모두 진실과 거짓말이 복잡하게 뒤섞여 있어. 그 진실을 선별하는 것이 우리가 할 일이야."

"어떻게?"

"거기에는 약간의 심리적인 통찰이 필요해. 그녀가 분노를 느낀 건 거짓말이 아닐 거네. 그건 틀림없다고 나는 생각해. 만약 지어낸 이야기라면 분노보다는 질투를 느꼈다고 말했을 거야. 그리고 분노라면, 그 대상은 실비아 케이가 아니라 그녀의 남편 쪽일 거고."

루이스에게는 이런 논쟁은 공허하고 하찮은 일로 생각되었다.

"전 심리학은 잘 몰라서요."

"이해할 수 없다는 말인가?"

"예, 지금의 얘기에서는."

"무리도 아니지. 나도 완전히 이해하고 있는 건 아니네. 하지만 나의 심리학자로서의 능력에 의지할 것까지 없다는 걸 안다면 자네도 안심할걸. 한번 생각해 보게. 그녀는 안마당으로 들어가서 가장자리를——즉 왼쪽을——따라 차 뒤를 천천히 돌았다고 말했네. 그리고 안마당의 같은 왼쪽 가장 구석에 클로저가 보였어. 그렇지?"

"그렇습니다."

"그런데 가게 사람의 증언을 신뢰할 수 있다면——신뢰하지 못할 이유도 없지만——타이어스패너는 안마당의 가장 오른쪽 구석에 있는 도구상자 속 또는 그 옆에 있었어. 클로저 부인이 사용했다고 한 흉기, 그녀가 서 있던 장소에서 적어도 20야드(약 18미터)는 떨어진 곳에 있었던 셈이지. 그녀는 편지 속에서 자기는 화가 났을 뿐만 아니라 무섭기도 했다고 말했는데, 그건 충분히 믿을 수 있는 얘기네. 누구라도 무서웠을 테니까. 그녀는 그때 일어나고 있는 일도, 암흑도 무서웠어. 하지만 무엇보다 무서웠던 건 자신이 발견되는 것이었네. 그런데도 자네는 그녀가 안마당을 가로질러 타이어스패너를 가지러 갔다는 것을 믿으라는 얘긴가? 타이어스패너가 있었던 곳은 버나드와 금발 아가씨가 서 있던 곳에서 4, 5야드(약 4미터)밖에 떨어져 있지 않았어. 이건 거의 확실해. 완전히 거짓말이야. 그녀는 신문에서 흉기에 대한 것을 읽은 거야."

"누군가가 옮겨놓았을지도 모릅니다."

"그래, 그것도 충분히 있을 수 있는 일이지. 자네는 그게 누구라고 생각하나?"

이런 식으로 모스와 논쟁하는 것은 모세가 시나이 산에서 신과 논쟁하는 것과 마찬가지로 모독적인 일이라고 루이스는 느꼈다. 어쨌든 그는, 스패너에 대한 것은 처음부터 깨달았어야 했다. 정말 아둔했다. 하지만 마거릿의 편지 속에는 그밖에도 마음에 걸리는 것이 있었다. 사건의 범인은 남자이고 여자가 아닌 것은 처음부터 명명백백한 것처럼 보였다.

그 최초의 밤, 그 자신도 실비아의 시체를 보고, 검시보고서를 기다릴 것도 없이 그녀가 폭행을 당한 것은 이내 알 수 있었다. 옷이 난폭하게 찢어져 있어서, 누군가가 그녀의 의지에 반하여 그녀의 몸을 폭행하고 희롱한 것은 의심의 여지가 없었다. 그녀의 다리 사이에 흐르고 있던 정액과, 유방 주위의 타박상이 보고서 안에 들어 있었던 것은 그에게도——또 모스에게도——의외가 아니었다. 하지만 그것들은 모두 마거릿 클로저의 진술과 일치하지 않는 것이었다.

차 뒷좌석에 두 사람이 있는 것이 보였다고 그녀는 말했다. 하지만 정말 그랬을까? 뒷좌석에서 머리카락이 발견된 것은 사실이지만, 그것이 결정적인 증거가 될 수 있을까? 그것이 그 자리에 있었던 이유는 헤아릴 수 없을 만큼 여러 가지로 생각할 수 있다. 어쨌든 앞뒤가 맞지 않는다. 그는 뭐가 뭔지 알 수 없게 되고 말았다. 그는 이러한 의문을 던졌고, 모스는 조용히 귀를 기울이고 있었다.

"자네 말이 맞아. 그건 나도 크게 골치를 않은 문제였어."

"그럼, 더 이상 문제가 안 되는 겁니까?"

"그래. 문제가 그것뿐이라면 우리는 순조로운 항해를 할 수 있겠지."

"그렇게 할 수 없다는 얘깁니까?"

"우리의 앞길은 폭풍우가 몰아치는 바다인 것 같아." 모스의 창백한 얼굴은 일그러지고, 얘기를 계속할수록 쥐어짜는 듯한 목소리가 되었다. "루이스, 자네에게 아직 얘기하지 않은 것이 하나 있네. 오늘 아침 래드클리프 병원에서 나온 뒤, 뉴러브를 만나러 갔어. 그는 어제 오후 버나드를 문병하러 갔는데, 그때의 얘기를 해주더군."

"뭔가 새로운 정보라도?"

"있었어. 어떤 의미에서는 있었다고 할 수 있지. 뉴러브는 개인적인 사항은 얘기하고 싶어하지 않았지만, 클로저한테서 들은 사건날 밤의 얘기를 들려주었네. 대부분 우리가 이미 알고 있거나, 추리한 내용이었어. 그런데 한 가지 예외가 있었네. 그날 밤 안마당에 누군가 또 한 사람이 있었던 것 같다고 클로저가 말한 모양이야."

"그 일이라면 우리도 알고 있습니다, 그렇지 않습니까?"

"잠깐만, 루이스. 현장을 한번 상상해보세. 클로저는 운전석에서 내려 뒷좌석으로 갔어. 그렇지? 실비아 케이도 그렇게 했고. 그런데, 그 장소라는 게 중요한 점이야. 남자가 고풍스러운 기사도 정신을 발휘할 만한 장소도, 경우도 아닌 것은 물론이지. 그녀는 앞좌석 왼쪽에서 나와, 뒷좌석 왼쪽으로 들어갔고, 그도 마찬가지로 해서 반대쪽 자리에 들어간 것은 틀림없다고 생각하네. 즉 두 사람은 뒷좌석에서도 앞좌석에 앉아 있을 때와 마찬가지로——그는 오른쪽, 그녀는 왼쪽에 앉았지. 그런데 클로저가 아무리 기묘한 자세를 취했다 하더라도, 그 시간의 대부분을 그는 자신의 아내가 서 있는 쪽을 등지고 있었네. 즉, 아내는 그의 거의 바로 뒤에 있었던 거라는 얘기지. 버나드는 머리 뒤에도 눈이 달려 있지는 않았고, 마거릿은 아까도 말했지만 발견되지 않을까 하고 두려워하고 있었네. 이 사실에서 한 가지 결론——내 생각으로는 유일한 결론이 나오네. 클로저는 그날 밤 자신의 아내를 보지 못했어. 아내는 분명히 그 장소에 있었지만, 클로저에게는 보이지 않았다고 나는 생각하네. 그런데 그는 누군가 다른 사람을 정말로 보았어. 바꿔 말하면, 그날 밤 안마당에는 한 사람이 더 있었다는 거지. 그 인물은 마거릿보다 그에게 더욱 가까운 곳에 있었네. 도구 상자 바로 옆. 클로저는 뒷좌석에 앉을 때 그 검은 그림자를 힐끗 보았어. 그 자가 실비아 케이를 죽인 범인일지도 모른다고 나는 생각하네."

"그럼 버나드도 범인이 아니라고 생각하시는 겁니까?"

모스는 처음으로 기묘한 망설임을 보여 주었다.

"물론 그가 했을지도 몰라."

"하지만 동기를 모릅니다. 경감님은 아십니까?"

"아니." 모스는 무뚝뚝하게 말했다. "모르겠어." 그는 낙담한 듯이 방안을 둘러보았다.

"뉴러브한테서 다른 정보는 얻은 게 없습니까?"

"클로저가 그의 타이프라이터를 사용했다고 털어놓았네."

"뉴러브의 타이프라이터 말입니까?"

"놀라는 것 같군."

"역시 클로저가 그 편지를 쓴 게 사실이었군요?"

모스는 슬픈 듯한 실망의 빛을 드러내면서 그를 쳐다보았다.

"자네, 설마 그 사실을 의심하고 있었던 건 아니겠지?"

그는 책상 서랍을 열어 봉인이 되어 있는 하얀 봉투를 꺼내 루이스에게 건넸다. 그것은 제니퍼 콜비 앞으로 보내는 것이었다.

"루이스, 그녀의 집에 가서 그걸 전해 주게. 그리고 그녀가 그것을 열어보는 동안 옆에서 지켜봐. 안에는 편지지 한 장과 내 앞으로 보내는 답장용 봉투가 들어 있어. 내 질문에 대한 답을 봉투에 넣어 봉해 달라고 그녀에게 말하는 거야. 알겠나?"

"전화로 묻는 것이 간단하지 않을까요?"

모스의 눈이 갑자기 분노로 타올랐다. 그러나 말투는 감정을 억제한 조용한 것이었다.

"방금도 말했듯이, 그녀 옆에 있으면서, 그녀가 답장을 쓴 뒤 제대로 봉투에 봉하는 것을 확인하도록 하게. 내 질문도 그녀의 답장도 자네에게는 보여 주고 싶지 않네." 그 목소리는 차가웠다. 루이스는 이내 고개를 끄덕이며 승낙했다. 경감이 이렇게 무서운 줄은 지금까지 몰랐던 사실이었다. 그는 그 자리에서 달아날 수 있게 된 것을 다행으로 생각했다.

29

10월 22일 금요일 오후

루이스가 나간 뒤 모스는 여전히 앉은 채 수를 생각했다. 월요일 이후 많은 일들이 일어났지만, 그녀에 대한 생각이 머리에서 떠나지 않았다. 무슨 일이 있어도 그녀를 한 번 더 만나지 않으면 안 되었다. 시계를 보니 정오였다. 그녀는 지금 뭘 하고 있을까. 갑자기 그는 자신을 채찍질하여 행동으로 나섰다.

"래드클리프 병원입니까?"

"네."

"사고과 부탁합니다."

"잠깐만 기다리세요."

"여보세요, 사고과입니다." 수는 아니었다.

"위도슨 양과 통화하고 싶은데요."

"위도슨 정간호사 말인가요?" 그는 그것을 몰랐다.

"이름이 수전이긴 한데."

"죄송하지만 외부에서 온 전화는 받을 수 없도록 되어 있어요. 예외는……"

"긴급한 경우는 예외겠지요."

모스는 예외라는 말에 기운을 얻어 말을 가로챘다.

"긴급한 용건인가요?"

"아니, 그렇지는 않소만."

"그럼 죄송하지만."

"여긴 경찰이오."

"죄송하지만." 그녀는 이런 문구에 익숙한 것이 분명했다. 모스는 화가 나기 시작했다. "간호부장, 없소?"

"부장을 바꿔드릴까요?"

"부탁해요."

그는 족히 2분은 기다려야 했다.

"여보세요, 간호부장입니다."

"아, 템스벨리 경찰본부의 모스 경감입니다. 위도슨 정간호사와 얘기를 하고 싶은데, 그쪽에 규칙이 있는 것 같군요. 보통 때 같으면 물론 어기지 않겠지만……."

"긴급한 용건인가요?" 엄격한 목소리였다.

"중요한 용건이라고 할까요?"

부장은 그 뒤 몇 분 동안, '저희' 간호사들에 대한 개인적인 편지의 배달 및 그녀들에게 걸려오는 외부 전화에 관한 규칙을 냉정하게, 그리고 이해하기 쉽게 설명하며, 하나하나의 규칙과 그 이유를 늘어놓았다. 그동안 모스는 책상 앞에서 안절부절못하면서, 습관대로 왼쪽 손가락으로 책상을 두드리고 있었다.

"저희 과가 매일 직무상의 편지와 전화를 얼마나 많이 받고 있는지 아마 상상도 못하실 거예요. 거기에다 개인적인 편지와 전화까지 받다보면 도저히 일을 할 수가 없습니다. 제가 만든 규칙은 성공적이었다고 생각합니다만……."

모스는 그녀의 얘기를 가만히 듣고 있었다. 그녀가 말하는 사이에 어떤 돌발적인 생각이 그의 마음속에 떠올랐다. 그는 그녀가 다시 한 번 규칙을 하나하나 장황하게 늘어놓기를 바랐을 정도였다.

"얘기 고마웠어요. 정말 미안……."

"천만에요. 이해해주셔서 기쁩니다. 제가 할 수 있는 일이라면 뭐든지 말씀해주세요."

지금이라면 그녀는 뭐든지 해줄 수 있을 거라고 그는 생각했다. 그러나 상황은 달라져 있었다. 전에는 전혀 가능성이 없었던 일에, 어쩌면 극히 미미하지만 기회가 찾아온 건지도 몰랐다. 부장은 도울 수 있게 해달라고 부탁이라도 할 기세였지만, 그는 황급하게 전화를 끊었다. 부장에게 부탁할 것은 아무것도 없었다. 그가 해야 할 일은 이제 분명했다.

모스가 부장과 긴 통화를 끝낼 때쯤 수는 점심을 먹고 있었다. 그녀도 그를 생각하고 있었다. 그를 좀더 일찍 만났더라면 좋았을 텐데! 만약 그랬다면 그는 내 인생을 바꿔줄 수 있었을 거라고 그녀는 생각했다. 이제부터라면 너무 늦을까? 닥터 아이어스가 그녀 옆에 앉아서, 이 아름다운 정간호사의 몸에 실례가 되지 않을 정도로 닿을 수 있는 모든 기회를 놓치지 않으려고 애쓰고 있었다. 그러나 그가 옆에 있는 것도, 그 의미심장한 말도 싫어서 견딜 수가 없었다. 그녀는 디저트에는 손도 대지 않고 테이블에서 얼른 일어났다. 아, 모스! 왜 당신을 좀더 일찍 만나지 않았을까요? 그녀는 사고과의 외래 대기실로 돌아가 딱딱한 벤치 위에 앉았다. 그리고 이제 상당히 낡아버린 〈펀치〉를 멍하니 집어 들고는, 빛바랜 페이지를 기계적으로 넘겼다……. 어떻게 하면 좋을까? 제니퍼가 집에 돌아온 그 비참한 밤 이래, 그는 전혀 얼굴을 보여 주지 않았다. 또 제니퍼는——. 그녀에게 그와의 일을 털어놓은 것은 어리석은 짓이었다. 데이비드는 ——? 그녀는 데이비드에게 편지를 쓰지 않으면 안 될 것이다. 아마 충격을 받겠지. 하지만 40년, 때에 따라서는 50년이나 진정으로 사랑하지도 않는 사람과 함께 살면서 함께 잠을 자야 하다니……. 그때 그녀는 그를 보았다. 잿빛 눈에 연약하고 조심스러운 빛을 띠고 그가 서 있었다. 그녀는 눈물이 솟아나며 믿을 수 없을 정도로 기쁨을 느꼈다. 모스가 다가와서 그녀 옆에 앉았다. 그는 그녀의 손을 잡으려고도 하지 않았다. 그럴 필요가 없었다. 두 사람은 얘기를 나눴지만 그녀는 얘기에는 건성이었다. 얘기 내용 따위는 아무래도 상관없었다.

"저, 이제 가야 해요" 하고 그녀가 말했다. "가까운 시일 내에 다시 만나러 와주세요." 벌써 1시 반이었다.

모스는 가슴이 찢어지는 듯한 고통을 느꼈다. 그는 오랫동안 수를 지그시 응시하며, 자신이 그녀를 진심으로 사랑하고 있음을 깨달았다.

"수."

"네?"

"지금 당신 사진, 가지고 있는 것 있소?"

그녀는 핸드백을 뒤져 뭔가 꺼냈다.

"별로 잘 나오지 않았죠?"

모스는 사진을 보았다. 그녀가 말한 대로 그리 잘 나오지는 않았지만, 수임에는 틀림없었다. 그는 그것을 주의 깊게 지갑에 넣고 돌아가기 위해 일어섰다. 환자들이 벌써 기다리고 있었다. 다리와 팔에 커다랗게 깁스를 한 사람들, 머리와 팔목에 붕대를 감은 사람들, 그리고 입 주위가 피투성이가 되어 새하얗게 질려 있는 교통 사고 피해자들이었다. 이제 정말 가지 않으면 안 되는 시간이다. 그의 손이 가볍게 그녀의 손에 닿자, 두 사람의 손가락이 얽히며, 부드럽고 달콤한 작별의 인사를 나눴다. 그가 다리를 약간 끌면서, 출입할 때마다 덜컹거리는 문으로 나가는 모습을 그녀는 지켜보았다.

모스가 래드클리프 병원에서 세인트저일스 거리의 넓은 가로수길로 나왔을 때는 2시 15분에 가까웠다. 그는 다음 일을 미룰까 하고 생각했다. 그러나 언젠가는 하지 않으면 안 되는 일이고, 어차피 그 장소에 와 있었다.

세인트저일스 거리의 오른쪽을 순교자 기념탑 방향을 향해 걸어가, 맨 처음 발견한 스낵바 '윔피 그릴' 앞에서 멈춰 선 뒤 안으로 들어갔다. 뜨거운 철판 위의 비프버거를 뒤집고 있던 키가 작고 피부가 검은 이탈리아인은 "나, 영어, 잘 못해" 하며 스스로 인정한 뒤, 이내 단정치 못한 차림을 한 젊은 웨이트리스를 불러 얘기했다.

이윽고 가게 사람들이 고개를 젓거나, 요란하게 몸짓을 하는 것을 거들떠보지도 않고 모스는 밖으로 나왔다. 쉬운 일은 아닐 것 같았다.

5, 6야드(5미터 가량)를 더 걸은 다음 그는 다시 걸음을 멈추고, '버드 앤드 베이비'에 들어갔다. 그곳에서 그는 맥주를 한 병 주문한 뒤, 바텐더와 몇 분 동안 조용히, 그리고 열심히 얘기를 나눴다. 가게 주인이기도 한 그 바텐더는 점심 시간에는 늘 카운터 안쪽에서 일하고 있었다. 아닙니다. 유감이군요. 예. 그렇다면 알아보았을 겁니다. 도움이 되지 못해서 미안하군요. 길고 기운이 소모되는 일이 될 것 같다. 그러나 그것은 모스 자신밖에 할 수 없는 일이었다.

그는 ABC 영화관 부근의 콘마켓 거리에 있는 똑같은 수많은 가게들을 차례로 조사한 뒤 카팍스에서 길을 건너 반대쪽 거리를 걷기 시작했다. 그가 찾고 있던 인물을 만난 것은 M&S의 커다란 빌딩 옆의 아담한 케이크 가게('간이식도 할 수 있습니다')에서였다. 얼굴도 태도도 친절해보여 대하기가 편한 그녀는, 백발이 섞인 약간 뚱뚱한 여자였다. 모스는 그녀와 몇 분 동안 얘기를 나눴다. 그녀 역시 여러 번 고개를 끄덕이거나 손가락으로 가리키기도 했다. 그러나 뒷골목이나 거리를 막연하게 가리키는 것이 아니라, 이번에는 가게 안쪽의 작은 방——그곳에서 가벼운 식사를 할 수 있다——을 가리켰다. 정확하게 말하면, 그녀의 손가락은 그 방에서도 안쪽에 있는 특정한 작은 테이블을 가리키고 있었다. 테이블 양쪽에는 빈 의자가 하나씩 있고, 빨강과 흰색의 줄무늬 테이블보 위에 양념병과 지저분한 재떨이, 그리고 토마토소스가 놓여 있었다.

시각은 3시 45분이었다. 모스는 그 테이블로 걸어가서 앉았다. 사건이 거의 해결되었음을 그는 알고 있었지만, 기쁨은 느낄 수가 없었다. 발이——특히 오른쪽 발이 아팠고, 뭔가 기운을 얻을 수 있는 것이 간절하게 필요했다. 그는 지갑 속에서 수의 사진을 꺼내어, 자신이 희망 없는 격정적인 사랑을 바치고 있는 아가씨의 얼굴을 들여다보았다. 조금 전의 백발이 섞인 웨이트리스가 다가왔다.

"뭐 좀 내올까요? 물어보러 오셨을 뿐이라고 생각해서, 그만……."

"홍차로 부탁해요." 모스는 말했다. 아무것도 마시지 않는 것보다 나았다.

그가 간신히 경찰서로 돌아온 것은 오후 4시 45분이었다. 책상 위에 루이스의 메모가 있었다. '조금 일찍 돌아가겠습니다, 일이 있으면 전화 주십시오'라고 적혀 있었다. 그의 아내가 감기에 걸려 아이들을 돌보기가 힘들다고 했다.

모스는 메모를 구겨서 쓰레기통에 던져 넣었다. 메모 밑에는 루이스가 제니퍼 콜비한테서 받아온 편지가 있었다. 그것이 제대로 봉인되어 있는 것을 확인한 뒤, 모스는 그대로 책상 왼쪽의 맨 아래 서랍 속에 넣고 잠갔다.

그는 전호번호부에서 어떤 번호를 찾아내어 다이얼을 돌린 뒤, 벨이 울리는 소리를 들었다. 손목시계를 들여다보니 5시 조금 전이었다. 만약 상대방이 퇴근하고 없다면 하는 수 없지만, 그는 지금 당장 결론을 짓고 싶었다. 따르릉 따르릉. 포기하려는 순간 저쪽에서 수화기를 드는 소리가 났다.

"여보세요." 파머였다.

"아, 아직 계셔서 다행이군요. 모스 경감입니다."

"예." 작은 체구의 지배인의 목소리는 약간 실망했다는 듯한 느낌이었다. "운이 좋았군요. 문을 잠그다가 급히 돌아왔습니다. 이런 사업에서는 아주 중요한 용건일 수도 있어서요."

"저도 중요한 용건입니다."

"예."

파머는 우드스톡 도로의 변두리에 있는 옵서버토리 거리에 살고 있었다. 좋습니다. 만나시죠, 모스 씨──아니, 괜찮습니다──중요한 일이라면. 두 사람은 그날 밤 8시 30분에 가까운 월튼 거리의 '불 앤드 스타랩'에서 만나기로 했다.

그것은 조명이 어둡고 어수선한 느낌의 초라한 술집으로, 단골들에게 인기가 있는 다트나, 경마, 축구의 도박이 벌어지는 음산한 가게였다. 모스는 가능한 한 빨리 용건을 끝내고 밖으로 나가고 싶었다. 파머는 용의주도하고 입이 무거워서 처음에는 무척 힘이 들었다. 그러나 모스가 냄새를 맡았다는 것을 알고 그는 체념했다. 마지못해, 그러나 정직하게, 파머는 그의 작고 부끄러운 얘기를 했다.

"좀 더 일찍 얘기했으면 좋았을 거라고 생각하시겠죠?"

"모르겠습니다. 저는 가정을 가지고 있지 않아서." 모스의 목소리는 완전히 무관심한 것처럼 들렸다. 오후 9시에 그는 가게에서 나왔다.

그는 시속 30마일(약 48킬로미터)이 조금 넘는 속도로 우드스톡 도로를 달렸다. 그러나 앞쪽에 경찰차가 보여서 제한속도 이내로 속도를 떨어뜨렸다. 그는 비참한 사건의 출발점인 우드스톡 로터리를 돌아 우드스톡으로 향했다. 얀톤 마을에서 그는 샛길로 들어가, 메이벨 저먼 부인의 집 밖에 란치아를 세웠다. 그녀의 집에는 2, 3분밖에 있지 않았다.

돌아가는 길에 그는 경찰본부에 들렀다. 복도가 어두웠지만 전깃불을 켜려고도 하지 않았다. 자신의 방에 들어가자 왼쪽 맨 아래 서랍을 열고 봉투를 꺼냈다. 종이칼로 깨끗하게 봉투를 열었을 때, 그의 손은 희미하게 떨리고 있었다. 그는 무득점으로 아웃이 된 크리켓 선수가, 뭔가의 착오로 다른 타자의 득점이 자신의 이름에 기입되어 있지 않은가 하고 스코어북을 살펴볼 때와 같은 기분이었다. 그러나 모스는 기적을 믿지 않았고, 편지를 열기 전부터 그 내용을 알고 있었다. 그는 편지를 보았지만 읽지는 않았다. 그것을 개개의 단어와 문자의 집합으로서가 아니라 전체적으로 보았다. 역시 기적은 일어나지 않았다. 그는 불을 끄고 문을 잠근 뒤, 어두운 복도를 걸어갔다. 마지막 한 장이 정확하게 일치했고 조각그림 맞추기는 완성되었다.

30

10월 23일 토요일

아침 식사가 끝난 뒤 수는 데이비드에게 편지를 쓰고 있었다. 그녀는 한두 번 반 페이지 정도 썼다가, 이내 그것을 구겨버리고 다시 쓰기 시작했다. 그러나 볼품없을 정도로 짧은 문장을 쓴 뒤에는, 아무리 해도 좋은 문장이 떠오르지 않았다. 그녀는 다시 처음부터 쓰기 시작했다.

사랑하는 데이비드

당신은 나에게 정말 친절하고 다정한 사람이었어요. 이 편지를 읽고 얼마나 충격을 받을지 알고 있어요. 하지만, 아무래도 얘기하지 않을 수 없어요. 무슨 일이든 당신한테 숨긴다는 건 미안한 일인 걸요. 사실은 저, 당신 외의 어떤 사람을 사랑하게 되어버렸어요……

그밖에 무슨 말을 할 수 있을까? 그렇지만 여기서 편지를 끝낼 수는 없다……. 그녀는 방금 쓴 편지지를 다시 구겼다. 테이블 위에 단단한 종이뭉치가 또 하나 늘었다.

같은 날 아침, 모스는 어두운 표정으로 그의 가죽의자에 앉아 있었다. 간밤에도 역시 잠을 이루지 못했다. 며칠 휴가를 얻어야 할 것 같았다.

"무척 피곤해 보이는군요." 루이스가 말했다.

모스는 고개를 끄덕였다.

"그래, 하지만 우리는 이제 목적지에 도착했어."

"정말입니까?"

모스는 짐짓 스스로 기운을 북돋우려는 것처럼 보였다. 그는 크게 심호흡을 했다.

"루이스, 자네도 알고 있듯이 난 몇 번인가 모퉁이를 잘못 돌았네. 하지만 요행히도 언제나 옳은 방향으로 걸어왔어. 그 살인사건날 밤에도 그랬지. 우리가 그 안마당에 섰을 때를 기억하나? 별을 바라보며, 하늘에서 모든 것을 내려다보고 있는 별들은 얼마나 많은 비밀을 알고 있을까 하고 생각했던 것이 기억나는군. 그때도 난, 패턴을 구성하고 있는 개개의 요소가 아니라, 패턴 전체를 보려고 했지. 알고 있는 대로 그날 밤의 사건에는 매우 기묘한 점이 있었네. 틀림없는 강간 살인범의 범행처럼 보였어. 그러나 사물은 반드시 늘 겉보기하고 같지만은 않은 법이야. 그렇지?"

그는 마약이라도 흡입한 것처럼 몽롱하고 억양 없는 목소리로 말하고 있었다.

"그런데 사물을 약간 기묘하게 보이도록 농간을 부릴 수는 있지만, 난 지금까지 그렇게 영악한 살인자는 본 적이 없네. 그럼, 그 사건은 우연히 그런 형태로 일어났던 것일까? 만약 실비아가 발견된 장소에서 폭행을 당했다고 한다면 뭔가가 이상해. 그날 밤, 안마당이 무척 어두웠던 건 사실이지만, 전조등을 켠 차들이 쉴 새 없이 드나들고 있었네. 눈부신 전조등 불빛 속에서 여자를 강간할 정도로 미친 사람이 있다고 생각하는 건 지나친 상상력이 아닐까?"

그의 긴장이 약간 풀린 것 같다고 루이스는 생각했다. 그의 움직이지 않는 몽롱한 응시도 사라져 있었다.

"어떻게 생각하나?" 평소의 경감다운 말투였다.

"맞는 말이라고 생각합니다."

"그렇지만 아무래도 이상하더군. 젊고 미끈한 각선미의 금발 아가씨가 살해되고 강간당했다, 또는 강간당하고 살해되었다. 순서가 어느 쪽이든 결과는 마찬가지 같았네. 강간 살인범의 범행이라는 얘기지. 하지만 여기서 나는 고개가 갸우뚱해지더군. 여자가 저항하면 강간은 쉽지 않은 일이고, 방금 말했듯이 난 실비아가 안마당에서 강간당했다는 것에 의문을 느끼고 있었네. 그녀는 소리치고 몸부림칠 수 있었을 거야. 물론 그녀가 이미 죽어 있었다면 모르지만. 하지만 난, 그런 것에 약간의 결벽이 있어서, 범인을 크리스티 같은 시간자(屍姦者)로는 생각하고 싶지 않았네. 그렇다면 어떻게 된 걸까?"

루이스는 이 질문이 대답을 기대한 것이 아니었으면 좋겠다고 생각했고, 모스는 대답을 요구하지 않았다.

"여기서 두 가지 요소——강간과 살인을 따로 분리해서 한번 생각해보세. 하나가 아니라 두 가지의 별개의 행동을 가정하는 거지. 그녀가 한 남자와 성행위를 했다고 가정하세. 어쨌든 성행위 사실이 있었던 것은 의심의 여지가 없어. 더욱이 그것이 완전히 그녀와의 합의하에 이루어졌다고 가정해보는 거야. 이것을 뒷받침하는 증거가 아주 조금이지만 있기는 있어. 실비아는 여성해방론자는 아니었지만 브래지어를 하고 있지 않았어. 그건 이상하다고 할 것까지는 없어도 나에게는 약간은 도발적으로 생각되었네. 실비아는 하얀 블라우스를 여러 장 가지고 있었지만, 하얀 브래지어는 가지고 있지 않았다는 것이 조사를 통해 밝혀졌어. 왜 그랬을까?

실비아 케이처럼 자신의 스타일과 용모를 의식하고 있는 여자는 얇은 흰색 블라우스 속에 하얀 브래지어를 하지는 않아. 그래서 내가 이끌어낼 수 있는 결론은 단 한 가지, 실비아가 브래지어를 하지 않고 외출하는 일이 드물지 않았다는 것. 만약 브래지어를 했다고 하면, 아마 그것은 검은 색이었을 거야. 여자들은 모두 검은 속옷은 굉장히 섹시하다고 믿고 있기 때문이지. 자, 이런 사실들을 아울러 생각해보면 그녀는 약간 방종한 여자였다는 것을 알 수 있어. 실제로 실비아 케이가 그랬던 것은 틀림없다고 나는 생각하네."

"그녀는 팬티도 입고 있지 않았습니다."

"맞았네. 하지만 검시보고에 의하면, 처음에는 입고 있었던 것 같아——허리둘레에 고무줄 자국이 있었으니까, 그녀가 팬티를 입고 있었던 것은 분명해. 그런데 누군가의 호주머니 속에 들어갔다가, 나중에 버려지거나 불태워진 거겠지. 뭐, 그건 그리 중요한 일이 아니야. 이 범죄의 두 가지 요소로 돌아가세. 첫째로, 어떤 남자가 실비아와 성관계를 가졌다——별다른 저항이 없었던 것은 분명하다. 두 번째로, 누군가가 그녀를 죽였다. 그것은 같은 남자일지도 모르지만, 그 경우에는 동기가 모호하다. 수사의 가장 첫 단계에서 우리가 얻은 증언에 의하면, 그녀는 우연히 한 남자의 차를 얻어 탔고, 두 사람은 전혀 모르는 사이로 추정되었어. 그러나 버나드 클로저가 우드스톡의 로터리에서 차를 세운 남자라는 사실이 판명된 뒤로는, 사건의 어떤 면은 해명되기보다는 오히려 수수께끼를 더한 것처럼 보였네. 클로저가 때로는 아내를 배신하는 종류의 남자라는 것은 충분히 상상할 수 있네.

지금까지 알아낸 바에 의하면, 그와 아내의 관계는 지난 몇 년 동안 목가적인 행복에서 개도 안 먹는다는 부부싸움으로 진행되고 만 것 같아. 하지만, 우리가 찾고 있는 것이 색정에 미친 남자라고 한다면, 클로저가 범인이 아닌 것은 분명하다고 나는 생각하네. 그는 기본적으로 세련된 사람으로 보였어. 자네는 실비아 케이의 시체 사진을 보았을 때 자네가 어떤 반응을 보였는지 기억하나? 이런 짓을 한 놈은 반드시 때려잡아야 한다고 말했지? 그때 자네의 마음속에 떠오른 범죄는 혼합된 것이었다고 나는 생각하네. 자네는 강간과 살인, 그리고 또 다른 한 가지——실비아의 옷이 명백하게 찢겨나간 것——를 합친 것을 생각하고 있었던 거야. 나는 그런 범죄와 클로저를 결부할 수가 없더군.

클로저 부인의 진술 가운데 다른 부분은 그만두고, 그녀가 차 속에서 목격했다고 말한 것은 진실이었어. 자네도 그렇게 주장했지. 그럼 어떻게 되는 걸까? 우선, 그는 차 뒷좌석에서 그녀를 품에 안는다. 그런 다음, 뭔가의 원인으로 그녀와 다투었을지도 모른다. 그녀는 돈을 목적으로 하는 굴러먹은 여자였고, 보통의 창녀가 요구하는 조건으로 몸을 허락했어. 그러나 그는 돈이 없었거나, 아니면 지불하려고 하지 않았지. 그래서 말다툼이 벌어졌고, 그는 그녀를 죽였다. 있을 수 있는 일이지. 하지만 사건이 정말 그런 식으로 발전했다고 한다면, 그런 상황——즉, 블라우스가 찢겨나가고 뜯어진 상태에서 시체가 발견된다는 건 나로서는 믿을 수가 없었네. 적어도 그녀를 죽인 사람이 클로저였다면 말이네."

이때 루이스가 조용히 끼어들었다.

"누가 한 짓인지 알고 있다고 경감님은 말씀하셨습니다."

"자네도 알고 있을 거야." 모스는 대답했다. "수사가 진행될수록, 살해당한 여자의 몸을 범하는 왜곡되고 변태적인 마음을 가진 단 한 사람의 인물이 떠올랐네. 그것은 그녀를 만나려고 기다리고 있던 남자——늘 섹스에 대한 생각이 머리에서 떠나지 않아, 초조하게 애태우고 있던 남자, 에로 영화와 포르노 소설을 매주 즐기고 있던 남자. 자네도 그를 잘 알고 있을 텐데. 나는 1주일 전에 그를 만나러 갔어. 그의 침실은 음란한 그림과 추잡한 잡지, 포르노 소설 같은 것으로 가득했네. 그는 병에 걸려 있어. 스스로도 병이라는 것을 알고 있고, 그의 어머니도 알고 있지. 하지만 흉악한 타입의 인간은 아니야. 어떤 점에서 보면 공감을 하지 못할 것도 없지. 그는 여자의 시체에서 옷을 찢는 꿈을 자주 꾼다고 나에게 말했네."

"뭐 그런 놈이 다 있습니까!" 루이스가 말했다.

"그렇게 놀랄 일은 아니네. 프로이트는 그런 종류의 꿈은 욕구불만에 찬 성적 이상자한테서 흔히 볼 수 있는 성적 망상의 하나라고 했다더군."

루이스는 언젠가 본 영화를 떠올렸다. 그러고 보니, 그 자신도 상당히 흥분하지 않았던가. 그러나 그는 그것을 인정하고 싶지 않았다——자기 스스로도.

"그는 전에 몇 번인가 실비아를 만났네. 두 사람은 언제나 '블랙 프린스'의 칵테일 라운지에서 만나 술을 마신 뒤 그의 집 침실로 갔어. 그의 얘기로는 그때마다 그녀에게 돈을 주었다더군."

"상당히 여러 방면에 돈을 썼군요."

"정말이야. 어쨌든 실비아가 살해된 날 밤, 그는 7시 45분쯤부터 그녀를 기다렸어. 한 잔, 또 한 잔, 잔을 비워갔지만, 시간이 지나도 실비아가 나타나지 않자, 점점 절망적이 되어 갔지. 몇 번이나 그녀의 모습을 찾아서 밖으로 나가 봤지만 실비아는 없었어. 결국 그녀를 찾아냈을 때는 그는 몸도 마음도 이상해진 상태에 있었지——마음은 쌓이고 쌓인 성적 욕구불만 때문에, 몸은 과음 때문에. 그녀를 발견한 것은 순전히 우연이었다고 그는 말했네. 난 그 말을 믿네."

"그리고 그런 다음…… 그는…… 그녀를 범한 겁니까?"

모스는 고개를 끄덕였다.

"맞아, 그랬어."

"그는 의사에게 가야 합니다."

"정신과 의사를 찾아가겠다고 나에게 약속했네——하지만, 나는 그것으로 안심할 수 있다고 보지는 않아. 나는 정신과 의사를 한 사람 알고 있는데, 묘한 남자지. 정신과 의사의 치료가 필요한 사람이 있다고 한다면, 바로 그 자신일 거야."

모스의 얼굴에 쓴웃음이 떠올랐다. 루이스는 경감이 평소의 그로 돌아간 것을 느꼈다.

"그것으로 사건의 일부는 해결된 셈이군요."

"그렇네. 하지만 전면적인 해결에는 그리 도움이 되지 않아. 실비아 케이를 죽인 것이 존 샌더스가 아니라는 것에 나는 절대적인 확신을 가지고 있었네. 검시보고에는 그녀는 오후 7시부터 8시 사이에 살해된 것으로 되어 있어. 그런데, 살인범은 범죄 현장으로 반드시 돌아온다는 설을 우리도 모두 알고 있네. 하지만 샌더스가 그의 희생자의 시체가 누워 있는 장소에서 불과 50야드(약 47미터) 밖에 떨어지지 않은 곳에서, 2시간 반에서 3시간 동안 위스키를 마시고 있었다는 건 도저히 믿을 수 없는 일이야. 만약 그가 죽였다면, 일찌감치 자취를 감추었을 테지. 내가 이상하게 생각한 것은, 왜 좀더 빨리 시체가 발견되지 않았는가 하는 점이었어. 그 문제는 자네가 해결해주었지."

루이스는 모스의 수사 활동에 자신이 도움이 되었다는 것을 알고 기뻤다. 그러나 그는 모스가 무슨 말을 하고 있는 건지 몰랐다. 왜냐하면 그 자신이 어느 날 밤, 안마당에 주차했던 모든 차의 운전자를 탐문했기 때문이다. 실비아의 시체가 발견된 장소 바로 옆에 주차했던 운전자는, 처음에는 블랙 프린스 안마당에서 바로 바깥쪽 도로에 차를 두었는데, 다른 차들에 방해가 되는 것이 마음에 걸렸다. 그래서 한 대의 차가 안마당에서 나가는 것을 보고, 잘 됐다 하고 이내 자신의 차를 후진해서 이제 막 생긴 공간을 점유했다. 그의 전조등은 물론 실비아의 시체를 비추지 못했고, 그가 운전석에서 내렸을 때 시체는 운전석 반대쪽 담장 옆에 있었다.

"그런데 여러 가지 일을 통해, 우리는 지금까지 클로저——아니, 클로저 부부에 대해 잘 알게 되었네. 그날 밤 그들이 각자 연기한 정확한 역할은 아마 영원히 알 수 없을 거야. 그렇지만 지금까지의 경과에서 보아 자신을 가지고 말할 수 있는 것이 한 가지 있어. 마거릿은 버나드가 실비아를 죽였다고 생각했어. 이 의혹만으로 그녀가 자살했는지는 모르지만, 그것이 그녀를 자살로 몰고 간 원인의 하나인 것은 확실해. 하지만 그것만으로는 문제가 해결되지 않네. 내 생각에는 버나드는 마거릿이 실비아를 죽였다고 생각했어. 만약 내 생각이 맞다면, 앞뒤가 맞아떨어지는 점이 많다는 생각이 드네. 버나드가 경찰에 출두할 수 없었던 것에는 두 가지 커다란 이유가 있었네. 첫 번째는 그의 정사가 탄로나서, 그 결과 여러 가지로 난처한 일이 일어날 것은 거의 피할 수 없었지. 두 번째는 그보다 더욱 중요한데, 그의 증언이 범인——버나드는 자신의 아내일 거라고 생각했어——의 체포를 돕게 될지도 모른다는 점이었네. 어이없는 일이었지. 만약 두 사람이 이 일에 대해 서로 얘기하기만 했더라도! 자신이 죄를 저질렀다면 다른 사람을 의심하거나 하지는 않아. 이 두 사람이 서로 상대를 의심한 것은 둘 다 무죄라는 증거야.

그러니까 우리는 절대적인 확신을 가지고 둘 다 범인이 아니라는 것을 단언할 수 있어. 만약 버나드가 조금이라도 머리를 써서 생각했더라면, 마거릿이 살인과 관련이 있다는 건 있을 수 없는 일이라는 걸 알았을 텐데. 그는 옥스퍼드로 돌아가는 도중에 아내의 차를 추월했어! 마거릿의 진술에서 그녀의 차는 느린 속도로 달렸다는 걸 알고 있네. 대부분의 차들이 그녀를 추월했겠지. 하지만 만약 그가 그녀보다 먼저 옥스퍼드로 향했다고 하면, 그가 그녀를 추월하는 건 물리적으로 있을 수 없는 일이야. 그렇지 않나?"

"중간에 그가 술을 마시거나 다른 곳에 들르지 않았다면 그렇지요."

"그 점은 생각하지 않았어." 모스는 천천히 말했다. "그렇지만, 그건 중요한 문제가 아니야. 다시 얘기를 계속하겠네. 이 사건의 열쇠를 쥐고 있는 인물은 처음부터 미스 X——버나드 클로저의 차에 실비아와 함께 탔던 미스 X였어. 그녀에 대해 우리가 안 것은 무엇인가? 가장 중요한 사실은 저면 부인이 들은 어떤 말이야. 그녀는 절대로 잘못 들었을 리가 없다고 믿고 있어. 난 간밤에 그녀를 다시 만났네. 그녀는 실비아가 '내일 아침에는 농담거리가 될 거야' 라고 말하는 것을 들었어. 그래서, 범위는 현저하게 좁혀졌지. 타운 앤드 가운 보험회사를 조사한 결과, 우리는 몇 가지 흥미로운 사실에 주목했네. 가장 주목할 만한 사실은 누군가가 제니퍼 콜비에게 입을 다물고 있도록 명령한 일이야."

루이스는 다물고 있던 입을 열려고 했지만 말을 꺼낼 틈이 없었다.

"내가 처음부터 그 아가씨를 눈엣가시처럼 여기고 있다고 자네가 생각하고 있었던 것을 알고 있네. 그렇지만, 우리가 찾아낸 제니퍼 콜비에게 온 편지는 버나드 클로저가 썼다는 것을, 나는 지금 전보다 더욱 확신하고 있네. 자네가 정확하게 알고 싶다면, 그건 10월 1일 금요일 오후, 론스데일 칼리지의 피터 뉴러브 씨의 방에서, 피터 뉴러브 씨의 타이프라이터로 친 것이었네. 루이스, 이건 사실이야."

루이스가 다시 이의를 주장하려 했지만, 모스는 손을 저으며 그것을 물리쳤다.

"끝까지 들어주게. 제니퍼 콜비는 처음부터 거짓말을 했어. 실제로 이 사건과 관련된 사람들 중에서 거짓말을 혼자 도맡아한 것은 이 제니퍼 콜비야. 거짓말, 거짓말, 또 거짓말. 그녀는 왜 거짓말을 하지 않으면 안 되었을까? 왜 그렇게 필사적으로 우리의 눈을 속이지 않으면 안 되었을까? 수사 초기에는 그 이유는 참으로 간단하다고 나는 믿고 있었네. 버나드의 차 뒷좌석에 앉았던 아가씨는 그의 애인이었어. 우리가 마거릿한테서 알아낸 것은, 애인이 있었다는 버나드의 고백이 사실이라는 것을 뒷받침하고 있네. 제니퍼가 우리에게 한 모든 거짓말을 여기서 하나하나 들춰낼 필요는 없겠지. 하지만, 거미줄처럼 뒤엉킨 그녀의 거짓말 속에도 몇 개의 진실이 섞여 있었어. 그녀의 얘기 가운데 가장 큰 거짓말로 생각되었던 것이, 사실은 어쩌면 유일한 진실이었을지도 몰라. 그건 바로 그녀가 차를 가지고 있다고 말한 거네. ”

루이스는 더 이상 가만히 있을 수가 없었다.

“그녀의 차는 펑크 났습니다. 그 사실은 완전히 밝혀졌습니다. ”

“펑크 난 것은 의심하지 않아. 조사에서 그것은 밝혀졌어. 그녀는 배터리와 타이어 가게에 전화를 걸었어. 하지만 가게 직원이 수리할 수 없었다 해도 다른 누군가가 할 수 있었을 거야. 자네도 기억하고 있는지 모르지만, 제니퍼는 가게 직원에게 나중에 와달라고 부탁하지는 않았네. 그녀는 바커스에도 부탁하지 않았어. 하지만 누군가가 펑크를 수리했지. 어쩌면 그녀가 직접 했을 수도 있어. 그녀는 바보가 아니니까. 이웃집 남자에게 부탁했을지도 모르고, 그건 알 수 없는 일이야. 어쨌든 펑크 정도는 5분만 투자하면 그리 힘들지 않게 고칠 수 있네. 게다가 제니퍼 콜비는 활동적인 아가씨였고, 그녀는 그날 밤 무슨 일이 있어도 차가 필요했어. ”

“무슨 얘긴지 도무지 모르겠군요. ”

여전히 안개 속을 헤매면서 루이스가 말했다.

“괜찮아, 곧 알게 될 거야. ” 모스는 시계를 들여다보았다. “지금부터 가서 그녀를 데리고 와주게. ”

“미스 콜비 말입니까? ”

“당연하지 않나? ”

모스는 루이스를 뒤따라 방에서 나와 스트렌지 경정의 집무실 문을 노크하고 들어갔다.

약 30분 뒤 문이 열리고, 스트렌지가 모스와 함께 입구에 나타났다. 두 사람 다 굳은 표정이었다. 경감이 마지막으로 뭔가 말하자 스트렌지는 심각한 얼굴로 고개를 끄덕였다.

“모스, 무척 피곤해 보이는군. 2주일쯤 휴가를 내는 게 좋을 것 같네. 사건도 해결되었으니. ”

"아니, 아직 완전히 해결된 건 아닙니다."

모스는 천천히 자신의 방으로 돌아갔다.

제니퍼 콜비가 찾아오자, 모스는 그녀에게 의자에 앉으라고 말한 뒤 루이스에게 다가갔다.

"콜비 양과 단둘이 얘기하고 싶은데, 이해해주겠지?"

루이스는 이해할 수 없었고 감정이 상했다. 그러나 그는 두 사람을 남기고 방에서 나가 식당 쪽으로 걸어갔다.

"모스 경감님. 어제 부장 형사님이 저를 찾아왔고, 이제 그것으로 마지막이라고 생각하고 있었는데……."

모스가 날카롭게 그녀의 말을 가로막았다.

"내가 당신을 부른 거니까 내 쪽에서 말하겠소. 당신은 의자에 앉아서 몇 분 동안 잠자코 듣기만 하면 돼요."

그 목소리에는 상당한 위협의 느낌이 있었다. 제니퍼 콜비는 강한 경계의 빛을 보이면서 모스의 말에 따랐다.

"콜비 양, 이번 사건에서 내가 오래 전부터 감지한 것을 얘기하겠소. 잘못된 점이 있다면 말을 해도 좋지만, 지금까지와 같은 비열한 거짓말은 더 이상 용서하지 않겠소."

그녀는 그의 엄격한 눈을 힐끗 노려보았지만, 아무 말도 하지는 않았다.

"내 생각을 말하겠소. 어느 날 저녁, 두 아가씨가 어떤 남자의 자동차를 얻어 탔는데, 그 가운데 한 사람은 그 남자의 애인이었소. 이 애인은 평소에는 자기 차를 타고 남자를 만나러 갔소. 그러나, 그날 저녁에는 차를 타고 갈 수가 없어서, 그녀는 버스를 타거나 히치하이크를 하지 않으면 안 되었소. 운이 좋은 건지 나쁜 건지 정말 우연히, 그녀는 그날 밤 만나기로 약속한 남자의 차를 얻어 타게 되었소. 더욱 운이 나빴던 것은, 아가씨가 두 사람이었기 때문에, 그는 두 사람을 다 태워주지 않을 수 없었고, 그 두 아가씨는 서로 아는 사이였소. 모든 것이 갑자기 매우 위험해진 것처럼 보였소——콜비 양, 아시겠지만, 이건 내 추측이오——그래서 그들은 그날 밤의 데이트는 포기하고, 다음 기회를 기다리기로 했소. 애인인 아가씨는 중간에서 내려달라고 부탁했소. 그녀는 아마 지극히 자연스러운 구실을 붙여서——그녀는 거짓말을 잘했으니까——내려달라고 그에게 부탁했을 거요. 하지만 그녀는 또 한 아가씨가 어디로 가는지 알고 있었소. 그 아가씨한테서 들었던 거겠지. 그녀는 격렬한 질투심을 느꼈소. 셋이서 차를 달리는 동안 그녀는 아마 뭔가를 느꼈을 것이오. 앞좌석에 앉아 있던 아가씨는 남자들에게 매우 매력적이었고, 그래서 여차하면 무슨 일이 일어날지 모르는 일이었지.

그녀가 잘 알고 있는 그 남자는 아내에 대해 불성실했소. 그녀와 바람을 피우며 아내를 배신하고 있었으니까! 다른 여자하고도 얼마든지 그럴 수 있었지. 그래서 나는 이렇게 생각했소. 그녀는 차에서 내렸지만 집으로 돌아가지는 않았소. 버스를 기다렸고, 버스는 금방 왔소. 그녀는 얼마나 자신의 악운을 저주했을까! 히치하이크만 하지 않았더라면 일이 이렇게 되지는 않았을 텐데! 어쨌든 그녀는 버스를 타고, 두 사람이 있을 것이 틀림없다고 생각되는 장소로 갔소.

과연 두 사람은 그곳에 있었지. 그곳은 어두웠지만, 두 사람의 정사를 보지 못할 정도는 아니었소. 그때 그녀는 살의를 포함한 질투심이 가슴에 끓어오르는 것을 느꼈소. 그것은 애인에 대해서보다 싸구려 창녀 같은 아가씨, 아는 사이이기는 하지만 결코 호감을 가질 수 없는 아가씨, 그리고 지금 말할 수 없는 분노로 증오하고 있는 아가씨한테 향해진 것이었소. 남자가 가버린 뒤에 그녀들은 애기를 주고받지 않았을까. 하지만, 이건 단순한 추측일 뿐 틀렸을 수도 있소. 차에서 내린 아가씨는, 또 한 아가씨의 얼굴에서 극도의 분노를 보고 달아나려 했소. 하지만 그때, 그녀의 후두부에 맹렬한 일격이 가해졌고, 그녀는 자갈이 깔린 안마당에 쓰러져 죽었소. 시체의 어깨를 잡고 안마당의 가장 어두운 곳에 끌어다 놓은 뒤, 살해한 아가씨는 밤의 어둠을 틈타 버스를 타고 집으로 돌아갔소."

모스는 여기서 얘기를 중단했다. 방안은 물을 끼얹은 듯 조용했다.

"콜비 양, 당신도 그렇게 생각합니까?"

그녀는 고개를 끄덕였다.

"누가 실비아를 죽였는지, 당신도 나도 알고 있어요. 그렇죠?"

모스의 목소리는 그녀도 간신히 알아들을 수 있을 정도로 낮았다. 그녀는 다시 한 번 고개를 끄덕였다.

모스는 전화로 루이스를 불러 방에 들어오라고 말했다.

"루이스, 기록 좀 해주게. 그런데 콜비 양, 질문할 것이 더 있어요. 펑크를 고쳐준 사람은 누구요?"

"맞은편 집에 사는 소로굿 씨예요."

"시간은 얼마나 걸렸소?"

"5분이나 10분 정도, 곧 끝났어요. 저도 도왔죠."

"당신의 고용주인 파머 씨의 애인이 된 지 얼마나 되었소?"

루이스가 깜짝 놀라며 고개를 쳐들었다.

"1년 가까이 돼요."

"위험하다고 생각하지 않았소? 다른 사람에게 얘기한다는 건."

"위험하다고는 생각했어요. 하지만 우리는 그것으로 매주 한번 방을 사용할 수 있었어요."

"내가 알고 있다는 걸 파머 씨한테서 오늘 아침에 들었나요?"

"네." 그녀는 여기까지 얌전하게 대답하고 있었다. 그러나 그 눈에 전과 같은 격렬한 빛이 돌아와 있었다. "어떻게 아셨어요?"

"추리한 거요. 그러나 몇 가지 이유는 있었소. 우연도 있지만. 9월 29일 수요일 밤 강좌에 클로저 부인은 참석하지 않았소. 그런데 난 출석부에 있는 또 한 사람의 이름을 알아보았소. 그 사람은 출석했더군. 조세핀 파머 부인. 그래서……."

"경감님도 정말 의심이 많은 분이군요."

"그 편지는 언제부터 시작된 거요?"

"여름부터예요. 우스꽝스러운 짓이었지만. 하지만 잘 됐어요. 그들은 그렇게 말하더군요."

"콜비 양, 이 일을 누구에게도 말하지 않겠다고 맹세합니까?"

"네, 당신에게 하다못해 그 정도는 해드려야겠지요."

모스는 일어섰다.

"루이스, 누굴 시켜서 콜비 양을 회사까지 모셔다 드리게 해. 그녀의 일을 너무 방해하고 말았어."

루이스는 아연실색한 듯이, 뭍에 오른 물고기처럼 입을 뻐끔하니 벌리고 두 사람을 번갈아가며 응시했다. 제니퍼는 그를 돌아보며, 희미하게, 슬픈 듯한 웃음을 지어보였다.

"이건 너무 심하신 것 아닙니까?"

루이스는 맥이 풀린 듯 원망하듯이 말했다.

"무슨 말인가?" 모스가 물었다.

"이 사건은 거의 해결했다고 경감님은 말했어요."

"이미 해결되었지."

"살해한 범인을 알아낸 겁니까?"

"이미 어떤 인물이 실비아 케이를 살해한 혐의로 체포되었네."

"그게 언젭니까?"

"오늘 아침일세, 보게!"

모스는 루이스 자신이 제니퍼 콜비의 집에서 가지고 온 봉투를 그에게 건넸다. 루이스는 그 속에서 알맹이를 꺼내, 모스의 질문에 대해 미스 콜비가 쓴 한 줄의 답을 도저히 믿을 수가 없다는 표정으로 읽었다.

"그대로야." 모스가 조용히 말했다. "사실이네."

루이스는 연달아 질문을 퍼부어댔지만, 대답은 들을 수 없었다.

"루이스, 난 혼자 있고 싶네. 가끔은 일찍 돌아가서 마누라한테 서비스를 좀 하는 게 어때? 월요일에 얘기하세."

두 남자는 방을 나섰다. 루이스는 코트를 입고 곧 자취를 감추었다. 모스는 건물 북쪽 끝에 있는 유치장 쪽으로 천천히 걸어갔다.

"들어가시겠습니까?" 당번 경사가 말했다.

모스는 고개를 끄덕였다.

"자리를 비켜주지 않겠나?"

"알겠습니다. 1호실입니다."

모스는 열쇠를 받아 유치장으로 통하는 중앙문을 열고 독방 1호실로 다가갔다. 그는 철창에 손을 대고, 괴로운 듯이 안을 들여다보았다.

"아, 수!" 그는 말했다.

31

10월 25일 월요일

날이 샜을 때는 밝고 화창했지만, 아침나절에는 음울하고 짙은 잿빛 구름이 하늘에 낮게 깔려 있었다. 실비아 케이 사건에 대해 마지막으로 두 형사가 책상을 사이에 두고 마주 앉았을 때는, 빗방울이 섞인 돌풍이 모스의 방 유리창을 벌써 때리기 시작하고 있었다.

"미스 X에 대해 우리는 무엇을 알고 있었지?"

모스는 자신의 질문에 스스로 대답하기 시작했다.

"그녀가 어떤 상황에 있었는지는 대체적으로 알고 있었네. 어떤 옷을 입고 있었는지, 몇 살 정도인지도 알고 있었어. 그것이 출발점이었지만, 거기서부터는 별로 진전이 없었네. 하지만 우리는 또, 버스 정류장에서 기다리고 있었던 두 아가씨가 서로 아는 사이였을 뿐만 아니라, 다음날 아침에도 만나기로 되어 있었다는 것도 알고 있었네. 그것은 의심의 여지없이, 우리가 얻은 것 중 가장 중요한 증언이었지. 우리는 여기에 근거하여 당장 행동으로 옮겼어. 당연히 우리는 수사 범위를 좁힐 수 있다고 생각했고, 이 역시 당연한 일이지만 회사에서 실비아 케이와 함께 일했던 아가씨들에게 주의를 집중했어.

물론 실비아가 회사 이외에서 알고 있던 사람일 수도 있었지. 점심 시간에 자주 만나거나, 버스 안에서 얼굴이 마주치는 사이였을 수도 있고, 헤아리자면 끝이 없을 정도로 여러 가지 케이스를 생각할 수 있지. 그렇지만, 우리는 그런 것은 고려하지 않았어. 그것은 실비아의 회사 동료 중 한 사람인 미스 제니퍼 콜비의 기묘한 행동이 우리의 의심을 불러일으켰고, 또 그럴 만한 이유가 있었기 때문이네. 하지만, 그때는 우리도 몰랐지만, 그밖에도 또 한 사람, 실비아가 다음날 아침 만나기로 되어 있었던 인물이 있었네.

처음에 우리가 조금만 더 머리를 굴렸더라면, 좀더 일찍 그것을 알아냈을 거야. 실비아는 래드클리프 병원에서 골절된 팔의 물리 치료를 받기 위해, 매주 화요일과 목요일 아침에 통원하고 있었어.

즉 9월 30일, 목요일 아침, 외래 사고 담당 정간호사에게 물리치료를 받으러 갈 예정이었던 거지. 바로 위도슨 정간호사에게 말이네."

비가 아까보다 강하게 유리를 때렸다. 루이스는 창문을 닫기 위해 일어섰다.

모스는 계속했다.

"이 일은 물론 그 자체로서는 별다른 의미를 가지지 않네. 그러나 실비아에게는 친한 친구가 별로 없었다는 것을 우리는 알았어. 그건 흥미로운 일이었지. 아무리 생각해도 흥미로운 일이었어."

모스의 주의는 약간 비껴갔다. 그는 루이스가 닫은 창문 너머로 낮은 하늘 아래 희미하게 빛나는 콘크리트 안마당을 응시했다.

"하지만 얘기를 제니퍼 콜비에게 돌리세. 그녀에게 편지를 쓴 것은 클로저야. 이건 한 점의 의혹도 없이 입증되었어. 그러나 클로저는 제니퍼에게 편지를 쓴 것이 아니었네. 그녀는 단순한 전달자에 불과했어. 그녀는 그것을 인정했네. 인정하지 않을 수가 없었지. 나는 그녀에게 편지를 쓰면서 살인범으로서 누군가를 지명하도록 요구하지는 않았네. 내가 그녀에게 물은 것은, 클로저의 편지가 수위도슨에게 보내는 것이었는지 여부에 대한 것이었어. 그녀는 그것을 확인해주었네. 루이스, 이런 진상을 내가 얼마나 두려워하고 있었는지 자네는 상상도 못할 거야."

비는 안마당에 세차게 퍼붓기 시작했고, 방은 어두컴컴하고 음산했다. 주위의 몇 개의 방에는 불이 켜졌지만, 모스의 사무실은 여전히 어두운 채였다.

"루이스, 한번 생각해 보세. 제니퍼는 차를 가지고 있었어. 이것은 사건의 중심이 되는 사실이었네. 그리고 타이어 펑크라는 일시적인 트러블은 있었지만, 29일 저녁, 그녀는 그 차를 사용했어. 그녀가 스스로 그렇게 말했네. 기억하고 있나? 그것은 정말이었어. 그때 나는 그녀를 믿지 않았는데, 그건 내 실수였네. 그녀는 사건날 밤 어떤 사람을 만났고, 그 사람은 그녀의 차와 거기에 타고 있는 제니퍼 콜비를 보았어. 실비아의 살해와는 전혀 관계가 없는 인물이야. 그건 제니퍼의 정사 상대, 즉 고용주인 파머 씨였어. 그래서, 그때까지 거의 모든 단계에서 제니퍼 콜비가 범인으로 지목되고 있었음에도 불구하고, 그녀에게는 갑자기 의심의 여지가 없는 완전한 알리바이가 생겼지. 그때까지 나는 이 사건의 또 한 아가씨는 제니퍼라고 굳게 믿고 있었어. 그러나 여기서, 그날 저녁 버나드 클로저의 차 안에서 실비아 케이의 뒤에 앉았던 사람이 누구였든, 그것은 제니퍼 콜비는 아니었네. 절대로 그렇지 않다는 확고한, 논쟁할 필요조차 없는 사실에 나는 직면하지 않을 수 없었어. 그럼 그것은 누구였을까?

난 제니퍼를 용의자 제1호로 생각하는 것을, 아니 차라리 그녀를 용의자로 생각하는 것조차 포기하지 않으면 안 되었지만, 문제의 아가씨가 누구든, 그녀는 클로저의 애인이며, 클로저가 메시지를 보낸 것은 그녀였다는 처음의 생각을 끝까지 고집했네. 그런데, 잠시 클로저의 각도에서 이 사건을 한번 살펴보세. 그가 겁을 먹고 있었던 것은 틀림없다고 나는 생각하네. 루이스, 그의 입장이 되어 생각해보게. 수요일 밤, 그가 그녀와 헤어졌을 때 그녀는 멀쩡했어. 그는 그것을 알고 있었지.

그런데 이튿날 그는 무엇을 알았을까? 그 아가씨가 살해된 것을 신문에서 읽었어. 게다가 다른 장소에서 살해된 것이 아니었네. 그가 그녀와 헤어진 바로 그 장소, 블랙 프린스 안마당에서 살해당했던 거네. 그가 그곳에 있었던 사실을 알고 있었던 사람은 누구일까? 그 자신과 실비아뿐이지. 그리고 그녀가 다른 사람에게 뭔가 얘기하는 건 불가능했어. 하지만 수 위도슨은 추측할 수 있었을 거야. 실비아가 자신의 행선지를 그녀에게 얘기했을 테니까. 아마 그는 미칠 것처럼 걱정이 되었겠지. 그래서 그가 한 일은, 인텔리로서 그리 분별 있는 행동은 아니었던 것 같네. 이런 생각이 수없이 그의 마음에 떠올랐을 것이 틀림없어. 누군가에게 한 마디라도 하는 것이 얼마나 위험한 일인지 수가 알고 있을까? 그녀도 틀림없이 알고 있을 거라고 그도 분명히 생각했을 거야. 그래도 의심이 그의 마음을 괴롭혔겠지. 그녀는 그의 인생을 망칠 수 있는 유일한 사람이었어. 그를 실비아를 살해한 용의자로 만들 뿐만 아니라, 그의 가정을 수습할 수 없는 혼란에 빠뜨릴 수도 있었으니까. 그는 그것을 막지 않으면, 적어도 뭔가 하지 않으면 안 되었지. 그녀를 직접 만날 용기는 없었어. 그래서 그는 편지를 쓴 거네."

루이스가 다시 안절부절못하기 시작했다. 모스는 고개를 끄덕이며 이해를 표시했다.

"알고 있네, 루이스. 그가 왜 제니퍼에게 편지를 썼느냐고 묻고 싶은 거겠지?"

"그보다 왜 편지 같은 걸 썼을까요? 전화를 걸면 되었을 텐데."

"맞는 말이야. 이제부터 그것을 설명하려던 참이었네. 그런데 먼저 문제의 사실, 클로저가 실제로 제니퍼 콜비에게 편지를 썼다는 사실을 확실하게 인식해야 하네. 왜냐하면, 이 사실의 중요성을 우리가 충분히 인식할 수 있다면, 자네가 제기한 참으로 지당한 의문이 풀릴 테니까. 왜 그녀에게 전화로 얘기하지 않았을까? 왜? 그 답은 비교적 간단하다고 생각하네. 그는 누구에게 전화를 걸면 되겠나? 그리고 어디로? 여기서 잠시, 그가 제니퍼, 충실한 전달자에게 전화를 걸려고 생각했다고 가정해 보세. 회사에 걸까? 아니야, 그건 너무 위험해. 파머는 회사 전화를 개인적으로 사용하는 것을 금하고 있었고, 그곳 아가씨들은 그것을 성실하게 지키고 있었네. 밖에서 오는 개인적인 편지에는 눈을 감아주기 때문이지. 그런데 그뿐만이 아니야. 더욱 위험한 이유가 있었어. 파머의 방의 개인 전화——이건 그의 비서가 받지——를 제외하고, 밖에서 회사에 걸려오는 전화는 모두 교환대에서 취급하네. 그리고 자네도 잘 알고 있듯이, 교환원은 통화 내용을 엿들어도 처벌받을 염려가 절대로 없어. 그러니 이 방법도 안 되지. 그럼, 왜 수 위도슨 본인에게 직접 전화하지 않았을까? 왜 자신의 애인에게 직접 집이나 병원으로 전화하지 않았을까? 그가 그렇게 하지 않았던 까닭을 아는 것도 그리 어려운 일은 아니네. 그가 수의 집에 전화한다 해도, 다른 두 아가씨가 집에 있는지 없는지 알 수 없는 일이지. 제니퍼라면 괜찮겠지만, 메리라면 큰일이니까. 일방적인 통화라도 전화 내용을 도청하는 건, 누구나 유혹을 참기 힘든, 재미있는 기분전환거리라고 그는 믿고 있었을 것이고, 나도 그렇게 생각하네."

방문을 조용히 노크한 뒤 우편물을 안고 들어온 밝고 젊은 아가씨가, 경감에게 온 편지를 미결 서류함에 넣었다.

"날씨가 별로 좋지 않죠?"

"그렇군." 모스가 말했다.

"나중에 틀림없이 맑게 갤 거예요."

그녀가 나갈 때 남긴 따뜻하고 밝은 미소에 모스도 친절하게 고개를 끄덕였다. 자신의 주위에서 역시 세상이 돌아가고 있다는 것을 아는 것은 일종의 위안이었다. 그는 멍하니 창밖을 바라보며, 비가 잦아들고 있는 것을 알았다. 그녀의 말이 맞을지도 모른다. 아마, 나중에 화창하게 갤 것이다……

"그런데, 왜 그녀의 직장에 전화를 걸 수 없었을까요?"

"아, 그렇지. 그 얘기를 하던 중이었지? 그가 왜 그녀의 직장에 전화를 할 수 없었느냐고? 바로 지난 금요일에 그 해답을 알았어. 설령 경찰이라 해도 외부인이 래드클리프 병원의 간호사와 직접 접촉하는 것은 불가능하기 때문이야. 나도 시도해봤지만, 상대의 주소도 모르고 전화번호를 문의하는 것과 같았어. 그곳에는 까다로운 간호부장이 있어서……."

"그렇다면 그녀에게 편지를 쓸 수는 없었습니까? 그렇게 하면……."

"그건 할 수 있었을 거야. 나도 그가 왜 그렇게 하지 않았는지 모르겠어. 하기는…… 루이스, 그가 수 위도슨과 그런 방법으로 연락을 취하게 된 것은, 아마 이런 식으로 해서 시작된 게 틀림없을 거라고 나는 생각하네. 그것을 설명해보겠네. 자네도 알다시피, 우편배달은 어느 곳이고 할 것 없이 갈수록 형편없어지고 있어. 그 중에서도 노스옥스퍼드가 특히 심한 것 같아. 우편물이 아침 10시 전에 오는 일이 거의 없으니까. 너무 늦어서 출근 전에 편지를 받아보는 건 거의 불가능해. 게다가 설사 더 일찍――예를 들어 8시에――배달되었다 해도, 역시 늦기는 마찬가지야. 그럼 왜 병원 쪽으로 보내지 않았을까? 그 해답은 그 간호부장이 감시하고 있기 때문이네. 개인적인 편지가 병원으로 오는 것을 그녀는 단호하게 금지하고 있었어."

"그렇지만, 클로저가 만약 그녀의 집으로 편지를 보냈다면, 그녀는 직장에서 돌아와서 바로 받아볼 수 있었을 텐데요."

"그래, 맞는 말이야. 하지만 자네는 방금 참으로 가장 곤란한 점을 지적했어. 원래 제니퍼 콜비의 등장이 필요해진 것은 바로 그것 때문이었다고 나는 생각하네. 대부분의 대학강사들이 다 그렇듯이, 버나드 클로저가 론스데일 칼리지에서 근무하는 시간은 일정하지 않았어. 늘 그가 예정하지 않았던 시간에 일이 생겼지. 규율상의 문제나 뜻밖의 방문객, 긴급한 모임. 그래서 그는 애인과의 밀회의 경우에도, 며칠 뒤의 어느 특정한 시간에는 시간이 날 거라는 희망적인 예상에 근거하여 계획을 세우는 수밖에 없었네. 그러나 그보다 훨씬 중요했던 것은, 자기 가족의 하루하루의 행동에 주의 깊게 신경을 쓰지 않으면 안 되었던 일이네. 마거릿이 무슨 계획을 세울지도 모르고, 아이들의 학교가 갑자기 오전에 끝나서 집에 일찍 돌아올지도 모르고, 병에 걸릴 수도 있지. 여기서도 역시 용의주도하게 세운 계획이 완전히 수포로 돌아갈 우려가 다분히 있었어. 그래서 클로저는 당일이 될 때까지, 때에 따라서는 그 몇 시간 전까지, 언제 어디서 애인과 만날 수 있을지 예상할 수 없는 일이 자주 있었을 거라고 나는 생각하네. 그런데 루이스, 론스데일 칼리지는 하이 스트리트에 있는 타운 앤드 가운 보험회사에서 100야드(약 90미터)도 떨어져 있지 않네."

"그럼 클로저는 걸어가서 편지를 직접 투함했다는 겁니까?"

"바로 그거야."

"그렇지만 제니퍼는 낮 동안에는 수와 연락을 취할 수 없었을 텐데요. 경감님은 아까……."

"자네가 뭘 말하려는 건지 알고 있네. 수의 집에 편지를 보내도 마찬가지라는 얘기겠지? 그녀가 더 빨리 메시지를 받는 일은 없었을 거야. 편지는 그녀가 집에 돌아갔을 때, 문 앞의 매트 위에 놓여 있었을 테니까. 실제로 그녀가 받는 것이 더 늦어지는 것은 거의 확실했어. 그러나, 이것은 모두 클로저가 전날에 데이트를 약속하는 편지를 쓸 수 있었을 경우의 얘기일세. 그리고 아까도 말했듯이, 대부분의 경우 그것이 불가능하지 않았던가 하고 나는 생각하네. 그렇지만 루이스, 그밖에도 더욱 중대한 일이 있어. 제니퍼는 낮 동안에는 수에게 연락할 수 없었을 거라고 자네는 말했네. 하지만, 사실은 할 수 있었고, 그녀는 종종 그것을 수행했어. 이 두 사람은 거의 매일 점심 식사 때 만나 함께 식사를 하고 있었으니까. 두 사람은 M&S 옆의 작은 찻집에서 만났네. 난 그것을 알아냈어. 그곳에 가서 조사해 봤다네."

모스는 이 마지막 몇 마디를 기계적인 말투로 나른하게 말했어. 루이스는 탐색하는 듯한 눈길로 그를 쳐다보았다. 모스가 아까 한 말이 마음에 걸렸다. 그건 마치······.

"그럼 제니퍼 콜비는 모든 것을 알고 있었던 게 틀림없군요."

"모든 것인지 어떤지는 몰라도 상당한 부분을 알고 있었지. 어쩌면 너무 많은 것을······."

그는 몇 초 동안 입을 다물었지만, 다시 입을 열었을 때 그의 목소리에는 전보다 탄력과 활기가 있었다.

"그것이 어떤 식으로 시작되었는지는 모르지만, 두 사람은 어느 단계에서 자신들에 대해 속마음을 터놓고 얘기했던 게 틀림없어. 여자라는 것은——이 일에 관해서는 남자도 마찬가지지만——자신이 사귀는 이성에 대해 다른 사람에게 얘기하고 싶어하는 법이라고 하더군. 그리고, 아마 우연한 얘기를 통해 두 사람은 친해졌고, 비밀스러운 유대로 이어지게 되었겠지. 그건 틀림없을 거야. 아마 수와의 데이트 약속이 몇 번 엇갈리거나 실패를 거듭한 결과, 타운 앤드 가운 보험회사의 우편함에 제니퍼 콜비 앞으로, 언뜻 별것 아닌 것처럼 보이는 편지를 넣는다는 아이디어를 생각해낸 것은 클로저가 아니었을까? 그가 비밀 메시지라는 아이디어를 좋아했던 것은 상당히 확실하다고 생각하네. 그리하여 이 방법은 정착되었고 그들의 통상적인 연락 수단이 되었지. 그는 언제나 회사 앞을 천천히 걸어가면서 정문에서 편지나 엽서를 넣었어. 참으로 간단했지. 가까이 다가갈 필요도 없었어. 이건 아마, 처음에는 생각지도 못했던 기회를 우연히 얻었기 때문이었을 거야. 시간이 흐를수록 이것이 정해진 방법이 되었지. 그래서 그녀에 대한 마지막의, 그리고 가장 중요한 메시지를 보냈을 때도 그는 그 방법을 쓴 거야. 그리고, 이것은 영리하고 매우 편리한 방법일 뿐만 아니라, 수에게 직접 편지를 쓰지 않아도 된다는 것은 클로저에게는 참으로 유리한 일이었음에 틀림없어. 외도를 하고 있는 사람들이 대개 그렇듯이, 자신의 편지가 어딘가에 휩쓸려 들어가거나, 잘못하여 남이 열어보거나, 또는 다른 곳에 잘못 배달되거나 하는 것을 그는 두려워하고 있었을 테니까. 이 방법 같으면 다른 사람이 편지를 열어본다 해도 내용을 거의 알 수 없을 거야.”

“맨 처음, 수 위도슨이라고 생각하신 건 언제입니까?”

루이스는 지금까지와는 달리 조용한 목소리로 물었다. 그도 가까스로 이해하기 시작한 것이다.

모스는 눈앞의 책상을 침울하게, 그리고 슬픈 듯이 응시하면서, 왼손 손가락으로 신경질적으로 두드렸다.

“매우 막연한 힌트는 있었던 것 같네. 아니 잘 모르겠어. 하지만 지난 금요일까지는 확신이 서지 않았네. 아마 내가 진상을 깨닫기 시작한 계기는, 마거릿 클로저가 야간 강좌에 나갔는지 알기 위해 출석부를 확인했을 때인 것 같네. 완전한 우연에서, 아니면 신의 장난이라고 해야 할까, 파머의 부인도 같은 반의 멤버라는 것을 알았네. 나는 고개를 갸우뚱했지. 이상하다는 생각이 들더군. 제니퍼 콜비가 아무런 대가도 없이 남을 위해 그토록 애써준다는 것은 있을 수 없는 일이라는 생각이 들더군. 그래서 나는 그녀와 ‘또 한 아가씨’ 사이에 있었을 것이 틀림없는 유대에 대해 곰곰이 생각했지. 막연한 방법이지만, 나는 두 아가씨가 같은 처지, 다른 유부남과 비슷한 관계에 있었을지도 모른다고 생각했어. 나는 여러 가지로 추측해보았네. 그리고 클로저와 누군가, 또 제니퍼와 누군가의 짝을 지어보았어. 그리고 파머를 어딘가에 넣어보면? …… 그때서야 나는 수 위도슨을 떠올렸네. 그러자 갑자기 모든 것이 조각그림 맞추기의 한 조각, 한 조각처럼 딱 맞아떨어지기 시작하더군. 그렇다면 제니퍼는 파머 씨와 관계를 맺고 있었던 것이 아닐까? 이렇게 같은 직장에 있는 이성이 정사 대상이 되는 건 드물지 않은 일이야. 게다가 타운 앤드 가운에는 파머 씨 말고 누가 있겠나? 그는 회사에서 유일한 남성이었어. 이 거래로 제니퍼는 무엇을 얻었을까 하고 나는 계속 추리해 봤네. 그러자 갑자기 그녀가 무엇보다도 원했을 것으로 생각되는 한 가지 사실이 머리에 스치고 지나가더군. 뭔지 알겠나, 루이스?"

"저는 그런 일에는 경험이 없어서."

"나도 마찬가지야."

"에, 그러니까, 상대와 둘이서만 있을 수 있는 장소가 필요할까요 …… 아, 알았습니다! 그럼……."

"그렇네, 루이스. 제니퍼가 파머와 단둘이 있을 수 있는 방을 누군가가 그녀에게 제공할 수 있었지. 메리는 매일 외출했던 건 아니네. 하지만 그녀만 외출하고 없으면 아무 걱정이 없었지. 왜냐하면 세 아가씨 중 나머지 한 사람도, 바로 그때에 맞춰 집을 비우게 할 수 있었으니까. 그리고 그녀는 실제로 그렇게 했어."

"잠깐만 기다려주십시오." 루이스의 마음속에 뭔가 걸리는 것이 있었다. 그는 9월 29일 수요일 밤을 떠올리고 있었다……. 그래! "하지만, 그 수요일 밤, 그 집은 비어 있지 않았습니까? 메리는 영화인지 뭔지 때문에 외출했다고 경감님이 말씀하신 것 같은데요."

"자넨 역시 탐정으로서의 재능이 있어."

모스는 가죽의자에서 일어나 부장형사의 어깨를 두드린 뒤, 검은 구름이 서서히 서쪽으로 이동하는 모습을 지켜보았다. 이제 비는 멎어 있고, 안마당에 생긴 얕은 웅덩이의 수면은 잔잔했다.

"그것도 제니퍼의 거짓말 중 하나였던 것 같네. 메리는 그날 밤 집에 있었어. 그녀한테서 직접 들었지. 그러나 메리가 집에 없었다 해도 마찬가지였다고 나는 생각하네. 수를 차에 태워 클로저와 만나는 장소까지 데려다 주는 것이 제니퍼의 역할이었던 건 거의 틀림없어. 그것이 그 거래에서 그녀의 분담이었지. 그리고 9월 29일 수요일에 그녀들은 둘 다 데이트 약속이 있었네, 우리도 알고 있는 일이지만."

"하지만, 왜 그들은……." 루이스가 그 말을 계속하고 싶어하지 않는 눈치여서 모스가 대신 말했다.

"메리가 집에 없을 때, 왜 그들 넷이서 집을 사용하지 않았는가, 그렇게 말하고 싶은 거군?"

"그렇습니다."

"그건 물론 파머에게는 아무 문제없는 일이었네. 그의 집은 그곳에서 훨씬 떨어진 곳에 있었고, 노스옥스퍼드에서 그를 알고 있는 사람은 거의 없었으니까. 어쨌든, 그렇게 위험한 일은 아니었어. 실제로 그는 그 집에 드나들었네. 지난 주 내내 그 집을 감시하고 있었는데, 수요일 밤에 파머의 차가 다음 골목에 주차되어 있었어. 맥퍼슨이 그것을 발견했지. 내가 그에게 특별한 임무를 주었거든."

루이스의 얼굴이 괴로운 듯이 희미하게 일그러졌지만 모스는 그것을 무시했다.

"그는 파머가 집 안으로 들어가는 것은 목격하지 못했지만, 나오는 것은 보았어. 게다가 나는 금요일 밤에 파머를 직접 만나 모든 것을 자백받았어."

"그렇지만 클로저에게는 너무 위험했겠군요?"

"그렇지. 그는 그곳에서 엎어지면 코 닿을 데에 살고 있었네. 아무리 뭐라 해도 그가 그런 어리석은 짓을 할 리가 없지. 그는 지금의 집에서 몇 년째 살고 있네. 이웃에서 그를 모르는 사람은 거의 없었어. 게다가 그는 거의 매일 밤 같은 길을 걸어서 '플레처스 암스'에 술을 마시러 다녔어. 금방 사람들의 입에 오르내릴 것은 안 봐도 뻔하지. 그런 건 처음부터 생각조차 하지 않았어."

"그래서 아가씨들이 둘 다 데이트할 때는……."

"수를 차로 데려다 주는 것이 제니퍼의 역할이었지."

"그럼, 그날 밤 제니퍼의 차가 펑크 나지 않았더라면, 실비아는 살해당하지 않아도 되었겠군요."

"그런 셈이지."

모스는 방을 가로질러가 다시 의자에 앉았다. 그의 얘기는 거의 끝나가고 있었다.

"살인이 일어난 날 밤, 수 위도슨은 초조해져서 제니퍼에게 약간 화를 냈던 것 같네, 잘은 모르겠지만. 어쨌든 그녀는 제니퍼가 펑크 수리를 부탁하기 위해 전화를 걸거나, 가까스로 맞은 편 집의 친절한 남자에게 부탁하는 사이를 기다릴 수가 없었어. 수리가 오래 걸릴지도 몰랐고, 그녀는 늦으면 안 된다고 생각하여 버스를 타기로 했어. 거기서 우드스톡 도로까지 걸어가서 5번 정류장에 섰네……. 그 뒤부터는 자네도 알고 있는 대로야. 그녀 말고도 버스를 기다리는 사람이 있었지. 그것이 실비아 케이었어."

"만약 그녀가 펑크가 수리되기를 기다리기만 했더라도……."

모스는 고개를 끄덕였다.

"정말이야, 기다렸으면 좋았을 것을. 제니퍼는 단 5분이나 10분 만에 차가 수리되었다고 말했어. 그날 밤 그녀는 '골든 로즈'에서 파머와 만날 약속이었지. 그녀가 늘 수를 우드스톡까지 데려다 주었어. 그리고 가까운 벡블로크나 블레이든, 혹은 우드스톡의 술집에서 파머를 만나왔지. 그리고 그날 밤에도 두 사람이 만난 것을 알고 있어. 실은 출발 전의 트러블에도 불구하고, 제니퍼는 파머보다 먼저 약속 장소에 도착해 있었어. 그녀는 라임이 든 라거를 마신 뒤, 뜰에 나가 앉아서 그가 오기를 기다리기로 했지."

"이상하군요, 만약 수 위도슨이……."

"루이스, 자네의 얘기는 '만약'뿐이군."

"인생은 '만약'의 연속입니다"

"음, 그건 맞는 말이야."

"하지만 그 단계에서는 아직 추측의 영역을 벗어나지 못했을 겁니다. 다시 말해 경감님은 확실한 증거를 붙잡지 못하고 있었습니다."

"그때는 그랬는지도 모르지. 그러나 모든 것이 서로 들어맞았네. 수와 제니퍼는 키도 비슷하고 머리 색깔도 비슷해. 다만……."

"다만 뭡니까?"

"별건 아닐세. 아무것도 아니야. 복장은 어떨까? 저면 부인이 말한 것과 같은 코트를 나는 보았어. 바지도 같아 보였고, 수 위도슨이 그것을 입고 있었지. 금요일 밤, 저면 부인에게 수의 사진을 보여 주니 한눈에 알아보더군. 그녀가 보험회사 아가씨들 중에서 아무도 정확하게 지명하지 못했던 것도 무리가 아니었어. 그녀가 버스정류장에서 본 아가씨는 회사에는 없었으니까."

"인간은 착각을 할 수도 있습니다."

"정말 부인의 착각이었으면, 그랬으면 얼마나 좋을까!"

"그렇지만 그건 아직 증거라고 할 수 없습니다."

"맞아, 그건 그래. 하지만 다른 사실도 알아냈어. 클로저의 유해를 보기 위해 래드클리프 병원에 갔을 때, 병실 담당 간호사한테서 그의 열쇠를 받았네. 바지 주머니에 들어 있었어. 어떤 간호사가 그를 보러 오지 않았느냐고 그녀에게 묻자, 아무도 오지 않았다고 하더군. 그러나 그녀의 얘기로는 수 위도슨 간호사가 그의 상태에 대해 물은 적이 있었고, 클로저가 죽은 뒤 병실 안에 서서 그가 누워 있었던 침대를 오랫동안 바라보았다고 하더군."

모스의 목소리는 점차 흥분하기 시작했지만, 그는 최선을 다해 자신의 기분을 다시 가라앉혔다. 그는 다시 창가로 걸어가서, 옅어져가는 구름 사이에서 햇빛이 비쳐드는 것을 바라보았다.

"나는 론스데일 칼리지에 가서 클로저의 방을 조사했네. 그리고 방 전체에서 단 하나 열쇠가 잠겨 있는 서랍을 발견했어. 커다란 책상의 서랍, 자네가 궁금하다면 말하겠네만 왼쪽 가장 아래 서랍이었네."

그는 돌아서서 루이스를 노려보듯이 쳐다보았다. 그 목소리는 엄격하고 거칠게 들렸다.

"나는 서랍을 열어보았네. 그리고 사진을, 수의 사진을 발견했어."

그의 목소리가 갑자기 작아졌다. 그는 다시 창밖으로 시선을 주었다.

"그녀가 나에게 준 것과 똑같은 사진이었네."

그러나 이 마지막 말은 너무 작아서, 루이스의 귀에는 들리지 않았다.

에필로그

사건은 끝났다. 루이스는 아내의 기분이 좋아졌으면 좋겠다고 생각하면서, 점심을 먹기 위해 집으로 차를 몰았다. 그는 굵은 글씨로 쓴 신문 광고——우드스톡 살인사건, 부인이 경찰에 협조——앞을 지나갔다. 그는 차를 세워 신문을 사려고는 하지 않았다.

모스는 다시 유치장에 가서 수와 몇 분 동안 함께 있었다.
"뭔가 필요한 건?"
고개를 젓는 그녀의 눈에서 눈물이 빛나고 있었다. 당황한 그는 어색한 모습으로 그녀 옆에 서 있었다.
"경감님."
"뭡니까?"
"아마 믿지 않으시겠지만, 그리고 이젠 아무래도 상관없는 일이지만, 당신을 사랑했어요."
모스는 아무 말도 하지 않았다. 눈이 따끔거리는 듯한 느낌이어서 그는 왼손으로 눈꺼풀을 비볐다. 그리고 그녀가 눈치채지 않기를 기도했다. 입을 열면 목소리가 떨릴 것 같아서 그는 한동안 잠자코 있었다. 이윽고 입을 열었을 때 그는 사랑하는 여자를 응시하면서, "안녕, 수"라고만 말했다.

그는 밖으로 나와 독방문에 자물쇠를 채웠다. 이제 아무 말도 할 수 없었다. 그는 단호하게 유치장을 뒤로 하고 복도를 걸어갔다. 그때 그는 그녀의 마지막 목소리를 들었다.

"경감님."

그는 돌아보았다. 그녀는 고통과 절망의 눈물로 얼룩진 얼굴로 독방 철창 옆에 서 있었다.

"경감님, 끝내 당신의 세례명을 가르쳐주지 않으시는군요."

모스가 마침내 그의 방을 나왔을 때는 이미 날이 어두워지고 있었다. 그는 란치아를 타고, 웅덩이가 거의 말라버린 안마당에서 밖으로 나갔다. 그리고 왼쪽으로 돌아, 도심으로 가는 자동차 행렬에 끼어들었다. 로터리를 지나갈 때, 도로 옆 잔디에 서 있던 두 사람이 엄지손가락을 치켜세우며 차를 세우려 하는 것이 보였다. 한 사람은 여자, 그것도 아름다운 아가씨인 것 같았다. 또 한 사람도 여자 같았지만 분명하지는 않았다.

그는 옥스퍼드의 자신의 집을 향해 차를 달렸다.

영국 미스터리작가협회상에 빛나는 콜린 덱스터

덱스터의 작품이 절해고도와 같은 환경에서도 친구가 될 수 있는 것은, 바로 몇 번이고 되풀이해서 읽을 수 있기 때문이다. 미스터리소설은 한 번 읽고 범인과 트릭을 알아버리면 재독이 불가능하다고들 하는데 덱스터의 경우는 한 번 읽는 정도로는 그 묘미를 다 맛볼 수 없을 정도로, 복잡하고 화려한 논리의 그물로 짜여져 있다. 오히려 두 번 세 번 읽어야만 비로소 재미있는 소설이라는 것을 알 수 있다.

《우드스톡행 마지막 버스》도 마찬가지다. 특히 중반의 제12장, 모스 경감이 탁상추리만으로 범인의 조건을 하나하나 들며, 숫자상이지만 범인을 한 사람으로 좁혀가는 재미에는, 몇 번을 읽어도 웃음이 터져 나오고 만다. 유머 미스터리를 표방한 작품조차, 탐정역을 비롯하여 등장인물의 언동이나 상황의 우스꽝스러움으로 웃기게 하는 것이 고작인데, 진지한 미스터리소설이 이렇게 웃음을 유발하는 예는 그리 흔치 않다.

《우드스톡행 마지막 버스》는 처녀장편이기 때문에 아직 그 정도는 아니지만, 보통의 본격 미스터리에서는 탐정의 설명은 해결편에서만 개진되는 데 비해, 덱스터의 경우는 전편에 걸쳐서 모스 경감에 의한 가설이 구축되고 허물어진 뒤, 다시 수정과 재구축을 되풀이하며, 작품 전체를 논리의 미궁처럼 만들어버린다. 이 수법은 두 번째 작품 《키들링튼에서 사라진 아가씨》에서 단숨에 개화하여, 덱스터의 특징으로 정착한다. 모스는 데이터가 부족하면 상상으로 그것을 보충하고, 거기서 더욱 추리를 발전시키는데, 대개 상상이 틀리는 바람에 추리는 하나에서부터 다시 시작하게 된다. 그러나 결국은 폐기되는 그 잘못된 가설들이 언제나 충분히 매력적이고, 거기에 읽는 묘미가 있다고까지 할 수 있다. 그리고 최종적으로 맞이하게 되는 '진정한' 해결이, 반드시 도중의 가설보다 미스터리소설적으로 뛰어나다고도 할 수 없으니, 말하자면 덱스터의 작품에서는 중간의 가설도 최후의 해결과 등가(等價)인 것이다. 진범과 진상이 특별히 강한 인상을 남기지 않는 것도 무리가 아니다.

덱스터는 〈미스터리 매거진〉 1981년 4월의 300호 기념 앙케이트에 응답하여, 존경하는 미스터리 작가는 "애거서 크리스티와 존 딕슨 카(카터 딕슨). 크리스티의 《애크로이드 살인사건》이 지금까지 읽은 미스터리소설 중의 최고작"이라고 말했다. 그런데 크리스티를 비롯한 다른 작가들의 미스터리소설 기법과 덱스터의 그것은 결정적으로 다르다. 크리스티의 대표작을 몇 가지 떠올려보면 분명하게 알 수 있듯이, 그들 개개의 작품에서 작자가 '하고자 하는 말'은 잘못 읽을 수가 없다. 읽는 쪽에서는 가려져 있는 어떤 한 점만 간파하면 모든 것이 풀리는 구조로 되어 있는 것이다. 그런데 덱스터는 그렇지가 않다. 끝까지 읽어도 과연 작자는 이런 말을 하고 싶었다고 하는 명쾌한 핵심을 파악할 수 없기 때문에, 한두 번 읽어서는 내용을 기억하지 못하는 것이다.

그래서 덱스터가 십자말풀이 퍼즐의 열쇠 만들기 연차 콘테스트에서 세 번이나 영국 국내 챔피언을 차지했다는 얘기가 납득이 간다. 보통 십자말풀이 퍼즐에는 한두 개, 푸는 사람을 헷갈리게 하기 위한 난해한 열쇠가 준비되어 있는데, 그것을 풀었다 해서 전체가 당장 완성되는 것은 아니다. 하나하나 빈칸을 메워가는 수밖에 없는 것이다. 그런 의미에서 덱스터의 미스터리소설 기법은 십자말풀이에 가깝다.

딜리스 윈이 엮은 *Murder Ink*(1977, Workman Publishing)에 덱스터는 'Crosswords and Whodunits'라는 에세이를 기고했는데, 십자말풀이와 본격 미스터리의 작자와 독자의 차이를 논하고 있다. 거기서 그는, '십자말풀이를 할 때 이미 사어가 된 방언을 사용한 어려운 답을 맞히는 것은 별로 기쁘지 않다, 잘 알고 있는 언어인데 허를 찔려 좀처럼 알 수 없는 답이야말로 바람직하다'고 말한 뒤, 자신의 미스터리 독서체험에 대해 언급하면서, '네로 울프처럼 안락의자에서 꼼짝도 하지 않는 탐정을 좋아한다'고 말했다. '그것은, 나는 탐정에게, 병리학 실험실에 의존하지 않고 사건에 임하기를 기대하기 때문이다. 십자말풀이의 독자가 사전 없이 할 수 있기를 바라는 것과 마찬가지다.'

《우드스톡행 마지막 버스》에서, 지문은 물론이고(모스가 지문을 조사하는 것을 빠뜨린 것을 동료인 루이스 부장 형사에게 지적당하고 낭패해하는 장면이 한 군데 있지만), 피해자의 체내의 잔류 정액에 의한 혈액형 판정 같은 것도 전혀 문제시하지 않는 것은, 작자의 그러한 신념에 기초한 것이리라. 자신의 작품에서는, 그런 감식상의 데이터를 사용하지 않고 사건을 해결할 수 있다는 소신의 표명이기도 한데, 그 자신감도 전혀 근거가 없는 것은 아니다. 폭행 살인이라는 어두운 범죄를 그리면서, 불가사의하게 무기질적이고 피비린내 나는 느낌을 주지 않는 것도, 생리학적인 문제를 무시하고 순수하게 심리만을 다루는 퍼즐로 일관하기 때문이다. 후속 장편에서는 목이 잘린 시체도 등장하지만, 역시 수수께끼 풀이를 위한 단순한 오브제일 뿐이다. 잔인한 살인이 연출되어도 독자로 하여금 피 냄새를 맡게 하지 않고, 지적인 퍼즐로서의 품위를 유지하고 있는 것이다.

과학수사의 발달이 본격 미스터리를 쓰기 어렵게 만든 것은 말할 것도 없는데, 과학수사를 처음부터 무시하는 덱스터의 스타일은, 현대 미스터리작가들 중에서도 이채를 띠고 있다. 현대 영미의 본격 미스터리 작가들은, 더욱 타당한 방법으로 이 어려움을 극복하려 하고 있다. 대표적인 것이, 과학수사가 미개했던 과거에서 배경을 찾는 것으로, 피터 러브제이의 일련의 시도와 W.L. 데안드리아의 일부 작품 《핑크 엔젤》《5시의 번개》 등을 들 수 있다.

근대적 수사 체제가 미정비된 나라로 달아나는 수법도 있고, 인도를 무대로 한 H.R.F. 키팅의 고테 경감 시리즈, 마술사가 지배하는 패럴렐 월드의 영국을 창조한 랜들 개렛 등이 거기에 해당된다. 과학수사의 문제 외에도, 현대에 본격 미스터리소설을 성립시키기 위해, 작가들은 다양한 방법을 모색하지 않을 수 없다. 특이한 캐릭터의 창출, 풍속, 관광적 요소의 강화 등인데, 덱스터와 같은 방식은 아무도 하지 않고 있다. 덱스터 역시, 모스 경감의 인간적 조형, 주요 무대가 되는 옥스퍼드 주변의 풍속 묘사에도 배려하고 있지만, 가장 큰 특징은 추리의 끝없는 시행착오에 있을 것이다. 많은 작가가 단편 정도의 소재에 다른 요소를 집어넣어 장편으로 늘리고 있는데 비해, 모스 경감 시리즈는 장편으로서만 성립할 수 있는 기법이다. 그래서 덱스터도, 모든 장편에 기용하고 있는 모스를 단편에는 등장시키지 않는다.

어쨌든 천재에게만 허락된 능력으로, 다른 사람은 흉내낼 수 없는 것이다.

덱스터의 본명은 노먼 콜린 덱스터, 1930년 9월 29일 잉글랜드 동부의 링컨주 스탠퍼드에서 출생하였다. 케임브리지 대학 크라이스트 칼리지에서 공부하고, 그래머 스쿨의 고전학 강사를 거쳐, 66년 이후에는 옥스퍼드 지방 시험위원회의 부서기를 역임했다.

《죽은 자들의 예배》《제리코 가의 여자》로 영국 미스터리작가협회 대상을 연속 수상하였고, 이어서 《수수께끼까지 3마일》《별관 3호실의 남자》로도 같은 상의 후보에 올랐다.

영국판은 모두 맥밀란 사에서 간행되었다.